DIMMI CHE È PER SEMPRE

I MILIARDARI BRITANNICI

Libro Tre

J. S. SCOTT

Dimmi Che È Per Sempre

Traduzione italiana: Martina Stefani 2022

ISBN: 979-8-841269-31-1 (Print)
ISBN: 978-1-951102-87-6 (E-Book)

SOMMARIO

PROLOGO

Macy

Cinque Anni Prima…

"NON SO COME potrò andare avanti" sussurrai, con le lacrime che mi scorrevano sul viso come un fiume, mentre stringevo l'erba del prato su cui ero adagiata, tirando via gli steli dal terreno senza nemmeno accorgermene. "Non credo di poterlo fare. Ditemi come posso continuare a vivere senza di voi."

Fissai l'enorme corona di fiori composta da rose blu, ma non sentii altro che silenzio. Il mio dolore emotivo era così acuto che non mi importava se era buio ed ero l'unico essere vivente rimasto nel cimitero.

Non potevo andarmene.

La sepoltura era avvenuta proprio oggi.

L'altra mia mano era poggiata su una fredda pietra tombale di marmo, ma il mio cuore era sepolto due metri sotto terra.

Come?

Come faceva il resto del mondo a muoversi come se tutto fosse normale quando non lo era e non lo sarebbe più stato?

Non avevo nemmeno ventotto anni ancora, e il mio intero universo era già imploso.

Non mi era rimasto nessuno.

Non avevo nessuno che capisse davvero questo terribile dolore che mi aveva lasciata così paralizzata che non riuscivo ad alzare il sedere dall'erba.

Non avevo più una casa.

Nessun posto dove andare che sembrasse accogliente.

Un'altra serie di singhiozzi sconvolse il mio corpo mentre restavo piegata sull'erba davanti alla lapide di marmo.

Non potevo sopravvivere così.

Non potevo nemmeno alzarmi e lasciare questo posto.

Era possibile per una persona provare questo dolore e continuare a vivere?

Iniziai a iperventilare mentre sentivo che stavo perdendo il contatto con la realtà.

Davvero, quale scopo o valore aveva la mia vita dopo quello che era successo?

Nel momento in cui mi ponevo quella domanda, vidi il barlume di un possibile scopo nella mia mente, mentre mi ci aggrappavo con tutte le mie forze.

Aspetta! C'era qualche posto in cui dovevo andare, vero?

Karma. Devo andare a vederla. Dovrei essere al rifugio a fare volontariato stanotte.

Non che il direttore non sarebbe stato comprensivo, se non mi fossi presentata considerando quello che era successo, ma non potevo deludere Karma.

Non avevo mai perso un giorno di volontariato, perché lei si fidava che sarei stata lì.

Alzati, Macy. Vai a vedere Karma. Significhi ancora qualcosa per lei.

Iniziai a fare dei lunghi respiri profondi, cercando di far funzionare di nuovo il mio cervello.

Alzati.

Volevo alzarmi, ma non riuscivo a iniziare a farlo.

Alza subito quel sedere.

Cercai di sollevarmi, e barcollai leggermente, le mie ginocchia deboli dopo essere stata nella stessa posizione per ore.

In qualche modo, ero riuscita ad uscire dal cimitero e guidare fino al rifugio, facendo tutto automaticamente fino a raggiungere il recinto di Karma.

Una volta lì, mi lasciai cadere a terra, avvolsi le braccia intorno alla tigre del Bengala di 160kg, seppellii il viso nel suo manto e piansi finché non riuscii a versare un'altra lacrima.

Non poteva parlarmi.

Non poteva darmi alcun consiglio.

Ma mi confortava in ogni caso il modo in cui un grosso felino disabile poteva fare, e ascoltava quando avevo davvero bisogno di riversare la mia anima.

A un certo punto durante la visita, avevo deciso di dover andare avanti per Karma, e che era quello che ci si sarebbe aspettato da me.

Ero una veterinaria e avevo già terminato il mio primo anno di specializzazione in zoologia.

Avevo ancora cose positive da fare nel mondo animale, anche se non potevo affrontare la parte umana della mia vita.

La mia vita aveva ancora *qualche* significato.

Quella notte mi ricomposi e seppellii tutto il mio dolore in profondità affinché non potesse più raggiungere il mio cuore.

Se non lo riconosco pienamente, posso in qualche modo conviverci.

Forse non affrontare completamente ciò che avevo perso non era il modo migliore di gestire la mia perdita, ma era la mia unica opzione se volevo continuare ad andare avanti.

Un giorno alla volta, un passo dopo l'altro. Era l'unico modo in cui potessi continuare.

Potevo chiudermi emotivamente con alcune eccezioni.

Non avevo scelta.

Se volevo conservare la mia sanità mentale, non avrei mai potuto permettermi di affezionarmi di nuovo così tanto.

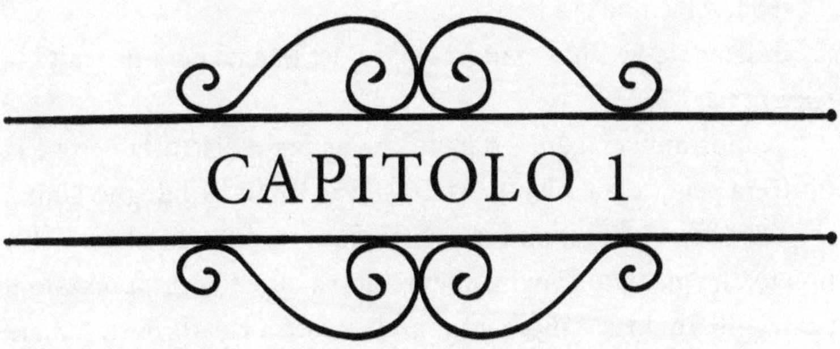

CAPITOLO 1

Leo

Oggi...

"**S**TAI BENE?" CHIESI alla Dottoressa Macy Palmer una volta raggiunta l'altitudine di crociera col mio jet privato. Domanda stupida, in realtà, perché sarebbe stato chiaro a chiunque la guardasse che *non* stava bene.

Macy non stava più piangendo attivamente, ma le sue guance erano ancora rigate dalle lacrime che erano cadute prima. Per non parlare del fatto che aveva a malapena detto una parola da quando eravamo saliti a bordo.

Accidenti! Ho trascorso fin troppo tempo con animali selvatici in posti isolati. So a malapena cosa dire a una donna, figuriamoci a una distrutta per l'imminente morte di una vecchia tigre del Bengala malata di cancro.

Non avevo ancora idea del perché mi fossi offerto di riportarla negli Stati Uniti col mio jet, in modo che potesse arrivarci prima che la sua tigre morisse.

Beh, forse non era la *sua* tigre.

Karma, la vecchia e malata tigre del Bengala era in realtà la *paziente* di Macy.

Nonostante ciò, era evidente che lei fosse distrutta perché la tigre era peggiorata, mentre Macy stava visitando il Regno Unito.

"Sto bene" disse, mentre girava la testa per guardarmi. "Se non te l'ho già detto, voglio che tu sappia quanto ho apprezzato il passaggio. In questo momento sarei ancora a Heathrow a cercare freneticamente un volo commerciale per gli Stati Uniti se non fosse stato per te."

Un'occhiata malinconica nei seri occhi grigi di Macy mi ricordò esattamente perché mi ero offerto di portarla con me negli Stati Uniti invece di farle aspettare un volo commerciale.

Era ovviamente una donna emotivamente addolorata, e io non ero il tipo di uomo che potesse evitare di rispondere a quell'emozione umana basilare.

Inoltre, capivo quanto potesse ferire perdere un compagno animale visto che ero un ambientalista e zoologo io stesso.

Macy era una veterinaria di animali esotici, quindi potevo capire perfettamente perché fosse prostrata che Karma stava morendo. Aveva curato la tigre del Bengala per anni, e aveva avuto una storia con il felino anche prima.

Misi i miei piedi vicino ai suoi nella poltrona in pelle accanto, dicendo: "Non mi devi essere grata, Macy. Come ho detto, ero diretto negli Stati Uniti proprio dopo il matrimonio—"

"Ma ce ne siamo andati prima che il ricevimento fosse completamente finito" replicò con tono di rimorso.

Feci spallucce. "Dubito che qualcuno l'abbia notato. La folla si stava diradando, e Nicole e Damian si stavano preparando a partire."

Mio fratello maggiore, Damian, aveva sposato la migliore amica di Macy, Nicole, nella proprietà estiva di mia madre nel Surrey all'inizio della giornata. Che era il motivo per cui Macy era stata in Inghilterra.

Tutte le indicazioni stavano puntando verso un altro matrimonio che si sarebbe tenuto presto tra l'altra migliore amica di Macy, Kylie, e l'altro mio fratello maggiore, Dylan, che era il gemello più piccolo di Damian.

Non che Dylan e Kylie fossero una cosa sicura. Era difficile credere che non sarebbero finiti insieme, dato che Dylan guardava Kylie nello stesso modo in cui Damian aveva guardato la sua sposa tutto il giorno.

Inoltre, Dylan aveva inseguito Kylie come se avesse uno scopo, quando avevano avuto qualche incomprensione verso la fine del ricevimento.

Il mio sospetto era che quei due sarebbero finiti insieme nel futuro prossimo, se non era già successo.

Cercai di non pensare a cosa sarebbe successo quando entrambi i miei fratelli maggiori si fossero sposati, dato che mia madre poteva essere spietata nella sua ricerca di nipoti.

Pur non avendo nulla contro il matrimonio in generale e soprattutto non per i miei fratelli, non ero esattamente entusiasta di sposarmi io stesso. La mia vita era complicata perché avevo sempre viaggiato molto, e non ero il tipo di uomo che la maggior parte delle donne sognava come marito.

Beh, forse a parte il fatto che ero un miliardario che proveniva da una famiglia aristocratica.

A parte quello, non ero esattamente materiale da matrimonio, perché fondamentalmente ero già sposato con la mia carriera.

Macy spezzò il contatto visivo con me e sollevò il piede sulla poltrona. "Mi sento ancora un po' in colpa, anche se Nicole e Damian stavano per lasciare il ricevimento. Sono arrivata in Inghilterra molto dopo Kylie, e non voglio che Nic pensi che il suo matrimonio non fosse importante per me."

"Non lo penserebbe mai" le dissi sinceramente. "Non è che non capisca le vite e le carriere impegnate."

Dato che la moglie di Damian era sia un'avvocatessa che un'imprenditrice, ero abbastanza certa che sapesse com'era avere qualche serio impegno di carriera.

Se lei non lo sapeva, Damian certamente sì. Possedeva e gestiva la Lancaster International con Dylan, che era una delle più grandi multinazionali del mondo.

Non sapevo molto di Nicole, Kylie e Macy, ma sapevo che le tre americane erano migliori amiche da quando erano piccole.

La relazione di Damian con Nicole si era sviluppata in fretta, e quella di Dylan con Kylie si era sviluppata ancora più velocemente. Quindi, non avevo avuto molto tempo per conoscerle molto bene.

Avevo trascorso la maggior parte del tempo con Nicole, ed era molto facile apprezzare quella donna. Non era sorprendente che Damian si fosse sposato così in fretta. Nicole tirava fuori il meglio da mio fratello maggiore.

Non conoscevo bene Kylie, ma le ero più grato di quanto potessi esprimere onestamente. Era stata responsabile di aver preso un Dylan molto distrutto e di averlo ricomposto.

Kylie avrebbe negato di aver avuto qualcosa a che fare con la guarigione di Dylan, ma sapevamo tutti la verità. Forse la tenacia di mio fratello l'aveva portato ad attraversare il periodo più buio della sua vita e superarlo, ma l'atteggiamento di non accettare stronzate da nessuno di Kylie con Dylan aveva sicuramente aiutato.

E Macy Palmer?

Macy era praticamente un mistero per me.

Come aveva accennato, era arrivata con un aereo più tardi della maggior parte di noi alla festa di matrimonio, appena in tempo per il party di addio al nubilato di Nicole, quindi non ci eravamo visti molto dopo le nostre presentazioni iniziali.

Tuttavia, dovevo ammettere che mi aveva fatto un'ottima impressione.

Mi era piaciuta quasi immediatamente, e il mio uccello aveva sperimentato un serio caso di amore a prima vista che non voleva vedere ragione, anche se ci avevo provato.

Sì. Beh, avevo cercato di placare quella reazione, ma il mio fallo purtroppo non stava ascoltando molto.

Era passato un po' di tempo da quando qualche donna aveva ispirato quel tipo di reazione, quindi non era davvero sorprendente che avessi scelto di reprimerla il più possibile.

Primo, non sembrava che l'attrazione fosse reciproca.

Secondo, era la miglior amica di Nicole, e mi piaceva davvero la nuova moglie di mio fratello.

Terzo, era emotivamente turbata, e chi cazzo si sarebbe invischiato con una donna vulnerabile?

Non ero innocente, ma non ero un coglione che cercava di scopare ogni donna attraente che incontrava.

Dato che io e Macy eravamo stati entrambi alla festa di matrimonio, avevamo avuto qualche incontro negli ultimi giorni, ma il più significativo era stato quando l'avevo trovata a piangere da sola nella biblioteca di mia madre la sera.

Il mio primo istinto era stato quello di uscire dalla biblioteca e lasciare che avesse la sua privacy, dato che ci conoscevamo appena.

Purtroppo, scoprii che non era da me ignorare una donna che piangeva da sola come se tutto il suo mondo stesse cadendo a pezzi.

Dopo avermi detto che Karma era peggiorata, e che avrebbe voluto disperatamente essere lì in modo che la tigre non morisse da sola, come potevo non proporle di volare negli Stati Uniti con me? Avevo programmato di partire la mattina dopo comunque, quindi non era davvero un grosso inconveniente partire un po' prima.

Avrei dovuto essere un totale stronzo per non darle l'opzione di viaggiare con me, visto che ero diretto nella stessa direzione. Stavo persino andando nello stesso Stato e luogo.

"Davvero" rispose alla fine Macy sinceramente. "La mia vita non è così impegnata in questo momento. È solo l'intera situazione con Karma. Il mio tempismo è sempre stato pessimo."

Non ero sicuro che fosse completamente sincera circa i suoi orari, ma forse la sua idea di essere occupata e la mia erano completamente differenti.

Macy era una bellissima donna, ma le occhiaie scure sotto i suoi occhi e quello che sembrava uno stress di lunga durata stavano decisamente avendo la meglio sul suo viso delicato.

Se avessi dovuto azzardare un'ipotesi, avrei detto che Karma era malata da un bel po' di tempo—o che c'erano altre cose nella sua vita che la stavano tormentando.

"Non è stato esattamente il *tuo* tempismo" indicai. "Non hai fissato tu la data di matrimonio, e Damian aveva fretta di mettere un anello al dito di Nicole. Dubito che sarebbe facile per qualcuno lasciare tutto e volare fuori dal Paese per partecipare a un matrimonio con così poco preavviso. Non è stato facile nemmeno per me, e io sono il capo di me stesso."

Se qualcuno avesse sentito Damian lamentarsi prima delle nozze, avrebbe pensato che avesse aspettato anni piuttosto che appena qualche mese per sposare Nicole.

Il fantasma di un sorriso apparve sulle labbra di Macy. "Damian e Nicole erano fatti per stare insieme. Non biasimo nessuno di loro per non aver voluto aspettare."

"Anche Dylan e Kylie" aggiunsi.

La sua voce sembrava sorpresa, quando chiese: "Credi davvero che finiranno insieme? Voglio dire, penso che tu abbia ragione, ma non ho idea di quello che Dylan prova per Kylie. Beh, a parte il fatto che la guarda come se fosse pazzo di lei."

Sembrava sinceramente felice all'idea che Kylie trovasse l'uomo giusto per lei in Dylan.

"Penso davvero che finiranno insieme" risposi con sicurezza. "Non lo biasimi per essere stato un coglione prima che si ricomponesse?"

Dylan era stato un idiota totale quando Kylie era entrata nella sua vita.

Lei scosse la testa. "No. Da quello che capisco, penso che avesse una buona ragione per comportarsi in quel modo. Se è bravo con la mia amica ora, è tutto quello che conta davvero."

A Macy era ovviamente sfuggito il fatto che Kylie aveva lasciato la proprietà in lacrime con Dylan che la seguiva per chiarirle esattamente cosa provava per lei.

Sebbene non avessi intenzione di dire a Macy qualcosa che avrebbe potuto turbarla di più, non vedevo motivo per non dirle che Dylan e Kylie erano pazzi l'uno dell'altra. Era la verità. "È innamorato di lei."

Sospirò mentre poggiava la testa sul sedile di pelle. "Spero che tu abbia ragione. Kylie merita il suo lieto fine."

Macy sembrava così stanca, così incredibilmente esausta che avrei voluto fare qualcosa di più per aiutarla.

"E tu?" chiesi. "Non sembri particolarmente felice in questo momento. Non meriti di essere felice?"

Si allungò mentre si metteva comoda sulla poltrona. "Forse alcuni di noi semplicemente non sono fatti per impegnarsi, sposarsi ed essere felici" disse amaramente.

Poiché mi sentivo allo stesso modo, ero sorpreso che le sue parole bruciassero un po'.

Ero attratto da Macy Palmer dal momento in cui le avevo messo gli occhi addosso.

E… ero sorpreso che non ci fosse alcun uomo al suo fianco o negli Stati Uniti ad aspettarla, quindi a quanto pareva il suo status di single era voluto.

Non sapendo bene cosa dire, alla fine replicai: "Forse puoi provare a dormire un po'. Siamo all'altezza di crociera e il viaggio sembra andare bene per ora."

Sembrava completamente esausta, quindi un po' di sonno l'avrebbe potuta aiutare.

"Forse" disse senza impegno. "Non sono così stanca al momento."

Mi sforzai di non fissarla, ma non potevo smettere di contemplare il suo status da single. Sicuramente c'erano stati molti uomini che avevano provato a cambiarlo.

Dubitavo che ci fossero maschi dal sangue rosso che non l'avessero notata.

Aveva le curve in tutti i punti giusti, i capelli color noce che cadevano in setose ciocche e finivano in un bob appena sopra le spalle, una carnagione cremosa che faceva venir voglia di allungarsi e toccarla e labbra piene che avrebbero fatto fantasticare un uomo su di esse in un numero infinito di modi.

E quei dannati occhi…

Quello sguardo incredibilmente espressivo, grigio, che sembrava irradiare emozione era probabilmente la caratteristica che mi aveva davvero preso per le palle.

Dovevo chiedermi se sapesse che i suoi occhi erano ipnotizzanti e facevano chiedere a un uomo esattamente cosa stesse pensando.

Potevo leggere le emozioni nei suoi occhi con assoluta chiarezza o non mi avrebbero dato alcun indizio su quali pensieri avesse per la testa.

Ad ogni modo, erano ipnotizzanti, che fosse un libro aperto al momento o un mistero che volevo risolvere.

Quando Macy poneva una domanda durante una conversazione, non lo faceva per un senso di gentilezza. Voleva davvero conoscere la risposta, e potevi vedere l'attesa e la curiosità nei suoi occhi.

Come quando le avevo parlato del mio lavoro di trovare specie animali che erano già state dichiarate estinte.

Certo, era una veterinaria di animali esotici, quindi era naturale che provasse lo stesso entusiasmo, ma non conoscevo una donna come lei da molto tempo.

Non mi era mai stata presentata una donna con cui potessi parlare che fosse anche lontanamente interessata alle specie minacciate o alla conservazione, a meno che non lavorasse nel mio team. Che era probabilmente il motivo per cui non parlavo molto del mio lavoro quando mi trovavo nel mondo degli ultra-ricchi in cui ero cresciuto.

Era anche il motivo per cui raramente perdevo tempo a frequentare ormai.

La maggior parte della gente non capiva perché un miliardario avrebbe scelto di trascorrere il proprio tempo in una giungla infestata da insetti alla ricerca di una creatura ritenuta estinta.

Purtroppo per loro, non avrebbero mai immaginato la soddisfazione di essere parte di un team che aiutava a salvare le specie dall'estinzione.

La mia famiglia capiva perché avevo scelto di lasciare la Lancaster International e la vita che avevo conosciuto per perseguire i miei interessi.

La maggior parte degli altri nella stessa cerchia non l'avrebbe mai fatto.

Essendo un Lancaster, potevo appartenere a entrambi i mondi, ma la mia scelta era fare il possibile per la conservazione della fauna selvatica. Soprattutto per quelle specie che la stupidità umana aveva messo sulla lista di quelle estinte e criticamente in pericolo.

"Ti andrebbe un drink? Qualcosa da mangiare?" chiesi, volendo trovare un modo per alleggerire l'espressione stressata e affaticata sul volto di Macy.

Quando non rispose, girai la testa solo per rendermi conto che si era addormentata.

Non sono così stanca un cavolo.

Qualcosa mi diceva che combatteva la stanchezza molto più spesso di quanto volesse ammettere.

Aveva gli occhi chiusi, la testa piegata da un lato in quella che sembrava… una posizione scomoda.

Accidenti. Si sveglierà con il torcicollo per aver dormito in quel modo.

Slacciai la mia cintura, e poi la sua, prima di sollevarla delicatamente tra le mie braccia, sperando di non svegliarla.

Volevo maledirmi perché il mio uccello si era indurito nel momento in cui l'avevo sistemata contro di me.

Cristo! Era passato troppo tempo da quando avevo scopato.

Conoscevo appena la donna attraente che tenevo tra le braccia, eppure il suo effetto su tutti i miei sensi era quasi profondo.

Era stupenda.

Aveva un odore meraviglioso.

Non avevo dubbi che avrebbe avuto un sapore fantastico.

"Fanculo!" imprecai di nuovo tra me e me, disgustato da me stesso.

Non ero un coglione che si induriva ogni volta che vedeva o toccava una femmina.

Tornai in camera, premetti l'interruttore per la debole luce sotto la testiera, e misi Macy sul letto.

Si era cambiata dopo essere salita a bordo del jet con un paio di jeans e una leggera T-shirt rosa con il logo del grosso rifugio per felini dove lavorava.

Sembrava a suo agio, ma in qualche modo appariva così dannatamente… vulnerabile.

Aveva le sopracciglia accigliate, e non sembrava tranquilla.

"Maledizione" dissi sottovoce, chiedendomi che cosa avesse *questa donna* che si stava insinuando sotto la mia pelle.

Infastidito, finalmente distolsi lo sguardo dalla sua sagoma senza difese e presi una coperta per coprirla.

Avevo molte altre cose a cui pensare in questo momento.

Come una possibile nuova scoperta nel Mediterraneo se qualche voce si fosse rivelata vera.

Per non parlare del mio nuovo centro di conservazione che stavo costruendo vicino a Palm Desert, in California.

Il nuovo centro era il motivo per cui stavo andando negli Stati Uniti. Era un'iniziativa enorme, e non avevamo superato nemmeno la fase di sistemazione a questo punto.

Avevo anche le infinite responsabilità del mio più grande centro di conservazione già attivo in Inghilterra.

Ogni giorno avevamo nuove sfide lì col programma di allevamento in cattività.

Avremmo avuto le stesse sfide in California.

Non avevo assolutamente bisogno di essere così concentrato su una donna triste per aver perso un'amica felina.

Avrebbe superato la perdita, giusto?

Questo campo di lavoro era pieno di vittorie e sconfitte, con una prevalenza delle seconde la maggior parte del tempo.

"Va bene, allora" dissi tra me e me. Tutto quello che dovevo fare era concentrarmi sulla moltitudine di responsabilità che aspettavano la mia attenzione.

Mi avrebbero fatto dimenticare tutto sulla sconfortata ma bellissima veterinaria esotica.

Spensi la luce prima di dirigermi verso la porta.

Avrebbe dormito durante il volo.

Io potevo dormire sul divano.

Dato che dormivo in posti davvero difficili a volte, dormire sul divano non era un'imposizione per me.

Nonostante la determinazione a concentrarmi solo sul lavoro, un suono soffocato di sofferenza da parte di Macy mi fece fermare improvvisamente mentre raggiungevo la porta.

Fanculo!

E se si fosse svegliata spaventata?

E se non avesse saputo dov'era perché l'avevo portata fin qui?

E se avesse avuto bisogno di… qualcuno?

Camminai verso l'altra parte del letto, rassegnato, e mi distesi accanto a lei.

Essendo l'unico "qualcuno" disponibile al momento, pensai che sarei dovuto rimanerle accanto.

Rinunciai alla finzione di pensare al lavoro, mentre Macy si rotolava più vicino a me e si sistemava al mio fianco come se fosse un missile in cerca di calore per raggiungere il suo obiettivo.

Le avvolsi un braccio intorno e fui grato di sentirla sospirare e poi stabilizzarsi come se fosse finalmente al sicuro da qualsiasi fardello la stesse tormentando.

Assicurarmi che Macy Palmer si sentisse al sicuro nel suo sonnellino improvvisamente sembrava la mia priorità.

Almeno per ora, che lo volessi… o meno.

CAPITOLO 2

Macy

MI SVEGLIAI LENTAMENTE, i miei sensi sopraffatti da sensazioni inusuali.

Ero accoccolata contro qualcosa di caldo, duro, e assolutamente irresistibile.

Un piccolo gemito mi sfuggì dalle labbra mentre passavo la mano su quello che sembrava un torace molto muscoloso che portava a un addome ugualmente scolpito.

Contrariata di dover accarezzare un tessuto in cotone, cercai e trovai l'orlo di quella maglietta in modo che potessi spingerci la mano sotto.

Dato che questa era la mia dannata fantasia, volevo della pelle nuda.

Deliziata, tracciai ognuno dei suoi muscoli scolpiti dell'addome, sospirando quando raggiunsi l'ultimo e la mia mano si mosse più in basso…

"Tesoro" avvertì una bassa voce baritonale. "Se raggiungi quella terra promessa, ti assicuro che otterrai più di quello che intendevi."

La mia mano si bloccò.

Merda! Conoscevo quella voce con il sexy accento britannico.

"Okay, credo che questa non sia solo una fantasia erotica" mormorai, mentre mi allontanavo dal corpo incredibilmente sexy di Leo Lancaster. "Cos'è successo? Dove cavolo sono?"

Se ricordavo correttamente, l'ultima volta che avevo parlato con lui ero piegata in una delle poltrone della cabina del suo jet privato.

"Ti sei addormentata" spiegò, mentre stringeva il braccio intorno alla mia vita come se non voleva che mi allontanassi. "Non volevo che fossi scomoda, così ti ho riportata qui per dormire nel letto. Siamo entrambi completamente vestiti. Non è successo niente. Stavamo solo condividendo il letto per dormire. Beh, finché non hai iniziato quella tua interessante esplorazione. Non che mi abbia dato fastidio. Solo che non ero sicuro che le cose sarebbero rimaste completamente innocenti, se la tua mano avesse continuato a spostarsi verso sud in quel modo."

"Oh, Dio" sussurrai contro la sua spalla. "Scusa. Credo di essermi svegliata… confusa."

In tutta sincerità, mi ero svegliata in una nebbia sensuale e sapevo *esattamente* cosa volevo.

Solo che non avevo realizzato che stavo toccando il miliardario più irraggiungibile del pianeta.

Leo Lancaster non era solo uno dei ragazzi più ricchi sulla Terra, ma anche uno dei più sexy. Era un biondo dagli occhi azzurri con una perfetta struttura ossea e un corpo su cui salivare che doveva superare il metro e ottanta.

"Non scusarti" disse, con l'umorismo che ancora vibrava nella sua voce. "Mentirei se dicessi che non mi sia piaciuto svegliarmi con le tue mani su tutto il mio corpo. Solo che non volevo che mi odiassi dopo aver realizzato esattamente chi stavi toccando."

Come se sarei stata davvero infastidita di trovarmi avvinghiata a Leo Lancaster?

Accidenti! *Era* la fantasia.

Per me, il ragazzo era una leggenda.

Avevo guardato ogni documentario che avessero mai filmato sulle sue spedizioni, e ogni conferenza che avesse mai tenuto.

L'uomo aveva fatto cose incredibili in nome della conservazione della fauna selvatica e il salvataggio delle specie criticamente in pericolo.

Leo era giovane, ma aveva già realizzato il ricollocamento di diverse specie dichiarate estinte.

"Per quanto tempo ho dormito?" chiesi incuriosita.

"Ci siamo addormentati entrambi per un po'. Ci restano solo poche ore di volo" mi informò.

Wow! Avevo trascorso diverse ore a dormire accanto a Leo Lancaster.

Rabbrividii mentre ricordavo esattamente perché stavo volando a casa con Leo. "Dio, spero di fare in tempo" dissi ad alta voce.

"Ci ho pensato. Atterrerò a Palm Springs. Ho una casa e un veicolo lì. Penso che prendere il veicolo e portarti al rifugio sarebbe il modo più veloce per farti arrivare lì dopo essere atterrati" rifletté.

"Probabilmente hai ragione" dissi con un sospiro. "Ma non posso chiederti tanto, Leo. Sei già stato abbastanza gentile da portarmi all'aeroporto di Palm Springs. Vedrò se posso noleggiare una macchina."

"Non succederà" borbottò. "Potremmo essere al rifugio nel tempo che ci vorrebbe per noleggiare un'auto. Lascia che ti porti lì, Macy. Non è davvero un grosso impegno."

Rimasi in silenzio per un momento, ma alla fine dissi: "Okay. Hai vinto. Voglio davvero arrivare lì il prima possibile. Sarei sconvolta se non arrivassi in tempo."

In qualsiasi altro momento, in qualsiasi altra circostanza, avrei puntato i piedi per non causargli problemi, ma ero così disperata per raggiungere Karma che non lo feci.

"Mi dispiace per Karma" disse accanto al mio orecchio, il calore del suo respiro che soffiava sul mio lobo sensibile.

Merda! Perché doveva essere così dannatamente attraente e la personificazione di ogni mia singola fantasia?

Probabilmente non ero stata l'unica studentessa veterinaria a sbavare per Leo Lancaster, ma forse ero stata quella che ansimava di più.

Non era solo il fatto che fosse attraente, pur essendo ridicolmente bello.

Leo era audace, intrepido, e davvero sicuro di sé nel suo lavoro, anche se non in senso negativo.

Semplicemente perseguiva ciò che cercava con una concentrazione laser che era quasi spaventosa.

Era quella fissazione sul suo obiettivo che lo rendeva così di successo in quello che faceva.

La maggior parte dei biologi di fauna selvatica avrebbe probabilmente rinunciato una volta che una specie veniva dichiarata estinta.

Leo Lancaster... no.

Non quando pensava che ci fosse una possibilità che l'IUCN (Unione Mondiale per la Conservazione della Natura) potesse sbagliarsi.

Era implacabile e appassionato nella sua lotta per gli animali gravemente in pericolo.

Chiamatemi pazza—o forse era solo perché ero una veterinaria esotica con la stessa passione—ma c'era qualcosa di incredibilmente sexy per me in un ragazzo che avrebbe messo il sedere in prima file per salvare una specie animale.

Finalmente risposi: "Grazie. Io, tra tutte le persone, so quanto sia stupido attaccarsi a qualcuno, ma non ho potuto resistere. Mi prendo cura di Karma dal mio tirocinio al rifugio, e poi ho fatto volontariato al rifugio durante la mia specializzazione allo zoo di San Diego. Era un disastro, quando è arrivata la prima volta. La sua zampa posteriore era malandata. Non c'era niente che potessimo fare. La zampa posteriore è guarita, ma non è più stata la stessa. Era debole. Può camminare, ma non ha più riacquistato la sua velocità."

"Incidente?" chiese Leo.

Scossi la testa anche se era buio e non poteva vedermi. "Avrebbe avuto più senso in quel caso, ma si è trattato di abusi. Karma è stata cresciuta in cattività. Stava con un addestratore che l'adorava quando era una cucciola. Purtroppo, quel devoto addestratore morì prima che Karma arrivasse da noi. Nel frattempo, era caduta nelle mani di alcuni mostri umani prima di essere salvata." Le lacrime iniziarono a rigarmi le guance, mentre concludevo: "Era così confusa quando è arrivata al rifugio. Le era stato insegnato che andava bene fidarsi degli umani. Il suo addestratore umano l'aveva cresciuta da quando era piccola, per l'amor di Dio. Ma tutta quella fiducia guadagnata nel corso degli anni fu distrutta nel giro di alcuni mesi. Bastardi!" dissi con veemenza.

Il braccio di Leo si strinse intorno alla mia vita. "Sono sicuro che tu l'abbia aiutata a ritrovare quella fiducia."

L'avevo fatto, ma il mio successo era giunto con difficoltà. "Ho impiegato sei mesi ad avvicinarmi a lei, e ce ne sono voluti altri quattro prima che si sdraiasse accanto a me nel suo recinto."

"Ti sei avvicinata così tanto?" chiese Leo, il suo tono leggermente allarmato.

Gli diedi una gomitata. "Risparmiatelo, Signor prenderò-qualsiasi-animale-selvatico-per-salvarlo-anche-se-mi-morde" dissi seccamente. "Non che tu non ti avvicineresti così tanto se necessario, e sì, probabilmente non avrei dovuto, anche se Karma è stata cresciuta in cattività, ma era abituata a essere fisicamente vicina agli umani. Penso che l'isolamento la stesse ferendo per come era stata cresciuta. Era terrorizzata quando è arrivata al rifugio la prima volta, e non stava bene anche se le sue ferite stavano guarendo. Ero preoccupata per lei."

"Così, hai deciso che l'avresti convinta a fidarsi di te?" chiese con tono impressionato. "Come hai fatto?"

"Pura testardaggine" ammisi. "Ho trascorso lunghi periodi di tempo semplicemente seduta sull'erba a parlarle con calma e ad avvicinarmi, man mano che si sentiva più a suo agio. Alcuni giorni erano buoni, altri sembrava cauta. Doveva essere Karma quella che alla fine avrebbe iniziato il contatto di nuovo. Un giorno, finalmente mi ha spinta con la testa, e mi ha permesso di accarezzarla. Abbiamo un legame speciale da allora. Non sono così stupida da non sapere che gli animali selvatici sono imprevedibili, ma il mio rischio con lei era in realtà davvero minimo. Era nata in cattività, quindi non può muoversi molto velocemente. Potevo superarla, se avessi dovuto. È l'unico grosso felino a cui mi sia mai avvicinata tanto a meno che non fosse addormentato."

"Quindi, una volta terminata la tua specializzazione allo zoo, hai deciso di lavorare per il rifugio?" chiese. "Quella decisione ha avuto qualcosa a che fare con Karma?"

Sospirai. La nostra conversazione sembrava così intima nell'oscurità della camera con noi due così vicini e nello stesso letto. Anche se l'argomento della discussione era estremamente innocente. "Sì, in realtà. Aveva molto a che fare con la mia decisione, dopo aver ottenuto la mia certificazione tre anni fa. Dopo aver ottenuto la mia certificazione per diventare veterinaria zoologica, ho ricevuto diverse offerte, ma ho scelto di restare con Karma e lavorare al rifugio. Non avevo solo fatto il mio tirocinio lì, ma avevo fatto volontariato dopo, quindi conoscevo bene la struttura, e non volevo andare da qualche altra parte e non rivederla più. Non potevo."

Poiché la formazione aggiuntiva e la specializzazione per essere una veterinaria esotica erano così intense, i veterinari zoologici certificati erano molto richiesti, ma lasciare Karma non era mai stata un'opzione per me.

"Ovviamente ti piace lì" osservò Leo.

"Sì, ma sono limitata ai grossi felini. Non che mi dia fastidio, perché è una delle mie specialità, ma il rifugio è abbastanza piccolo. Niente a che vedere con quello che facevo allo zoo" spiegai.

"Quindi, alla fine ti piacerebbe andare avanti?" domandò.

Deglutii a fatica. Non volevo pensare al giorno in cui avrei cambiato rifugio, perché avrebbe significato che Karma era morta. "Quello è il mio piano" risposi. "Mi piacerebbe fare qualcosa di un po' più impegnativo. Lavorare allo zoo era intenso, ma mi piaceva la sfida. Basta parlare di me. Parlami del tuo nuovo centro di conservazione."

C'erano alcune cose di cui non parlavo e ci stavamo addentrando in quel territorio.

"Non c'è molto da dire" disse concretamente. "È molto più piccolo della mia struttura nel Regno Unito, ma finora presenta le stesse sfide. Trovare la terra è stato quasi impossibile, ma finalmente ho avuto la possibilità di acquistare una riserva naturale a nord di Palm Springs. Terremo l'area protetta e aggiungeremo gli habitat di cui abbiamo bisogno per l'allevamento in cattività. Stiamo costruendo un ospedale di emergenza e riabilitazione anche in questo centro. Ovviamente il nostro focus sarà sempre reintrodurre le specie nella natura se c'è rimasto un habitat per loro. Lavorerò con alcuni programmi di sopravvivenza delle specie già attivi qui negli Stati Uniti."

"Quanto sei vicino a portare gli animali nella struttura?" chiesi con curiosità.

Non avevo sentito che avrebbe incorporato un ospedale e un centro riabilitativo in questo centro, ma aveva senso.

"Più vicino di quanto non fossi alcuni mesi fa" gracchiò. "Dobbiamo avere gli habitat per gli impegni che abbiamo già preso. Ho un team e specialisti degli habitat che ci stanno lavorando. Spero che riusciremo a iniziare le operazioni e mettere insieme il centro di riabilitazione entro i prossimi mesi."

"È straordinario" dissi debolmente. "Fai un lavoro davvero incredibile, Leo."

"Non lavoro duramente come alcuni membri del mio team. Non lavoro quanto un veterinario esotico" replicò.

"Sei serio?" chiesi mentre iniziavo ad allontanarmi lentamente da lui. Essere così vicina a Leo Lancaster era un po' troppo. "Ho visto tutti i tuoi documentari e le tue conferenze registrate. Non mi sono mai arrampicata su alberi così alti che la caduta mi avrebbe uccisa solo per cercare segni di animali in vita lì. Né sono mai saltata nella corrente impetuosa di un fiume per afferrare un animale in pericolo che sarebbe potuto morire se non l'avessi fatto. Non mi sono nemmeno mai calata in una grotta senza avere idea se ci fosse un'uscita disponibile. Sei assolutamente pazzo. Sei come l'Indiana Jones degli animali rari. Hai addirittura un cappello simile. I tuoi video non erano abbastanza nitidi per vedere i partecipanti, ma non ho dubbi che le femmine avessero gli occhi a cuoricino. Il mio lavoro è completamente monotono rispetto al tuo."

Continuai a cercare di allontanarmi, ma Leo ovviamente non stava abboccando.

Il suo braccio rimase avvolto strettamente intorno alla mia vita, e per qualche ragione, non avevo alcun desiderio di continuare a ritirarmi.

Non c'era malizia nella sua presa.

Era calda, confortante, e sembrava che fosse quasi inconsapevole di avere quel braccio muscoloso fermamente avvolto intorno al mio corpo.

Sapevo che sarei tornata a casa col cuore spezzato, quindi mi faceva star bene essere vicino a qualcuno ora.

Mi permisi di rilassarmi e appoggiare la testa comodamente sul cuscino che stavamo condividendo, anche se sapevo che era probabilmente pericoloso.

"Hai davvero guardato tutti quei documentari?" chiese, sembrando scherzosamente inorridito. "La maggior parte sono stati filmati mentre lavoravo per la mia laurea avanzata, e il mio cappello non sembra affatto un borsalino all'Indiana Jones. È pratico. Lo indosso per coprirmi il volto, per non scottarmi."

"Okay" considerai. "Forse è più… un cappello da campagnolo con un profilo basso, ma ci sei vicino, Indie."

"Non sono come Indiana Jones" disse in tono disgustato. "Non sono così pazzo. Prendo dei rischi calcolati a volte, ma niente di così pericoloso. Sono ancora sorpreso che tu abbia davvero visto quei documentari."

"Erano interessanti" gracchiai.

"Erano monotoni e terribilmente noiosi" borbottò. "Ma ho lasciato che una troupe televisiva mi seguisse in alcuni viaggi per scopi educativi. Se posso far interessare alcune persone alla conservazione, ne vale la pena."

Erano tutt'altro che noiosi, e Leo era incredibilmente carismatico. Probabilmente non aveva idea di quanto fosse entusiasta nei video sulla sua ricerca. "Erano tutti ben fatti."

"Mi fa piacere che pensi questo. Sono disposto a scommettere che pochissime persone li abbiano visti" disse seccamente.

Sarebbe stato sorpreso di quanti li avevano visti.

Leo era rispettato nel suo campo, e già solo biologici, zoologi, veterinari, e altri professionisti della fauna selvatica che avevano seguito la sua carriera e ottenuto i suoi risultati erano probabilmente numerosi.

Poiché amava condividere la sua conoscenza e le sue avventure, aveva milioni di follower sui social media.

Okay. Sì. Non avevo dubbi che molti di questi follower fossero donne che sbavavano su di lui, ma non erano solo quelle le persone che trovavano interessanti i suoi video.

"Hai visto e fatto più cose di quanto potrei mai immaginare di fare nella mia vita" dissi pensierosa.

"Dubito sia vero" ribatté scettico. "E non sono capace di guarire gli animali come te. Studio solo la fauna selvatica. Non ho le tue incredibili capacità di salvare gli animali feriti o malati."

Storsi il naso. "Penso che tu stia solo cercando di farmi sentire meglio."

"Niente affatto" disse rudemente mentre muoveva la testa più vicino alla mia. "Ed è così brutto che anch'io ammiro quello che hai ottenuto? Diventare un veterinario esotico richiede dedizione. E sinceramente, il viaggio nel mio lavoro non è sempre emozionante. Per la maggior parte è noioso e scomodo. Non vedo la mia famiglia quanto vorrei, e Dio sa che non potrei avere una relazione di qualche tipo."

"Quindi… a volte ti senti solo?" chiesi con esitazione.

"La *maggior* parte del tempo" confessò. "Quindi, non invidiare troppo quello che faccio."

Era difficile immaginare un ragazzo come Leo che si sentiva isolato, ma la breve nota di vulnerabilità nella sua voce mi fece trattenere il respiro.

Solo?

Dio, conoscevo la solitudine, e capivo quell'emozione fin troppo bene.

Alzai la mano sul suo viso senza pensare mentre espiravo: "Leo?" La mia voce non era altro che un sussurro.

I miei polpastrelli entrarono in contatto con la sua mascella barbuta e rabbrividii mentre passavo le dita lungo la sua mascella ruvida.

"Macy" disse Leo con voce roca proprio prima che la sua bocca si avvicinasse abbastanza da baciarmi.

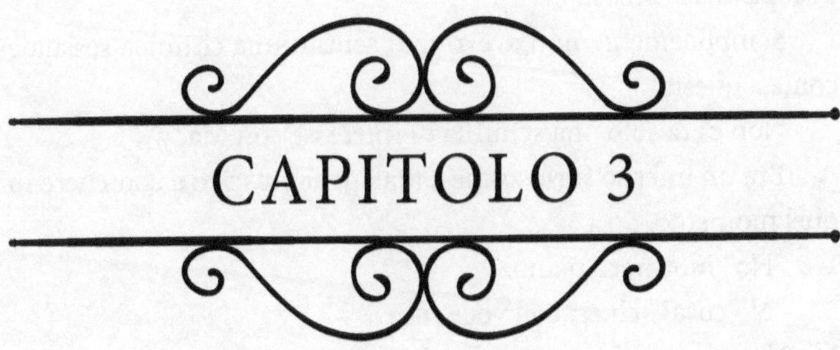

CAPITOLO 3

Leo

MALEDETTO INFERNO!

Macy poteva avere un profumo dolce come il caprifoglio, e probabilmente sapeva di peccato sexy e di orgasmi strabilianti.

Ma se avessi avuto un fottuto assaggio, sapevo che *non* sarei stato in grado di fermarmi.

Ero attratto da questa donna in un modo che non capivo nemmeno, e non avevo motivo di baciarla.

Ci conoscevamo a malapena, ed era la migliore amica della nuova moglie di mio fratello.

Quasi mi uccideva, ma feci marcia indietro e resistetti al potente bisogno di reclamare quelle sue belle labbra.

Cristo! Non volevo spaventarla a morte.

La folle voglia di avvicinarmi a lei *mi* stava già allarmando da morire.

Non sentivo il bisogno di scopare ogni donna attraente che incontravo.

Sì, mi piaceva scopare tanto quanto a qualsiasi altro ragazzo, e scopavo. *All'occasione.*

Semplicemente non avevo mai sentito una chimica sessuale come... questa.

Non c'era solo una scintilla di interesse con Macy.

Era un inferno furioso che a malapena riuscivo a contenere in quel momento.

"No" mormorò piano.

"No cosa?" chiesi con voce roca.

"Invidio totalmente quello che fai" disse, rispondendo al mio precedente avvertimento. "Voglio dire, sì, mi piacerebbe viaggiare e vedere gli animali nel loro habitat naturale, ma c'è una certa soddisfazione nel passare del tempo con gli stessi animali. Guardare i loro progressi. Seguire tutto fino a quando non sono di nuovo guariti. Non posso salvarli tutti, ma ne riabilito abbastanza per riconoscere che faccio la differenza."

Faceva un'enorme differenza, ma mi rendevo anche conto che la sua occupazione aveva un impatto su di lei.

Non era sempre possibile per qualcuno con un cuore mantenere le distanze nel suo lavoro, ed era ovvio che Macy mettesse tutto il suo cuore nei suoi pazienti.

"Viaggerai anche tu un giorno" le dissi. "Sei incredibilmente giovane—"

"Più grande di te. Ne sono abbastanza sicura" replicò con leggerezza.

"Non è possibile" ribattei. "Età?"

"Trentatré solo poche settimane fa. Tu?"

"Trentadue sei mesi fa. Quindi, non hai nemmeno un anno più di me" la informai.

"Sei decisamente molto più mondano di me" scherzò.

"Se con questo intendi dire che ho visto più cose del mondo, probabilmente hai ragione, ma la maggior parte del mio tempo trascorso in giro per il mondo è stato dedicato alla ricerca. Non faccio un giro turistico da quando ero bambino. Quali Paesi hai spuntato finora dalla tua lista dei desideri?" chiesi incuriosito.

"Non molti" confessò. "Canada e Messico. Ma molti americani sono stati oltre il confine di quei Paesi. Quando ero un'adolescente, sono andata nel Regno Unito e in alcuni Paesi europei, e ovviamente sono stata di recente in Inghilterra. Sfortunatamente, non sono mai stata da nessuna parte con animali selvatici interessanti, a meno che tu non voglia contare i ragazzi del college ubriachi durante le vacanze di primavera in Messico."

"Hai passato la maggior parte della tua vita adulta ad allenarti per diventare una veterinaria esotica" le ricordai. "Datti un po' di tempo."

"Alla fine arriverò nei posti in cui voglio andare" disse con un tono più leggero. "Quindi, per quanto tempo rimarrai negli Stati Uniti questa volta?"

"Sarò qui per un po'" spiegai. "Ecco perché ho comprato una casa vicino al centro di conservazione. So per esperienza che il primo anno circa di creazione dei programmi di allevamento è una sfida. Sto mettendo a punto una grande squadra, ma mi piacerebbe essere qui per supervisionare il processo all'inizio."

"Ha senso" rifletté. "Visto che hai già affrontato l'intero processo di configurazione. Niente più viaggi nella natura?"

"Qualcosa potrebbe venire fuori" condivisi. "Tutto ciò che ho sono voci e alcuni avvistamenti in questo momento, ma ho sentito che i resoconti dei testimoni oculari sono probabilmente rispettabili. È possibile che esistano ancora alcune linci laniane."

Rimase in silenzio per un momento prima di sussurrare: "Assolutamente no. Sei serio? Sono state inserite nella lista degli estinti più di un decennio fa."

"Il Paese è stato coinvolto in una guerra civile per molto tempo" le dissi. "I ribelli laniani vivevano e si nascondevano nella parte remota della nazione insulare. La loro occupazione di quell'area ha incasinato l'intero ecosistema. C'erano troppi ribelli che vivevano delle scarse risorse lì. La lince laniana ne ha sofferto. Gli eserciti ribelli hanno quasi spazzato via i conigli nell'area, che erano la principale fonte di cibo della lince. Una volta che i conigli erano quasi spariti, anche le linci venivano cacciate per il cibo. Sarebbe sorprendente se ce ne fossero alcune rimaste, ma a quanto pare l'ecosistema sta iniziando a riprendersi ora che l'area non è occupata."

"Sarebbe un miracolo" disse Macy in tono meravigliato. "La lince iberica era sull'orlo dell'estinzione ed è ancora in pericolo, ma i numeri stanno migliorando. Sarebbe fantastico trovare un'altra specie di lince che pensavamo fosse completamente perduta."

"Non essere troppo emozionata. Sono solo voci e alcune prove infondate" le dissi. "La guerra civile è finita da anni e quell'area del nord è piuttosto remota ora, quindi è possibile che esista ancora una popolazione, ma non è probabile."

"Quindi, la maggior parte degli umani se n'è andata?»

"Sì" confermai. "La maggior parte della popolazione umana si trova nel sud della costa, vicino alla capitale. Lania Meridionale è oggi una destinazione turistica abbastanza popolare per gli amanti della spiaggia. Il nord è un ambiente più duro. È montuoso nell'estremo nord. Perlopiù piccoli villaggi di pescatori qua e là, e una fattoria occasionale fino ad arrivare ai piedi delle colline."

"Sono sicura che è bellissimo lì" disse Macy. "Si trova nel bel mezzo del Mediterraneo. Quindi, pensi che andrai a indagare se puoi ottenere maggiori informazioni?"

"Lo sto già facendo. Ho persino parlato con il principe ereditario Niklaos, il monarca regnante. Nick, Dylan e Damian erano in realtà compagni di università. Non lo conoscevo bene come i miei fratelli, ma sembrava abbastanza gentile. Nick mi sta chiedendo di esplorare lì alla ricerca della lince se otteniamo qualche prova più concreta che potrebbero esistere ancora lì. Sta mandando alcuni dei suoi biologi al nord per fare qualche perlustrazione di base."

"Aspetta!" esclamò. "Mi stai dicendo che in realtà sei amico di un principe ereditario?"

"Non esattamente" spiegai. "Come ho detto, Nick era più amico dei miei fratelli. Conosci la casa sulla spiaggia che Dylan ha acquistato di recente a Newport Beach?"

"Sì" disse con voce riverente. "Quel posto fantastico che si trova proprio sulla spiaggia."

"È quello" convenni. "Quel posto apparteneva a Nick un tempo. Lo comprò quando tornò ai suoi doveri reali a Lania, ma non andava molto spesso negli Stati Uniti. Penso che probabilmente fosse contento che Dylan avesse deciso di acquistarlo da lui."

"Tornò ai suoi doveri?" chiese lei. "Ammetto di non sapere molto di Lania a parte il fatto che è una nazione insulare coinvolta da molto tempo in una rivoluzione. Il principe Niklaos non dovrebbe essere nato lì per essere un principe ereditario?"

"Lunga storia" risposi. "Nacque lì ma fu mandato da bambino in Inghilterra per la sua sicurezza, per proteggere la linea reale durante la guerra civile. È tornato nel suo Paese solo quando la ribellione è finita e suo padre è diventato troppo pazzo per governare."

"Dev'essere stato estremamente sconvolgente per lui se ha solo l'età di Dylan e Damian" rifletté. "Immagino che nessuno sappia davvero cosa significhi responsabilità finché non si ritrova a gestire un intero Paese dilaniato dalla guerra per decenni. Posso capire perché interi ecosistemi sono stati spazzati via là."

"Finora ha fatto un buon lavoro nel ripristinare Lania" ammisi. "Non hanno le risorse e tutta la tecnologia che hanno il Regno Unito e gli Stati Uniti, ma ci sta lavorando. Trasformare il sud in una mecca turistica è stata probabilmente una grande idea. Porterà i fondi per tutta la ricostruzione che deve essere fatta."

Sospirò. "Mi piacerebbe sapere come va a finire e cosa troveranno lì."

"Ne sentirai parlare" risposi. "Non ho intenzione di perdere il contatto. Mi piacerebbe mostrarti il centro di conservazione se hai il tempo di venire a trovarci."

Pensava che l'avrei scaricata a casa e non le avrei mai più parlato? Non sarebbe successo.

Palm Desert non era così lontana da Newport Beach.

Ricordavo che Nicole una volta mi aveva detto che lei, Kylie e Macy erano molto legate perché erano amiche fin dalle elementari. Aveva anche detto che dal momento che nessuna di loro aveva più un'altra famiglia in California, erano unite come sorelle.

Nicole era in luna di miele e Kylie era ancora nel Regno Unito con Dylan. Avevo la sensazione che Kylie probabilmente non sarebbe tornata negli Stati Uniti tanto presto se la data di ritorno fosse dipesa da Dylan.

Quindi, chi diavolo sarebbe stato lì per Macy in questo momento?

Certo, la mia priorità era generalmente il mio lavoro, ma ciò non significava che non capissi che Macy avrebbe avuto bisogno di un amico che l'aiutasse a superare la perdita di Karma.

"Mi piacerebbe" mormorò. "Mi sento fortunata ad avere un invito. Saranno in molti a voler partecipare."

"Consideralo un invito aperto per venire a Palm Springs ogni volta che vuoi. Ho una casa grande e sei sempre la benvenuta. Dubito che starò via molto. Per ora, la mia priorità è il centro di conservazione e la scrittura di documenti per alcune delle mie ricerche. Non pubblico da un po' di tempo e ci sono alcuni dati importanti che mi piacerebbe divulgare" spiegai. "Se non riesco a convincerti a farmi visita in questo periodo dell'anno, dubito che ti porterei là in piena estate."

"Vivo nel sud della California" mi ricordò. "Sono abituata al caldo, ma la zona di Palm Desert è davvero calda. Non credo che si raffredderà fino all'inverno."

"Ho una bella piscina e l'aria condizionata" scherzai.

"Certo" rispose lei. "E hai ragione. Il tempo sta migliorando lì ora che stiamo andando verso l'autunno. Ci sarò sicuramente per quella visita."

Mi odiavo perché speravo che sarebbe stata più di una visita.

"Spero che mi consideri un amico con cui puoi parlare se hai bisogno di me" le dissi.

Rimase in silenzio per un momento prima di rispondere: "Le cose saranno un po' strane con Nicole che vive nel Regno Unito ora, e so che sta succedendo qualcosa con Kylie e Dylan. Quindi, non sono sicura nemmeno di quando tornerà. Non che nessuna di noi perderà il contatto. Abbiamo avuto sfide geografiche prima e la nostra amicizia non è mai cambiata. Sarà solo diverso ora che non viviamo più tutte nello stesso posto o non ci riuniamo di persona molto spesso."

"Non sarò lontano" le ricordai.

Cristo! Poteva essere più evidente il mio desiderio di rivederla?

"Apprezzo tutto quello che hai fatto per me" disse in tono sincero. "Ma sei un ragazzo impegnato."

"Non sarò mai così impegnato da non avere tempo per essere un amico se ne hai bisogno" le dissi.

"Grazie, Leo. Vedremo. Grazie per l'offerta" replicò in tono casuale.

Non era una promessa che mi avrebbe chiamato se avesse avuto bisogno di parlare, ma per ora sarebbe bastato.

CAPITOLO 4

Macy

"**P**ENSO CHE PROBABILMENTE tu sia completamente sbronza, Macy. Sei sicura che starai bene da sola qui?" chiese Leo due sere dopo con tono preoccupato.

Inciampai nel mio piccolo appartamento con la mano di Leo saldamente intorno al mio braccio, quindi non caddi a faccia in giù sul pavimento.

Avevo sentito il termine *sbronza* nel Regno Unito abbastanza volte da rendermi conto che significava *ubriaca*.

Ero davvero così brilla?

Okay, non ero esattamente sobria, ma se fossi stata *completamente sbronza* probabilmente non sarei stata in piedi in questo momento.

"Certo, starò bene" lo rassicurai. "Vivo qui."

"Non è quello che intendevo e tu lo sai" replicò con leggerezza, mentre mi faceva sedere al tavolino della mia cucina e cercava nelle credenze finché non trovò un bicchiere, che riempì prontamente di acqua e ghiaccio.

"Andare al bar è stata una tua idea" gli ricordai. "Te l'avevo detto che ero una che non regge l'alcol. Non ho mai avuto il tempo di ubriacarmi. Una volta al college, e dopo quella sbornia, ho chiuso."

Leo poggiò l'acqua di fronte a me. "Bevi" ordinò. "E mangia qualcosa al mattino."

"Starò bene" mormorai contro il bordo del bicchiere prima di prendere un sorso d'acqua, sapendo di essere una bugiarda.

Non stavo bene.

Forse Leo aveva suggerito un tavolo in un piccolo bar tranquillo per un drink, ma ero stata completamente d'accordo.

Karma era morta nel tardo pomeriggio, dopo aver resistito molto più a lungo di quanto pensassi.

Leo era rimasto con me al rifugio per tutto il tempo, anche se gli avevo detto di andare.

Si servì dell'acqua e si sedette di fronte a me. "Capisco perché ti piace lavorare al rifugio. Potrebbe essere piccolo, ma il personale sembra preoccuparsi molto di ogni singolo animale sotto la loro cura."

Annuii lentamente. "È così."

"Il direttore sembrava capire quanto sarebbe stata difficile per te la morte di Karma. Ha detto che non voleva vedere la tua faccia fino alla prossima settimana. In un modo carino, ovviamente" disse Leo.

"Sono contenta che l'abbia detto" gli dissi mentre lo guardavo oltre il bordo del mio bicchiere d'acqua. "Non sono sicura di quanto tempo mi ci vorrà per passare davanti al recinto di Karma vuoto."

Avevo pianto come se il mio intero mondo stesse finendo dopo che Karma aveva esalato il suo ultimo respiro, e Leo era stato lì per dare una spalla su cui piangere.

"Prenditi una pausa" suggerì. "Ne hai bisogno, Macy. Sei stata lì per quarantotto ore dormendo pochissimo. Ti meriti un po' di tempo per superare il dolore di averla persa. Sono felice di aver visto il legame tra voi due. Era piuttosto speciale e insolito."

Avevo somministrato a Karma dei farmaci per il suo dolore, ma c'erano ancora stati momenti in cui era ben consapevole di ciò che la circondava.

"Le piacevi" gli dissi tristemente. "Hai un dono, Leo. Karma non si fidava di molte persone."

"Tollerava che fossi lì solo perché sapeva che per te andava bene" spiegò. "Onestamente, è stata un'esperienza surreale per me. Non sono mai stato così vicino a nessuna delle specie di tigri quando una di loro era effettivamente sveglia. Non ne abbiamo nel mio centro di conservazione in Inghilterra e dubito che avrò mai la possibilità di frequentare un altro grosso felino come quello."

"Dubito che lo farò anch'io" risposi. "Karma era speciale perché è stata allevata dagli umani. La maggior parte dei grandi felini diffida degli umani, e sono troppo selvaggi per sedersi e chiacchierare quando sono in uno zoo o in riabilitazione."

"Allora, cosa farai con il tuo tempo libero?" chiese con calma.

"Non ne sono del tutto sicura" dissi onestamente. "Probabilmente passerò un po' di tempo al rifugio dove faccio volontariato qui a Newport Beach."

"Fai volontariato in un rifugio normale?" chiese, sembrando sorpreso.

Scrollai le spalle. "Perché no? So come trattare gli animali domestici normali da quando mi sono diplomata alla scuola di veterinaria sette anni fa. Anche se quel particolare rifugio sta iniziando a diventare quello che voi inglesi potreste chiamare... snob. Entrambi i tuoi fratelli ora donano generosamente a quel rifugio, quindi non siamo così bisognosi come lo eravamo. Sono brave persone. Nessuno dei due ha esitato a iniziare a scrivere assegni nel momento in cui ha saputo che il rifugio aveva bisogno delle donazioni."

"Sarei felice di donare—"

Alzai una mano dicendo: "Dio, no. Abbiamo già ricevuto un sacco di soldi da Dylan e Damian, ed entrambi hanno donazioni in corso. Siamo stati in grado di accogliere più animali e non abbiamo più un disperato bisogno grazie alla generosità dei tuoi fratelli."

"Beh, l'invito a venire a trovarmi a Palm Springs è ancora aperto" mi ricordò.

Come se non avesse niente di meglio da fare che farmi fare un giro nel suo centro di conservazione dopo aver trascorso gli ultimi due giorni con me a guardia di una tigre del Bengala in procinto di morire?

Era Leo Lancaster, per l'amor di Dio.

Era una rockstar del mondo della fauna selvatica.

Non avevo bevuto abbastanza cocktail per farmi dimenticare chi era stato al mio fianco durante gli ultimi giorni assolutamente orribili per me.

Leo era rimasto proprio accanto a me e non aveva battuto ciglio all'idea di stare a stretto contatto con Karma, accarezzare e confortare il gigantesco felino fino alla sua morte.

Né era stato affatto imbarazzante quando Leo aveva aperto le braccia per la veterinaria in lutto che era stata lasciata indietro una volta che Karma se ne era andata.

Quando mi aveva suggerito di bere mentre tornavo a casa, l'idea mi era piaciuta.

Certo, probabilmente non si aspettava che ingerissi così tanti cocktail, ma non disse mai una parola.

Mi aveva semplicemente aiutata a raggiungere la sua Escalade quando ero pronta per andare e mi aveva riportata al mio appartamento.

Guardai l'orologio della cucina e mi accorsi che era mezzanotte. "Puoi andare, Leo. Davvero. Ero un po' brilla, ma ora mi sento meglio. So che hai molto lavoro da fare. Il fatto che tu sia rimasto con me così a lungo significa il mondo per me."

Si strinse nelle spalle. "Non ho fatto niente. Mi stai dicendo che vuoi che me ne vada da qui?" chiese scherzando.

"Non ti sto cacciando" dissi onestamente. "Solo che mi sento in colpa perché hai passato ogni momento degli ultimi giorni con me. Non è per questo che sei qui negli Stati Uniti e non sei nemmeno stato al tuo centro di conservazione ancora."

"Si sta facendo tardi" disse in tono più cupo alzandosi. "E nessuno di noi ha dormito molto la notte scorsa."

Sembrava stanco, e mentre la mia nebbia indotta dall'alcol continuava a schiarirsi, mi resi conto che non potevo assolutamente lasciare che Leo tornasse a casa stasera.

La maggior parte della mia energia emotiva era stata concentrata su Karma negli ultimi due giorni.

Leo era stato lì per portarmi il cibo quando era ora di mangiare e mi aveva prestato un po' della sua forza quando ero caduta a pezzi.

Sospirai quando mi resi conto che non avevo pensato nemmeno una volta al fatto che anche lui fosse umano.

"Sono quasi due ore di macchina da Palm Springs" gli ricordai alzandomi dalla sedia. "Devi essere esausto."

"Ecco perché ho saltato l'alcol e ho optato invece per una tazza di caffè forte al bar" disse mentre si girava verso di me dopo che l'avevo seguito fino alla porta. "Starò bene, Macy. Sono abituato a non dormire molto quando sono sul campo. Sono ancora perfettamente funzionante. Sono più preoccupato per il tuo benessere in questo momento. Sembri completamente sfinita" disse con un tono basso da baritono. "Dormi un po' e prenditi cura di te."

Alzai lo sguardo su Leo e rilasciai un altro lungo sospiro.

Anche dopo due giorni trascorsi a stare in compagnia di una tigre morente, Leo era bello come lo era stato durante il viaggio in aereo.

Come faceva una donna a ringraziare un ragazzo che conosceva a malapena per essere stato lì durante un'esperienza traumatica per lei? "Leo, non so come ringraziarti—"

"Allora, non farlo perché mi hai già ringraziato una cinquantina di volte" interruppe in tono canzonatorio. "So che ci vorrà del tempo per superare la perdita di Karma. Se vuoi davvero ringraziarmi, rimani in contatto e fammi sapere come sta andando."

Mi gettai tra le sue braccia per l'ennesima volta negli ultimi giorni, un'azione che era diventata sempre più facile da fare.

Forse perché sapevo che per qualche motivo, Leo mi capiva. Non mi avrebbe giudicata. Capiva come mi sentivo, quando così tante altre persone non l'avrebbero fatto.

Onestamente, quante persone al mondo avrebbero compreso quanto il mio cuore si stesse spezzando per una tigre del Bengala paralizzata che era diventata la mia terza migliore amica nel corso degli anni?

Avrebbero capito perché mi sentivo così vuota e persa?

Probabilmente no.

Ma Leo sembrava provare empatia e percepire esattamente come mi sentivo.

"Non sono sicura di cosa avrei fatto senza di te negli ultimi giorni" gli dissi con voce tremante mentre lo abbracciavo forte.

Si tirò indietro e mi baciò la fronte come se fossi la sua sorellina prima di rispondere: "Sono contento che tu non abbia dovuto farlo senza di me."

"Anch'io" sussurrai mentre inspiravo il profumo deliziosamente maschile di Leo che avevo imparato a riconoscere molto bene negli ultimi giorni.

"Ehi" disse in tono comprensivo, mentre asciugava una lacrima dalla mia guancia. "Macy, sarei felice di restare se hai bisogno di—"

"No! Sono a casa, Leo. Sto bene" replicai mentre tornavo indietro per asciugarmi l'umidità dalle guance. "Non posso continuare a piangere così per sempre. Troverò il mio equilibrio." *Prima o poi.*

Probabilmente sarebbe stato più facile leccare le mie ferite da sola, ma stranamente non era stato nemmeno così difficile sfogarmi con lui.

Non che non avessi perso animali a cui tenevo prima. Era la parte difficile del mio lavoro, e in una certa misura piangevo ognuna di quelle creature, ma mai in questo modo.

Con Karma era stato diverso.

Mi ero permessa di avvicinarmi troppo per troppo tempo, ed era stato terribilmente doloroso per questo.

Ci eravamo consolate a vicenda quando entrambe stavamo attraversando i momenti più bui della nostra vita e lasciarla andare era sembrato come se fossi entrata di nuovo in quell'oscurità.

"Mi terrò in contatto anche se tu non lo farai" avvertì Leo mentre finalmente mi lasciava andare. "Devo sapere che stai bene."

Provai a fargli un piccolo sorriso. "Stai scherzando, vero?" dissi. "Mi hai dato un invito che qualsiasi veterinario zoologico ucciderebbe per avere. Ti chiamerò."

Inarcò un sopracciglio. "Non era un invito professionale. Forse voglio solo vederti di nuovo."

Sbuffai. Non potei trattenermi. "In tal caso, mi considererei davvero fortunata. Sei il leggendario Leo Lancaster."

Non potevo dire che tutta la mia adorazione dell'eroe fosse completamente svanita, ma non vedevo Leo nello stesso modo in cui avevo fatto qualche giorno addietro.

Era ancora incredibilmente bello, ma era anche molto... umano.

Sorrise, mentre apriva la porta. "Non esattamente quello che speravo, ma mi accontenterò... per ora."

Non disse un'altra parola mentre se ne andava. Mentre guardavo la sua figura grande e massiccia scomparire nell'oscurità, ero curiosa di sapere cosa Leo Lancaster avesse effettivamente voluto sentire.

CAPITOLO 5

Leo

«COM'È CHE NON sapevo nulla di tutto questo?» chiese mio fratello Dylan il giorno dopo al telefono. "Ho provato a chiamarti un paio di volte da quando hai lasciato il Regno Unito, ma sono così abituato al fatto che non telefoni mai che non ho pensato molto al fatto che tu non rispondessi."

Avevo condiviso quello che era successo con Macy dopo che Dylan mi aveva fatto sapere che ora andava tutto bene tra lui e Kylie.

Mio fratello le aveva chiesto di sposarlo la sera del ricevimento di Damian e Nicole, quindi avevo ragione. C'era un altro matrimonio Lancaster in fase di pianificazione.

"Pensavo che tu avessi cose più importanti di cui occuparti" risposi. "E ho appena iniziato a richiamare chi mi ha telefonato. Sei la prima persona che ho chiamato. Ho spento il telefono una volta arrivati all'infermeria del rifugio degli animali."

"Come sta Macy?" chiese Dylan, con tono solenne. "Kylie ha detto che Macy era sconvolta perché la tigre era malata e stava morendo, ma non conoscevo l'intera storia. Non mi ero reso conto che si fosse presa cura della tigre per così tanto tempo o quanto fosse legata a Karma."

Sorrisi mentre mi trovavo davanti alle finestre panoramiche della mia nuova casa, a fissare il paesaggio desertico.

Solo mesi addietro, Damian e io ci eravamo chiesti se Dylan avesse ancora un cuore o meno.

La preoccupazione nella sua voce ora quando aveva chiesto di Macy era una solida prova che il grosso organo stava ancora battendo nel petto di Dylan.

Sarei stato per sempre grato a Kylie per aver restituito il vecchio Dylan alla nostra famiglia, ed ero dannatamente felice che si sarebbe unita alla nostra famiglia in modo permanente sposando mio fratello.

"Ovviamente, aveva il cuore spezzato" gli dissi. "Dice che sta bene, ma penso che ci vorrà del tempo prima che lo superi. Era evidente che lei e quella tigre fossero davvero legate."

"Kylie ha detto una o due volte che Macy non ha avuto una vita facile" rifletté Dylan. "Ora vorrei averle chiesto esattamente cosa intendeva con questo. Il suo percorso educativo è stato ovviamente estenuante e difficile, ma ho la sensazione che ci sia di più."

Sospettavo che Dylan avesse ragione, ma non avevo un vero *motivo* per crederci.

Era... istinto.

La sensazione che Karma non fosse l'unica cosa a preoccupare Macy.

"Sembrava esausta dalla prima volta che ci siamo incontrati, e questo non è cambiato molto" condivisi. "Spero che abbia finalmente dormito un po' la scorsa notte dopo che l'ho lasciata a casa."

"Allora, cosa sta succedendo esattamente tra voi due?" chiese Dylan. "Non è da te mettere completamente da parte il tuo lavoro per due giorni, tigre morente o meno. So che sei lì negli Stati Uniti per il tuo nuovo centro e difficilmente puoi stare fermo per cinque minuti se hai qualche tipo di lavoro che devi fare."

Mi passai una mano tra i capelli con frustrazione. "Non sta succedendo niente tra noi" gli assicurai. "Aveva bisogno di aiuto e io l'ho aiutata."

"Questa è una stronzata completa, fratello" disse Dylan con umorismo nel suo tono. "Ascoltiamo la vera storia."

Emisi un respiro esasperato. "Lei mi piace. Non posso farci niente. Ma non ha assolutamente alcun interesse ad esplorare qualche tipo di relazione con me. Ho dovuto convincerla a permettermi di portarla da Karma e poi lasciarmi stare con lei al rifugio. Ha accettato solamente perché era il modo più veloce per raggiungere la sua amata tigre. Sembra solo minimamente interessata a venire a trovarci a Palm Springs. Il suo entusiasmo riguarda più la visita al centro di conservazione che vedermi di nuovo."

"E... preferiresti che fosse interessata a te?" chiese Dylan incuriosito. "Voglio dire, neanche quello è proprio da te, Leo. Quando ti è importato se una donna era rimasta colpita o meno da te?"

"Da quando l'ho *incontrata*, a quanto pare" risposi seccamente. "Onestamente, è diversa da qualsiasi altra donna abbia mai conosciuto. Lo penso dal momento in cui ci siamo incontrati. Diavolo, forse sono attratto da lei solo perché è bellissima. Non lo so." Pensai alle mie parole per un momento prima di aggiungere: "Nah. È più di questo. Voglio davvero passare un po' di tempo con lei. Conoscerla meglio. Macy è gentile e brillante oltre ad essere bellissima, ma non sembrava molto interessata a qualcosa con me."

"Forse è solo perché la sua testa non è a posto in questo momento" suggerì Dylan.

"Ci ho pensato anch'io" confessai. "Ma non ho percepito nemmeno un minimo interesse personale al matrimonio. Maledetto inferno! È la prima donna da cui sono davvero attratto da molto tempo, ed è ovvio che l'interesse non è ricambiato. Mi tratta come... un amico occasionale."

Non che non stessi cercando un qualche tipo di interesse diverso dall'amicizia da Macy.

Semplicemente non l'avevo visto prima o dopo il nostro viaggio di ritorno negli Stati Uniti.

"Potresti solo dover essere paziente, Leo. E per l'amor del cielo, qualunque cosa tu faccia, non renderla un'occasione di una notte per poi partire per una delle tue esplorazioni estese. Kylie ti taglierà le palle se ferisci Macy. Peggio ancora, probabilmente taglierà anche le mie palle, dato che sei mio fratello. Penso che stia davvero sperando che un giorno Macy si ritrovi un bravo ragazzo."

"E io non sarei idoneo?" chiesi seccamente, più che un po' offeso.

"Andiamo, Leo" disse Dylan strascicando. "Quando è stata l'ultima volta che hai avuto una ragazza o qualcosa a lungo termine? So che non sei un vergine di trentadue anni, quindi devo presumere che la maggior parte delle tue liaison fossero... brevi."

"Non sempre per scelta" brontolai. "La maggior parte delle donne non capisce perché faccio quello che faccio quando con tutti i soldi che ho potrei semplicemente donare alla causa invece di farlo da solo e sporcarmi le mani."

Non avevo intenzione di riferire a mio fratello maggiore quanto di rado erano accadute quelle occasioni di una notte.

Dylan emise un lungo respiro prima di chiedere: "Che ne dici di trovare una donna che abbia alcuni dei tuoi stessi obiettivi? Un membro della squadra? Qualcuno che lavora nel tuo campo?"

"Ogni componente femminile del team che ho è già sposato. E questo vale per la maggior parte delle donne in questo campo. Cerco un'istruzione avanzata e una certa esperienza quando assumo qualcuno. Se una donna della mia squadra o che lavora al centro non è sposata, cosa che non accade così spesso, non mi procura alcuna... scintilla. Idealmente, sarebbe bello incontrare qualcuno nello stesso campo, ma la maggior parte delle donne con cui mi associo sono già state prese."

"Dannazione, Leo, hai davvero bisogno di uscire dalla natura selvaggia più spesso" osservò Dylan.

"Se lo faccio, inizio a imbattermi in donne che non capiscono la mia scelta di carriera" gli dissi.

"Va bene, ho capito. Non è che non capisca quanto sia difficile incontrare la donna giusta" replicò, in tono rassegnato. "Solo... stai attento con Macy."

"Ti è mai venuto in mente che *lei* potrebbe finire per *spezzarmi* il cuore?" chiesi ironicamente.

"No" rispose Dylan in modo succinto. "Ti conosco, fratellino. Con l'eccezione di mamma, dubito che ci sia una donna che manterrebbe la tua attenzione per più di una serata."

Ero tentato di dirgli quanto si sbagliava, e che ero davvero affascinato da Macy, ma non ero sicuro che mi avrebbe creduto. Cavolo, probabilmente non avrei creduto che Dylan fosse davvero innamorato di Kylie se non li avessi visti insieme dopo che si era innamorato.

"Grazie" dissi irritato. "Questo mi fa sembrare un completo idiota."

"Non è quello che intendevo" ribatté con calma. "Sei incredibilmente motivato. Lo sei sempre stato. Ammiro questo di te. Quando hai la mente determinata a realizzare qualcosa, ottieni una visione a tunnel. Ecco perché sei così dannatamente bravo in quello che fai, ma ciò non lascia molto spazio a niente o a nessun altro nella tua vita. Questo è ciò che mi preoccupa. Ad un certo punto in futuro, penso che vorrai... di più. Non è una critica, Leo. È solo un'osservazione.

Hai mai avuto una vera relazione? Non ricordo davvero che tu abbia portato una donna a casa per incontrare la famiglia.”

“Nessuno di noi ha davvero portato una donna a casa per incontrare la mamma perché sapevamo che avrebbe iniziato a pianificare il matrimonio” gli ricordai. “Ho avuto alcune fidanzate fisse quando ero all’università. Una quando avevo diciotto anni, e poi un’altra quando ne avevo ventuno” ricordai.

“Dopodiché?” chiese Dylan, cercando maggiori informazioni.

“Poi, non c’è stato niente a lungo termine dopo che le cose sono finite con la mia seconda ragazza all’università” ammisi infelice. “Ciò non significa che non volessi una relazione. Semplicemente... non è successo. Guarda Damian. Neanche lui ha avuto una donna nella sua vita per molto tempo. Non prima di Nicole.”

“Allora immagino che ci sia ancora speranza per te” scherzò Dylan. “Ti sto solo chiedendo di non scherzare con Macy. È una delle migliori amiche di Kylie.”

“E se fosse la donna che mi fa desiderare di più?” sfidai.

Non era che mi sentissi così per una donna ogni maledetto giorno.

“Allora fanculo se sei davvero pazzo di lei” disse Dylan in tono piatto. “Fai tu. Niente nella vita è garantito. L’ho imparato a mie spese.”

“Sinceramente” confessai. “Non sono sicuro di cosa farò esattamente. Sono attratto da lei. Non ho intenzione di mentire su questo. Ma è più di questo. Voglio molto di più di un’avventura di una notte.”

“Vuoi chiamarla?” chiese Dylan incuriosito.

“Speravo che mi chiamasse lei” gli dissi. “Ho detto molto chiaramente che volevo che chiamasse e che ero incredibilmente ansioso di sentirla.”

“Non trattenere il respiro” rispose. “Se è testarda come Kylie, sarà in grado di resistere molto più a lungo di quanto avresti voluto aspettare per rivederla.”

Probabilmente aveva ragione.

Qualcosa mi diceva che se non avessi avuto notizie di Macy presto, sarei stato io a chiamarla. C'era qualcosa nella chimica tra noi due che non potevo ignorare.

Maledizione! Forse sarebbe stato meglio se avessi spazzato via l'intera situazione con Macy, ma non ero sicuro di poterlo fare.

"Le cose potrebbero diventare davvero complicate" informai Dylan.

"Come mai?"

"Macy è una veterinaria zoologica di grande talento e io sono un ragazzo che sta aprendo un centro di conservazione, un ospedale per la fauna selvatica di emergenza e un centro di riabilitazione della fauna selvatica. È dannatamente difficile trovare un buon veterinario per animali esotici, e ora che Karma è scomparsa, so che Macy sarà a caccia di lavoro. Mi piacerebbe essere il primo a offrirle qualcosa che sarebbe più una sfida" riflettei.

Stavo pensando a quale grande aggiunta sarebbe stata Macy al nuovo centro da quando ci eravamo incontrati.

"Quindi, lo considereresti un problema che renderebbe una relazione personale impossibile?" chiese.

"Probabilmente non per me" dissi a Dylan. "Sono il capo, ma potrebbe sembrare strano per lei."

"Segui la cosa giorno dopo giorno" consigliò lui. "Non sai se accetterà un lavoro con te o se vorrà uscire con te."

"Suppongo che correrò il rischio" concordai, anche se non volevo ammettere che nessuno di questi scenari potesse accadere.

"Come vanno le cose a Palm Springs?" chiese.

"Fa caldo" dissi onestamente. "Stiamo andando verso l'autunno, ma superiamo ancora i quaranta gradi durante la parte più calda della giornata. È bello la sera e la mattina."

"È un clima quasi desertico" mi ricordò Dylan con una risatina. "Ti piace la nuova casa?"

"La adoro" risposi. "Non è affatto come quelle meraviglie dell'ingegneria che tu e Damian avete a Londra, ma è comoda e ha viste spettacolari."

"Non posso credere che non hai mai comprato una casa in Inghilterra, ma ti sei fatto costruire una casa negli Stati Uniti."

"Questa sarà la base per il prossimo anno o due" spiegai. "Ho pensato di mettermi a mio agio."

"Non vedo l'ora di tornare negli Stati Uniti così che Kylie e io possiamo venire a vedere il nuovo centro di conservazione. Sono davvero orgoglioso di te, Leo" disse sinceramente. "A parte gli scherzi sulla tua vita amorosa, ci vuole un'enorme quantità di lavoro per realizzare ciò che hai finora in così giovane età."

Sapevo che intendeva ogni parola che diceva. Potevo sentire il genuino orgoglio nel suo tono. "Grazie. Sto facendo ciò che amo, quindi è facile dedicarmici." Esitai un momento prima di aggiungere seriamente: "È bello riaverti, Dylan. A me e Damian sei mancato più di quanto tu possa anche solo immaginare."

"Fortunatamente, non ho intenzione di cadere mai più nel baratro, fratellino" disse con voce roca. "Sarò sempre disponibile quando e se avrai bisogno di me. Ho troppe cose per cui essere grato e per cui vivere piuttosto che andare da qualche altra parte."

"Sono contento che tu e Kylie abbiate risolto tutto" gli dissi.

"Non potrebbe andare in nessun altro modo" brontolò. "Non c'è un'altra donna là fuori per me sull'intero pianeta. Sono un fortunato bastardo."

Mai nei miei sogni più sfrenati avrei immaginato di sentire mio fratello parlare di una donna così, ma ero estasiato dal fatto che lo stesse facendo adesso.

"Penso che sarà in grado di tenerti in riga" scherzai.

"È più che capace" ribatté lui con una risata, per nulla imbarazzato nell'ammettere di aver incontrato la sua anima gemella.

"A proposito di Kylie, farei meglio a muovermi. Stava preparando qualcosa per la cena."

Mi trasferii in cucina per prendere il portafogli e gli occhiali da sole dal bancone. "Vado al centro. Buona cena."

"Leo?" domandò Dylan.

"Sì?"

Si schiarì la gola. "Forse dovresti anche pensare di prenderti un po' di tempo libero. A volte, se si lavora troppo, non si ha il tempo per alzare lo sguardo e vedere cosa ti perdi."

Pensai alle sue parole per un momento prima di rispondere: "Potresti avere ragione."

Terminammo la nostra telefonata, ma pensai a quello che aveva detto per molto tempo dopo che la conversazione si era conclusa.

CAPITOLO 6

Macy

"AVREI VOLUTO CHE mi chiamassi. Non avevo idea che avessi lasciato Londra presto con Leo" disse Kylie dispiaciuta, mentre chiacchieravamo al telefono.

Mi ero svegliata tardi con un leggero mal di testa per la mia eccessiva indulgenza nei cocktail la sera prima. A parte questo, non c'erano stati ulteriori segni di sbornia.

Una delle prime cose che avevo fatto più tardi quel pomeriggio era stato chiamare Kylie e farle sapere cos'era successo dato che non l'avevo vista al ricevimento prima di lasciare l'Inghilterra con Leo.

Mi aveva informata su quello che le era accaduto negli ultimi giorni, ed ero rimasta estasiata quando mi aveva detto che lei e Dylan erano ormai fidanzati.

"È successo tutto così in fretta" le dissi mentre cambiavo posizione sul divano per sentirmi più a mio agio. "Leo era lì e si è proposto di portarmi immediatamente negli Stati Uniti. Non potevo rinunciare a quell'offerta. Era troppo importante per me essere lì con Karma alla fine. Davvero, è stato così straordinario negli ultimi giorni."

"Mi sento orribile per non essere stata lì" disse Kylie tristemente. "Dio, Macy, so quanto deve essere difficile per te."

"Sto bene" le dissi onestamente. "Penso di aver pianto molto una volta saputo che non sarebbe sopravvissuta al cancro e negli ultimi giorni ho singhiozzato su tutto il povero Leo. Ci vorrà un po' prima che il dolore per la sua mancanza si plachi, ma dovrò solo tenermi occupata."

"Hai detto che ti prenderai il resto della settimana di riposo. Quali sono i tuoi piani?" chiese Kylie.

"Probabilmente lavorerò al rifugio" riflettei. "E Leo mi ha invitata a Palm Springs per controllare i suoi progressi nel nuovo centro di conservazione. Anche se sono sicura che stesse solo cercando di essere gentile perché ero un caso disperato."

"Ne dubito" rifletté Kylie. "Voglio dire, non lo conosco molto bene, ma penso che prenda il suo lavoro abbastanza sul serio. Dubito che ti avrebbe chiesto di andare a trovarlo se non avesse voluto vederti di nuovo. Onestamente, tu e Leo avete così tanto in comune. Dovresti dare una possibilità al ragazzo."

Sbuffai. "Non puoi essere seria. Io... e Leo Lancaster?"

"Perché no? Hai detto che lo trovavi attraente quando eravamo a Londra" sostenne. "Devo ricordarti che mi sono appena fidanzata con un Lancaster?"

Sospirai. "Non è solo la cosa del miliardario o dell'aristocratica famiglia inglese, anche se solo queste due cose da sole sarebbero intimidatorie" spiegai. "Leo Lancaster è considerato un eroe rivoluzionario nel mondo della fauna selvatica. Ho visto tutto ciò che è mai stato filmato sul suo lavoro sul campo. Aggiungi il fatto che è assolutamente stupendo e tutte queste cose lo mettono fuori dalla mia portata."

"No, non è così" disse Kylie con insistenza. "Anche Leo è umano e tu stessa non sei solo stupenda, ma anche incredibilmente di successo. Non ho dubbi che sia attratto da te."

"Non lo è" le assicurai. "E anche se apprezzo il fatto che tu pensi che sia attraente, in realtà sono una donna che trascorre gran parte del suo tempo fuori senza trucco e con i capelli in pessimo stato. Per non parlare del fatto che mi prendo cura di creature grandi e selvagge e alla fine della giornata finisco per odorare come loro. Leo è stato semplicemente empatico. Mi tratta come la sorellina che non ha mai avuto."

"Ha senso perché sei addolorata e sconvolta per Karma. È decisamente abbastanza intelligente da sapere che provarci quando sei così angosciata non sarebbe una mossa saggia."

Rilasciai una risata tranquilla. "Dio, ti adoro per pensare che Leo Lancaster possa davvero essere attratto da me. Kylie, mi conosci. Non sono una donna che si preoccupa del suo aspetto o che ha paura di sporcarsi le mani. Non lo sono mai stata."

Ero un tipo di donna con jeans e T-shirt che raramente lasciava i capelli fuori dalla sua caratteristica coda quando lavorava.

Quando non lavoravo, nulla cambiava molto.

La maggior parte delle mie attività all'aperto preferite non erano compatibili con abiti eleganti, unghie lunghe come un pugnale o un sacco di trucco.

"Non hai mai avuto bisogno del trucco o dei vestiti stravaganti per essere bellissima" ribatté Kylie. "Ti garantisco che Leo ti trova attraente e dubito che avrebbe passato due giorni di fila con te solo per essere gentile. È troppo occupato per quello. Né ti avrebbe invitata a Palm Springs prima ancora che il centro fosse quasi finito, a meno che non volesse rivederti. Penso che dovresti accettare la sua offerta. Forse è ora che *tu* abbia la tua avventura con un Lancaster."

Sapevo che Kylie mi stava prendendo in giro sull'avere un'avventura con Leo perché l'avevo sfidata a fare lo stesso con Dylan non molto tempo addietro. "Sono abbastanza sicura che abbia bisogno di essere attratto da me prima che io possa avere quella piccola avventura" le risposi.

Kylie emise un sospiro esasperato. "Sono sicura che l'attrazione vada in entrambe le direzioni."

"Pensala come vuoi" le dissi amabilmente. "Ma sai già che sono socialmente goffa, specialmente con gli uomini."

"Le cose ti sono sembrate imbarazzanti con Leo?" chiese.

"Beh, no. Non proprio. Anche se sono sicura che è perché piangevo costantemente sulla sua spalla per Karma. Non stavo pensando a nient'altro che a lei" spiegai.

Stranamente, le cose *non* erano state davvero scomode con Leo, anche se di solito facevo fatica a comunicare con gli uomini a un appuntamento. Ecco perché non ne avevo uno da molto tempo.

Per qualche ragione, ero perfettamente a mio agio nel parlare di qualunque cosa avessi in mente con Leo Lancaster.

"Le circostanze avrebbero dovuto renderlo ancora più imbarazzante" osservò Kylie. "Invece, eri abbastanza a tuo agio da piangere sulla sua spalla."

"Sono sicura che se lo rivedrò in circostanze normali tornerò a sentirmi di nuovo un'idiota maldestra. È un ragazzo piuttosto intimidatorio" le dissi.

"Il suo *curriculum* e i suoi *soldi* potrebbero intimidire, ma non *lui*" osservò. "Leo è sempre stato così dolce con me."

"Hai ragione" concessi. "Non credo che abbia un solo osso snob nel suo corpo."

Kylie esitò per un momento prima di chiedere: "Suppongo che tu non fossi abbastanza a tuo agio con lui per parlargli di—"

"No, non l'ho fatto" la interruppi, già consapevole di ciò che voleva sapere. "Gesù, Kylie. Pensi davvero che condividerei cose del genere con uno sconosciuto?"

Sospirò. "Allora cosa dirai se inizia a fare domande sulla tua vita?"

"Non ci conosciamo abbastanza bene per questo" la rassicurai a disagio.

Non ero pronta a discutere della parte più oscura della mia vita con nessuno tranne le mie amiche più care.

Sinceramente, non ne avevo parlato molto, nemmeno con Kylie e Nicole.

Anche dopo cinque anni, era più facile sopravvivere in quel modo.

"Capisco" disse Kylie piano. "Ma penso ancora che dovresti prenderti una pausa e provare a fare qualcosa di diverso dal lavoro o dal volontariato. Andare a Palm Springs sarebbe un buon cambio di scenario per te, Macy. Leo sarebbe una buona compagnia. Sei fisicamente ed emotivamente esausta. Penso che tu lo sia da un po' ormai, e so dannatamente bene che perdere Karma ti ha spinta vicino al tuo limite."

Aveva ragione.

Non avrei nemmeno provato a discutere.

Sia Kylie che Nicole mi conoscevano troppo bene.

Avevo usato la mia specializzazione dura e intensa per esaurirmi prima.

Una volta finita, mi ero lanciata nel mio lavoro al rifugio, nella mia adorazione per Karma e nei miei progetti di volontariato per scappare dopo la fine della mia specializzazione.

La stanchezza e il cervello distratto erano state le uniche cose a tenermi insieme negli ultimi cinque anni e avevo paura di scoprire cosa sarebbe successo se non avessi lavorato costantemente.

Con Karma ormai morta e Kylie e Nicole così lontane e non disponibili con cui uscire, non avevo idea di cosa avrei fatto.

Mi massaggiai la tempia per alleviare il mio persistente mal di testa mentre rispondevo: "Sono stanca" confessai. "Sento che per me è una condizione cronica da molto tempo."

"Perché non ti sei mai fermata abbastanza a lungo per riposare" rimproverò Kylie gentilmente.

I miei occhi si riempirono di lacrime, ma le ricacciai indietro mentre dicevo tremante: "Sai perché non lo faccio."

"Lo so. Dio, lo capisco davvero, Macy. Ma ti voglio bene come una sorella e sono preoccupata per te."

Deglutii a fatica. "Sto bene, Kylie. Sono passati cinque anni. Forse ho bisogno di una pausa, ma per favore non preoccuparti per me. Tu e Nicole mi avete aiutata a superare gli anni peggiori."

"Ne hai parlato a malapena" disse Kylie gentilmente.

"Perché... non posso." Spiegai. "Ma avere voi due come mie migliori amiche mi ha aiutata molto."

Ed era stato d'aiuto. In modo significativo. L'amore tra Nicole, Kylie e me era fraterno e mi aveva sempre fatta sentire come se non fossi completamente sola.

"Prometti che ti prenderai del tempo libero solo per rilassarti" implorò. "Niente lunghe giornate di volontariato e niente lavoro. Forse potresti semplicemente passare un po' di tempo con Hunter."

Sorrisi. "Mi fa decisamente ridere" le assicurai. "Basta parlare di me. Parlami di Dylan e del matrimonio. Hai già dei piani?"

Volevo davvero cambiare argomento, e fui sollevata quando sentii Kylie emettere un sospiro di capitolazione prima che dicesse: "Nessun piano ancora. Ho ancora difficoltà a credere che sia innamorato di me, anche se indosso questo anello grande, stupendo e appariscente al dito."

"Voglio una foto" insistetti. "Non avevi idea che avesse intenzione di fare una proposta?"

"Nessuna" disse lei in tono piatto. "In realtà, ho quasi rovinato tutto. L'uomo ha messo il suo cuore ai miei piedi e io l'ho schiacciato prima di rendermi conto che non aveva mai fatto una sola cosa per ferirmi. Sono contenta che mi abbia perdonata così facilmente. Ho quasi respinto la cosa migliore che mi fosse mai capitata."

"Come mai?" chiesi incuriosita.

Lei sbuffò. "Paura. Mancanza di convinzione che in realtà fosse pazzo di me quanto lo ero io di lui. Ho fatto un casino, Macy, e il pazzo mi ha inseguita ancora."

"Senza offesa" dissi. "Ma non so perché non potevi vederlo. Il resto di noi tutti lo capiva. Dylan ti guardava come un uomo completamente devoto."

"Non l'ho mai visto" replicò in tono sbalordito. "Penso di essere stata troppo presa dalle mie stesse preoccupazioni su quanto lo amavo. Avevo il terrore che non avrebbe mai ricambiato."

"E quelle paure erano tutte inutili" presi in giro. "Volevo davvero odiare Dylan dopo tutto quello che aveva fatto a Damian e Nicole, ma non potevo. Può essere molto affascinante ed è ovviamente pazzo di te."

"Volevo odiarlo anch'io" concordò. "Ma non potevo. Soffriva troppo e si era punito abbastanza."

Sospirai. "Sono così felice che tu abbia finalmente trovato il ragazzo che ti apprezzerà e ti vizierà per il resto della tua vita. Te lo meriti."

La vita di Kylie non era stata facile, soprattutto per quanto riguardava le relazioni, quindi ero estasiata dal fatto che avesse finalmente trovato la persona giusta.

All'inizio avevo avuto le mie preoccupazioni su Dylan Lancaster, ma si erano rivelate infondate.

"Mettiti bene in testa che Nicole ed io cercheremo il tuo ragazzo perfetto ora" mi avvertì. "Siamo troppo felici per non volere lo stesso per te."

"Oh, Dio, no" le dissi con empatia. "Sono perfettamente soddisfatta del mio status di single e del mio vibratore quando è opportuno. L'ultima cosa di cui ho bisogno è il fastidio di una relazione seria. Quella roba a lungo termine non è mai andata bene per me."

"Perché non hai mai trovato la persona giusta" insistette Kylie. "E ammettiamolo, non hai mai avuto il tempo o l'energia per impegnarti in una relazione a lungo termine prima."

"Non era solo questo, e lo sai. Ho sempre attratto i coglioni o i perdenti. Anche al liceo. Pochissimi ragazzi sono interessati alle nerd della fauna selvatica."

Non avevo un ragazzo da quando ero una studentessa universitaria. Nessuno dei ragazzi con cui ero uscita dopo era durato abbastanza a lungo da essere considerata una relazione seria.

Poi, cinque anni addietro, avevo deciso che non avrei mai voluto una relazione seria nella mia vita che richiedesse un profondo impegno emotivo.

Non riuscivo a gestirla.

Okay, forse non mi sarebbe dispiaciuto un appuntamento occasionale o forse anche un amico con benefici, anche se non l'avevo mai provato prima.

Ero stanca di sentirmi sola, ma non ero nemmeno attrezzata per gestire il tipo di relazioni che Nicole e Kylie avevano con Damian e Dylan.

"Nessuno di quei ragazzi era abbastanza per te" disse Kylie sprezzante. "Non hai bisogno di qualcuno di cui devi prenderti cura, per l'amor di Dio. Ne hai avuto abbastanza di quei ragazzi nei tuoi primi anni di appuntamenti. Hai bisogno di qualcuno che abbia successo come te e che adori la tua intelligenza, quindi sarebbe d'aiuto se fosse anche ridicolmente intelligente. Oh, e deve amare gli animali. Nessun cretino che non capisca il tuo amore per le creature selvagge o il tuo cuore compassionevole."

Sorrisi mentre dicevo: "Qualche altra qualità che questo modello deve possedere?"

Sentii Kylie tirare un sospiro. "Sì, in effetti, ce ne sono molte di più. Ha bisogno di mettere i tuoi bisogni prima dei suoi, o almeno renderli altrettanto importanti. Sarebbe anche bello se fosse così apertamente affettuoso e attraente da farti dimenticare del tutto il tuo vibratore."

Risi a crepapelle. "Non credo che un ragazzo del genere esista. Almeno, non ha vagato per il mio mondo."

"Allora, immagino che dobbiamo espandere un po' il tuo mondo" ribatté Kylie. "Seriamente, Macy, pensi davvero che io e Nicole possiamo essere così felici e non cercare di trovare il Mr. Giusto per te?"

"So che volete che io sia felice" dissi con leggerezza. "Ma non tutte le donne sognano di trovare il ragazzo perfetto da sposare. Sono quella femmina che preferirebbe condividere la casa con un cane o qualche altro animale a quattro zampe, ricordi?"

"Sei uscita con troppi idioti" commentò Kylie. "Non che io abbia spazio per criticare perché anche la maggior parte dei miei ragazzi erano idioti. Beh, prima di Dylan. Ma c'è un ragazzo là fuori per te da qualche parte, Macy. Un cane non può essere lì per te quando hai davvero bisogno di parlare."

Quello di cui Kylie non si rendeva conto era che raramente volevo parlare di me stessa.

"Datti una pausa, per favore" la supplicai, scherzando solo in parte. "Ti sei appena fidanzata. Non puoi già iniziare a insistere su di me così duramente."

Lei rise e alla fine lasciò cadere l'argomento.

Parlammo per altri dieci minuti prima di riattaccare.

Prima di premere il pulsante di spegnimento, fissai il mio cellulare per un momento, osservando le informazioni di Leo.

Si era dannatamente assicurato che entrambi ci aggiungessimo ai contatti sui nostri cellulari prima che lasciassimo il bar la sera prima.

Il mio pollice si librò sopra il suo numero per un momento prima di emettere un respiro represso e far cadere il telefono sul tavolino.

"È Leo-dannato-Lancaster, Macy" mi rimproverai. "Non credo che stia davvero aspettando la tua chiamata."

Più probabilmente, sperava che non chiamassi perché avevo già occupato così tanto del suo tempo.

Una lacrima mi scese lungo la guancia, mentre pensavo a quanto fosse stato buono con me negli ultimi giorni.

Aveva insistito sul fatto che voleva che lo chiamassi, ma cos'altro poteva davvero dire ad una donna davvero legata alla sua nuova cognata e anche alla fidanzata di Dylan?

Aveva senso che fosse gentile. Aveva una madre straordinaria che ovviamente aveva educato tutti i suoi figli ad essere educati e gentili.

Leo mi aveva aiutata a superare la parte difficile della morte di Karma.

Il minimo che potevo fare era risolvere tutto il resto da sola anziché annoiare anche lui.

CAPITOLO 7

Leo

GUARDAI L'OROLOGIO PER la terza volta in dieci minuti, e poi mi maledissi per aver ceduto a quell'istinto compulsivo.

Mi stavo comportando come un totale idiota solo perché mi aspettavo che Macy arrivasse da un momento all'altro.

Le avevo dato un giorno intero per chiamarmi dopo che avevo lasciato il suo appartamento.

Quando vidi che non mi aveva chiamato entro le otto della sera seguente, avevo preso il cellulare e avevo composto il suo numero.

Maledizione! Volevo rivederla e non c'era alcun motivo di perdere altro tempo ad aspettare che mi chiamasse.

Una volta al telefono, mi ci erano voluti quindici minuti per convincerla che volevo *davvero* che venisse a Palm Springs, e poi altri trenta per convincerla a portare una valigia in modo che potesse rimanere per il fine settimana.

Il viaggio fin qui e ritorno a Newport Beach era semplicemente troppo.

L'avevo convinta che fare entrambi i percorsi in un giorno non ci lasciava molto tempo per visitare la zona.

Alla fine aveva accettato di arrivare oggi, che era venerdì, e di restare fino a domenica.

La sua concessione era stata alquanto debole e incerta, ma non aveva cambiato idea sul venire. Grazie al cielo!

Mi guardai intorno nel soggiorno mentre bevevo una tazza di tè, chiedendomi cosa avrebbe pensato Macy della mia casa.

La mia dimora era un nuovo contemporaneo che aveva alcune influenze moderne della metà del secolo. La planimetria era estremamente aperta e tutto era disposto su un unico livello. Una volta varcata la porta d'ingresso, si poteva vedere praticamente tutta la cucina e l'enorme soggiorno.

La mia parte preferita della casa erano le finestre panoramiche su due pareti con ampie vedute del deserto e della piscina e dell'area del patio su un lato.

Avevo anche qualche acro di proprietà, il che significava che non avevo vicini a ridosso, il che era stato un punto di forza nell'acquisto per me.

Macy sarebbe dovuta arrivare da un momento all'altro.

Con Hunter al seguito.

Sorrisi mentre ricordavo che aveva cercato di dirmi che non poteva venire perché aveva bisogno di passare un po' di tempo con Hunter poiché era stata via.

Aveva borbottato qualcosa su un gatto selvatico che aveva adottato di recente.

Le avevo detto di portare Hunter con sé.

Onestamente, ero grato per questo suo nuovo gatto selvatico perché sapevo che altrimenti Macy avrebbe insistito per rimanere in un hotel.

Non che non mi piacessero gli animali. Solo che viaggiavo troppo per avere un animale domestico.

Suonò il campanello, così mi alzai all'istante e mi avviai verso la porta.

Sei completamente patetico, Lancaster.

Anche se mi rimproverai per essere saltato nel momento in cui era arrivata, non rallentai.

Spalancai la porta con uno strattone, poi mi fermai e rimasi a bocca aperta alla vista di Macy in piedi con disinvoltura sul mio zerbino.

Fanculo! Era ancora più attraente di quanto ricordassi con un paio di pantaloncini di jeans e una maglietta blu pastello con il logo turistico di Hollywood sul davanti.

Non indossava quasi alcun trucco e i suoi capelli erano stati raccolti all'indietro con una specie di fermaglio, ma era comunque la donna più bella su cui avessi mai posato gli occhi.

Distolsi lo sguardo da lei e notai il trasportino piuttosto grande al suo fianco.

"Ciao" disse a bassa voce. Si era infilata gli occhiali da sole in cima alla testa e mi stava fissando con quei suoi enormi occhi grigi e seri. "Hai detto che potevo portare Hunter."

Sembrava a disagio, quindi spalancai la porta per farla entrare prima che decidesse di scappare via.

Non si mosse per entrare quando chiese: "Sei sicuro di essere d'accordo che Hunter sia qui? Questa è davvero una bella casa. Non sto dicendo che la farà a pezzi, ma può essere un po'... turbolento."

"Va benissimo" le dissi frettolosamente mentre prendevo il trasportino e lo portavo in casa.

Non mi importava davvero cosa avrebbe fatto a casa mia. Ero così felice di vederla che quel dannato felino poteva oscillare dai tetti e distruggere ogni mobile che avevo e non me ne sarebbe fregato un cazzo.

Macy non aveva altra scelta che seguirmi all'interno e chiudere la porta.

Rimase in silenzio per un momento prima di dire: "Non sono sicura di averti nemmeno detto che Hunter era un gatto del Bengala F-2. Qualcuno lo ha scaricato al rifugio un anno fa, probabilmente perché era sterile, cosa che la maggior parte dei maschi sono per le prime tre generazioni dalla creazione dell'ibrido. Ho fatto a turno con gli altri veterinari cercando di farlo socializzare e assicurarmi che fosse addestrato. Alla fine, l'ho preso definitivamente perché non avevo altri animali domestici, e lo adoro."

Posai la gabbia in soggiorno e mi accovacciai per aprirla.

Alla fine capii che quando Macy aveva detto di avere un *gatto selvatico*, intendeva dire che aveva *letteralmente un gatto selvatico*.

Hunter uscì dalla sua reclusione con aria leggermente confusa.

Era un po' più grande di un gatto domestico medio e il suo mantello marrone, nero e marrone chiaro con varie macchie era incredibilmente sorprendente.

Rimasi accovacciato al livello di Hunter in modo che non si sentisse minacciato e aspettai per vedere se si sarebbe avvicinato a me o mi avrebbe ignorato.

"Quindi, è per un quarto un gatto leopardo asiatico?" chiesi a Macy a bassa voce.

Un gatto leopardo era un gatto selvatico più piccolo originario del sud continentale, del sud-est e dell'Asia orientale.

Il gatto leopardo asiatico era leggermente più grande di un gatto domestico, il che ovviamente spiegava il corpo più grande di Hunter.

"Sì" disse, sembrando impressionata dal fatto che avessi capito cosa significasse la designazione F-2. "Non capirò mai perché le persone sentono il bisogno di incrociare gatti selvatici con felini domestici quando abbiamo così tanti gatti che devono essere adottati. Ma Hunter è un bel ragazzo."

Sorrisi mentre Hunter mi spingeva con la testa, e allungai la mano e accarezzai il gatto parzialmente selvatico. "Non sembra avere una personalità selvaggia."

Sapevo che a volte ci volevano diverse generazioni per eliminare tutti gli istinti selvaggi dei gatti incrociati.

Lei scrollò le spalle. "Non ce l'ha. Voglio dire, è molto intelligente e ha delle stranezze che i gatti domestici non hanno, ma abbiamo lavorato per addestrarlo dal momento in cui è entrato nel rifugio. A volte si comporta più come un cane che come un gatto. Gioca con i suoi giocattoli per gatti e gli piace uscire a fare passeggiate con un'imbracatura. A volte è un po' strano, ma non proprio selvaggio."

"Sono più che felice di averlo come ospite" le dissi mentre Hunter si lasciava cadere ai miei piedi in modo che potessi continuare ad adorarlo.

"Dovrei correre a prendere la sua lettiera" disse, suonando leggermente ansiosa. "È un gatto solo per interni."

Scossi la testa mentre mi alzavo in piedi. "Dammi le tue chiavi e te la prendo io. Porterò anche la tua valigia. C'è qualcos'altro di cui hai bisogno?"

"Ci sono altre cose per Hunter sul sedile del passeggero. I suoi giocattoli e un frigorifero con del cibo."

"Deve fare una dieta cruda?" chiesi incuriosito.

"No. Non proprio" rispose. "Lo nutro con un cibo speciale e di solito gli aggiungo del pollo parzialmente cotto. Più le sue vitamine."

Mentre camminavo verso il suo veicolo compatto, dovetti ammettere che ammiravo il fatto che avesse preso un gatto sterile che nessun altro aveva voluto.

Gli ibridi di gatti selvatici di prima generazione potevano essere delle seccature e di solito richiedeva un lavoro extra prendersi cura di loro correttamente.

Poiché il felino aveva così tanto sangue di gatto selvatico, i suoi bisogni nutrizionali erano in qualche modo diversi.

Quando tornai attraverso la porta con gli oggetti che ero andato a recuperare, sentii Macy parlare con Hunter.

"Merda! Scendi da lì, Hunter. Dio, ho appena detto a Leo che non sei un gatto pazzo" disse in tono nervoso. "Quello non è il *tuo* albero. Siamo ospiti qui. Non puoi stare lassù. Per favore."

Sorrisi quando notai che Hunter si era stabilito sul mio Ficus di tre metri nell'angolo. "Sta bene" le dissi mentre posavo gli oggetti sul pavimento. "Trascorrono parte della loro vita sugli alberi allo stato brado. Scenderà quando si sentirà più a suo agio."

Macy si voltò verso di me con un'espressione pensierosa. "È un albero della seta. Sono sicura che sia stato fatto su misura, Leo. Probabilmente lo farà a pezzi con i suoi artigli."

Scrollai le spalle. "È sostituibile. Ovviamente è più a suo agio lì per ora. Lascialo stare, Macy. Non è niente di grave. Posso darti qualcosa da bere?"

La osservai mentre guardava da me all'albero, e poi emise un enorme sospiro. "Non dire che non ti avevo avvertita. Gradirei un po' d'acqua. Fa già abbastanza caldo là fuori, e non è nemmeno mezzogiorno."

"Farà trentadue gradi oggi" le dissi. "Ma dovrebbe fare più fresco domani e domenica."

Entrai in cucina mentre lei si avvicinava alle finestre. "Le tue vedute sono incredibili, Leo. C'è qualcosa di incredibilmente potente nel deserto."

"È strano che ti senta così" risposi mentre le porgevo il bicchiere di acqua ghiacciata. "Mi sento allo stesso modo, ma alcune persone credono che il deserto sia desolato e senza vita."

Lei scosse la testa. "Non è mai senza vita e penso che sia così affascinante perché può essere pericoloso. Probabilmente è come guardare un tornado. Vuoi distogliere lo sguardo, ma ne sei ipnotizzato."

Le feci cenno di sedersi sul divano. Una volta che si fu seduta, mi sedetti all'altro capo e dissi: "Stai bene? Sembri un po' nervosa."

Forse avevamo passato solo due giorni insieme, ma erano stati giorni intensi e personali.

Ero stato il ragazzo che l'aveva tenuta tra le braccia mentre piangeva sulla mia spalla.

Ero stato il ragazzo che l'aveva fatta sbronzare completamente e poi l'aveva aiutata a tornare a casa.

Ero stato il ragazzo con cui aveva parlato di quanto fosse stata dolorosa la morte di Karma.

Non ero il ragazzo con cui doveva sentirsi a disagio a questo punto.

Ingoiò un sorso d'acqua prima di rispondere: "Forse non sono ancora del tutto convinta che tu sia entusiasta di avermi qui. Continuo a chiedermi se ti sei offerto solo per essere gentile."

Alzai un sopracciglio. Come diavolo poteva ancora *pensarlo*? "Ti ho chiamata, ricordi?"

Mi rivolse quello sguardo solenne con gli occhi grigi che mi faceva sempre venire voglia di farla sorridere mentre rispondeva: "Lo so. E sto ancora cercando di capire perché."

"È davvero così difficile credere che io voglia solo passare del tempo con te, Macy? Che mi piaci e che volevo rivederti?»

Annuì lentamente. "Sì, davvero difficile da credere, in realtà. Finora non sono stata esattamente una buona compagnia per te, e quale donna porta il suo gatto selvatico ad un appuntamento? Okay, aspetta, non che ci stiamo davvero frequentando—"

"Lo considero un appuntamento" le dissi senza mezzi termini mentre mi avvicinavo a lei. "E avresti potuto portare un intero zoo se fosse stato quello che ci voleva per vederti di nuovo. Mi piaci, Macy. Voglio passare più tempo con te e conoscerti. Penso che tu sappia già che sono attratto da te."

I suoi occhi si spalancarono. "Come mai? Non sono il tuo tipo. Affatto."

"Qual è esattamente il mio tipo?" chiesi con voce roca mentre allungavo la mano e le infilavo una ciocca di capelli errante dietro l'orecchio.

Posò l'acqua sul tavolino da caffè e rispose: "Non lo so. Una top model o una donna cresciuta nella tua cerchia aristocratica. Non una donna che trascorre tutto il suo tempo con gli animali e sa a malapena come fare conversazione con un ragazzo attraente come te."

"Sembra che tu stia andando bene" le assicurai. "Puoi onestamente dire che non riesci a sentire la stessa chimica tra noi che provo io?"

Impossibile.

Quell'attrazione magnetica era lì tra noi, e non c'era modo che lei non stesse provando la stessa cosa.

Forse pensavo che non fosse interessata prima, ma quella strana energia era ancora più potente oggi.

Scosse la testa. "Pensavo fossi solo io."

Poiché non volevo spaventarla muovendomi troppo velocemente, le feci semplicemente scivolare il braccio intorno alle spalle e appoggiai la fronte contro la sua mentre le dicevo: "Mi hai fatto indurire l'uccello dalla prima volta che ti ho incontrata. A quanto pare, le top model e le donne snob non fanno per me."

Potevo sentire il suo respiro caldo sul mio viso mentre diceva: "Dimostralo. Se sei così attratto da me, baciami, Leo. Vediamo che tipo di chimica abbiamo."

Maledetto inferno! Se pensava che avrebbe dovuto chiedermelo due volte, si sbagliava.

Non potevo ignorare quella sfida.

Le presi il viso tra le mani e abbassai la bocca sulla sua prima che avesse la possibilità di cambiare idea.

CAPITOLO 8

Macy

EMISI UN PICCOLO gemito, mentre la bocca di Leo copriva la mia, chiedendomi ancora perché diavolo gli avessi chiesto di baciarmi.

Forse ero curiosa quanto lui di capire perché fossi così dannatamente attratta da lui.

Forse volevo sapere se provava davvero la stessa cosa che provavo io.

Forse... stavo morendo dalla voglia che mi baciasse.

Sicuramente non era qualcosa che normalmente avrei detto a un ragazzo. D'altronde, Leo Lancaster non era un uomo qualunque.

Ha ragione. C'è sicuramente una folle chimica tra noi due oggi. Non è la mia immaginazione.

Leo Lancaster mi voleva, e si stava assicurando che lo sapessi, anche se non stava toccando nient'altro che la mia faccia.

Ogni terminazione nervosa nel mio corpo sfrigolava mentre lui mi mordicchiava il labbro inferiore, insistendo perché lo aprissi, cosa che feci quasi immediatamente.

Il suo profumo maschile invase i miei sensi e un desiderio feroce come non avevo mai provato prima inondò il mio intero essere.

Bene. Sì. Forse avevo avuto una cotta pazza per lui quando era stato solo un ragazzo attraente e brillante sul mio schermo televisivo.

Ma non era stato così.

Niente era mai stato così.

Gli avvolsi le braccia intorno al collo e affondai le dita nei capelli della sua nuca.

Era così bello, aveva un odore così buono, che non riuscivo a trattenermi dal toccarlo.

Era passato così tanto tempo da quando mi ero sentita una donna attraente che mi stavo godendo la consapevolezza che Leo mi voleva davvero.

Stavo affogando nel suo desiderio, mentre si mescolava al mio.

"Leo" dissi senza fiato mentre finalmente liberava le mie labbra.

"Cristo! Mi dispiace, Macy" disse con voce frustrata, mentre si allontanava da me. "Volevo baciarti dal giorno in cui ci siamo incontrati, e mi sono lasciato trasportare un po'." Si passò una mano tra i capelli e aggiunse: "Spero che tu sia convinta ora. In caso contrario, voglio riprovare."

Sorrisi, mentre replicavo piano: "Allora forse dovrei fingere di non essere persuasa."

Mi sorrise di rimando, sembrando sollevato mentre rispondeva: "Non avrei problemi a lavorare di più per convertirti alla verità." Con voce più seria, aggiunse: "Non so perché hai pensato che non ci fosse niente fra noi quando l'attrazione è così ovvia."

"È passato molto tempo per me, Leo" gli dissi onestamente, non vedendo alcun motivo per non essere sincera dopo tutto quello che aveva fatto per me. "E non sono sicura di essere mai stata così attratta da qualcuno. Ma tu sei Leo Lancaster, per l'amor di Dio. Probabilmente ci sono milioni di donne a cui piacerebbe andare a letto con te."

Mi avvicinò mentre rispondeva: "È passato un po' di tempo anche per me, e ti garantisco che non sono mai stato così attratto da nessuna. Non vado a letto con tutte le donne che incontro, Macy, e la maggior parte delle volte sono sul campo, dove il mio ultimo pensiero è scopare. Che tu ci creda o no, non ho mai avuto così tante donne come Dylan e Damian. Di solito sono il ragazzo che viene messo saldamente nella friend zone perché ho la strana preoccupazione di stare fuori e sporcarmi invece di preferire passare il mio tempo come fanno gli altri uomini ricchi."

Porca puttana! Cosa diavolo c'era che non andava nelle donne con cui era uscito o a cui era interessato? "Sono pazze" gli dissi. "Ho visto i tuoi documentari. C'è qualcosa di incredibilmente sexy in te quando decidi di… sporcarti. E sembravi a tuo agio con tutti gli eventi sociali per il matrimonio."

Sorrise. "C'è una differenza tra seguire i movimenti e goderseli. Certo, non stavo fingendo di essere entusiasta di essere al matrimonio di mio fratello, ma per la maggior parte, di solito odio gli affari soffocanti. Sono stato cresciuto per far parte di quel mondo, ma la maggior parte delle volte conto le ore che mancano prima di poter scappare da quella particolare folla."

Mi appoggiai allo schienale e appoggiai il mio corpo contro la sua forma solida, senza più sentirmi a disagio nel toccarlo. "Quindi, è stato strano non volere la stessa cosa che volevano i tuoi fratelli maggiori quando eri più giovane?"

Leo iniziò a giocherellare con una ciocca dei miei capelli mentre rispondeva pensieroso: "Sinceramente, non proprio. Ho avuto genitori fantastici, e nessuno dei due mi ha mai fatto sentire diverso perché i miei interessi non erano gli stessi di Dylan e Damian. Mio padre ha visto il loro interesse per la Lancaster International, quindi li ha preparati a subentrare un giorno. Ha avuto lo stesso interesse nel portare avanti la mia istruzione sulla fauna selvatica quando ha visto che i miei interessi erano in quel campo. Non mi ha mai fatto sentire diverso o meno perché non volessi prendere il controllo della Lancaster International con Damian e Dylan. Sia lui che la mamma erano orgogliosi di me, indipendentemente dal tipo di carriera che sceglievo.”

“Non ho conosciuto Bella molto bene perché era così impegnata con il matrimonio, ma ho potuto vedere quella gentilezza in tua madre, e so quanto è stata brava con Nicole” gli dissi. “È una donna incredibile.”

“Lo è” riconobbe. “Mio padre era altrettanto straordinario.”

La mia mano andò istintivamente a coprire la sua. Sapevo che Leo aveva perso suo padre diversi anni addietro. “Deve mancarti.”

“Tutti i giorni” confermò con voce roca. “Dicono che diventi più facile, e forse è così, ma mi manca ancora quasi quanto mi mancava il giorno in cui è morto. Il dolore per la perdita diventa semplicemente meno acuto nel tempo.”

“Hai ragione. Diventa più facile, ma quel profondo dolore dell’anima per la mancanza di qualcuno non scompare mai davvero” gli dissi senza pensare alla mia risposta.

Strinse il braccio intorno a me in modo protettivo. “Quindi, anche tu hai già perso tuo padre?” chiese.

Il mio cuore balbettava.

Non che non avessi saputo che l’argomento sarebbe venuto fuori.

Speravo solo che non fosse così presto.

Per qualche ragione, non potevo semplicemente ignorare la sua domanda.

Aveva fatto troppo per me, visto troppo di me emotivamente perché non gli dicessi la verità.

Annuii. “Sì.”

Certo, questo era qualcosa di cui non mi piaceva parlare, ma se io e Leo avessimo passato del tempo insieme, alla fine l'avrebbe scoperto.

"Dov'è tua madre?» domandò dolcemente.

"Morta anche lei" dissi in tono piatto.

"Fratelli?" chiese ancora una volta.

"Un fratello" dissi mentre le lacrime mi sgorgavano dagli occhi. "Se n'è andato anche lui. Cinque anni fa, li ho persi tutti e tre in un istante durante la mia specializzazione a San Diego. Mio fratello minore Brandon era a casa dall'università per una vacanza. Stava per finire il suo master in ingegneria aerospaziale, e i miei genitori volevano festeggiare facendo un viaggio con lui all'isola di Catalina in elicottero. Le persone lo fanno ogni giorno e non è mai successo niente. È solo un breve salto per quanto riguarda i voli. Di solito è estremamente sicuro, ma quel giorno accadde qualcosa di insolito. L'elicottero precipitò nell'Oceano Pacifico per un guasto al motore. Mio padre, mia madre, mio fratello e il pilota sono morti tutti. I loro corpi sono stati recuperati il giorno successivo."

Leo rimase in silenzio per un momento prima di imprecare: "Cazzo! Hai perso tutta la tua famiglia in un incidente?"

"Sì. Un giorno erano tutti lì ed eravamo una famiglia felice, e il giorno dopo ero completamente sola a cercare di capire come seppellirli tutti" dissi con voce tremante.

Era passato così tanto tempo dall'ultima volta che avevo parlato della mia famiglia che qualcosa si spalancò dentro di me ora che stavo condividendo quella tragedia con qualcun altro.

"Cristo, Macy" disse con voce roca mentre mi avvolgeva con l'altro braccio come se potesse in qualche modo proteggermi. "Mi dispiace così tanto. Come si sopravvive a una cosa del genere? Ho perso mio padre e mi sentivo come se non ce l'avrei fatta a superare quel dolore. Ma non era niente in confronto alla perdita dell'intera famiglia."

Le lacrime cominciarono a scorrere liberamente lungo le mie guance. Ora che avevo iniziato, non mi sarei fermata senza aver tirato fuori tutto. "Ci sono stati giorni in cui non ero sicura di farcela, e poi ci sono stati giorni in cui ero insensibile perché non riuscivo più a sopportare il dolore. È stata dura, Leo. Lo è ancora. Eravamo davvero legati. Una volta sistemato tutto a Newport Beach, non ero sicura di poter tornare alla mia specializzazione a San Diego, ma sapevo che dovevo farlo. Mamma e papà mi hanno aiutata con la mia istruzione e avrebbero voluto che andassi avanti. Lavoravano duramente per aiutare me e Brandon con il college, quindi nessuno di noi si è laureato con una quantità schiacciante di debiti studenteschi. Papà aveva il suo piccolo servizio idraulico e mamma era una bibliotecaria, quindi non erano esattamente ricchi. Mi sono spinta a lasciare Newport Beach e tornare a San Diego. Sapevo che i miei genitori sarebbero rimasti delusi se non l'avessi fatto, ma ero ancora così sotto shock che mi sono sentita come se fossi un automa per un po'. Trascorrere del tempo con Karma, Nicole e Kylie era l'unica cosa che mi manteneva sana di mente. Sfortunatamente, Nic non viveva qui in California quando è successo e Kylie aveva le sue sfide all'epoca, quindi la mia principale confidente di solito era Karma."

"Quindi, perderla ti ha ricordato di nuovo quel dolore?" chiese Leo gentilmente.

Annuii. "Le riversavo il mio cuore quando avevo bisogno di una sorta di conforto. Forse è assurdo, ma a volte penso che capisse perché lei stessa aveva sofferto così tanto."

"Non è assurdo. Ti ha aiutata a superarlo. Come si può affrontare lo stress di una specializzazione impegnativa e superare il dolore della perdita di tutta la famiglia?" chiese con voce roca.

Chiusi gli occhi e tutto il mio corpo rabbrividì mentre ricordavo quanto fosse stato difficile allora. "Non sono sicura di aver affrontato completamente il dolore. Ho dovuto soffocarne la maggior parte" spiegai. "Mi sono rifugiata nella difficoltà della mia specializzazione, ho cercato di riempire ogni singolo momento della mia giornata in modo da poter rimanere nella negazione. Ha funzionato per un po', ma giorno dopo giorno senza parlare con la mia famiglia mi ha quasi distrutta. Io e i miei genitori eravamo sempre in contatto e io e Brandon eravamo migliori amici. Era il mio fratellino. Se non parlavamo, almeno ci scrivevamo ogni giorno. Sono passati cinque anni, ma ci sono ancora momenti in cui vado nel panico perché improvvisamente mi rendo conto di essere passata dall'essere parte di una famiglia felice all'essere completamente sola."

Fece scorrere le mani su e giù per le mie braccia con un movimento rassicurante. "Non so come cazzo ci sei riuscita" disse con voce stridula vicino al mio orecchio. "La perdita di un genitore è schiacciante per l'anima. Non so come si affronta la perdita di tutti."

Scrollai le spalle. "A volte la vita non ci dà la possibilità di scegliere cosa dobbiamo gestire. Quella perdita ha lasciato il segno e da quel giorno non sono stata brava nelle relazioni. Non che fossi così brava con le relazioni romantiche prima, ma ora faccio schifo negli appuntamenti, Leo. Forse non voglio preoccuparmi di nessun altro perché so che niente dura per sempre. La felicità è fugace. Un giorno stai volando alto e il giorno dopo il destino ti porta via tutto e tutti quelli che ami."

"Non è del tutto vero, Macy. La felicità può durare e puoi volare in alto per molto tempo senza schiantarti" ribatté con un tono basso e paziente. "Ma so perché ti senti come ti senti."

Emozioni che non affrontavo da anni presero vita dentro di me e soffocai un singhiozzo.

Leo mi sollevò in grembo e sostenne il mio corpo, mentre io appoggiavo la testa contro la sua spalla e liberavo il tipo di dolore che mangiava l'anima di una persona.

Non parlava.

Non cercava di sistemare nulla.

Leo semplicemente mi teneva come se non mi avrebbe mai lasciata andare, mentre io piangevo e inzuppavo la sua maglietta con le mie lacrime.

"Dio, mi-mi d-dispiace così tanto" balbettai mentre i singhiozzi si placavano. "Ho perso il conto di quante volte ti ho fatto questo negli ultimi giorni."

Accarezzò delicatamente la mia nuca con una mano, mentre avvicinava la bocca al mio orecchio e diceva: "Sono qui per te ogni volta che hai bisogno di piangere. Sei stata così incredibilmente forte, Macy, ma non devi più essere sola."

Mi tirai indietro e iniziai ad asciugarmi le lacrime dagli occhi.

Non ero sicura di come fosse successo, ma Leo Lancaster era davvero diventato un posto sicuro per me. Probabilmente perché non sarebbe mai stato il tipo da giudicare o cercare di spazzare via il dolore di qualcuno.

"Non parlo molto della mia famiglia" gli dissi. "È troppo difficile parlarne, ma volevo che tu lo sapessi perché sei stato così straordinario negli ultimi giorni. Dio, le cose non sono mai così emotive per me. So che probabilmente è difficile per te capire il legame tra Karma e la mia famiglia—"

"Non lo è" disse con decisione. "Era la tua confidente e la tua consolatrice quando eri sola e confusa a morte."

Annuii. "La maggior parte delle persone penserebbe che sono pazza."

"La maggior parte delle persone dimentica che gli esseri umani sono animali. Dovremmo essere i più intelligenti di tutti. A volte ho i miei dubbi su questo" brontolò secco.

Risi e poi mi irrigidii, quando sentii quello che sembrava il flusso dello scarico del bagno provenire dal lungo corridoio principale della splendida casa di Leo.

"Che diavolo?" disse Leo, mentre le sue braccia si stringevano intorno a me. "Giuro che quello era il *mio* gabinetto, ma non c'è nessun altro."

I miei occhi si posarono sull'albero dove avrebbe dovuto esserci Hunter, e poi lungo il corridoio principale mentre dal gabinetto si sentiva un altro scarico dello sciacquone e poi ancora... e ancora.

Sì. È quello che penso.

"Ummm... ti ricordi quando ti ho detto che Hunter aveva alcune stranezze?" chiesi a Leo, il mio tono pieno di trepidazione. "Probabilmente la prima cosa di cui avrei dovuto avvertirti era la sua affinità per l'acqua. Qualsiasi acqua. Voglio dire, ama davvero, davvero, l'acqua di qualsiasi tipo. Infatti, la adora così tanto che tira lo sciacquone più e più volte solo per guardarla e sentirla vorticare se non chiudi il coperchio del water."

Girai la testa per guardarlo in faccia, mentre elaborava ciò che avevo appena detto.

All'inizio sembrava incredulo.

Quando il flusso si sentì di nuovo, sembrò un po' sorpreso.

Poi, quando successe ancora una volta, potei dire che finalmente era convinto.

Leo Lancaster sorrise, gettò indietro la testa ed emise la risata più meravigliosamente divertita che avessi mai sentito.

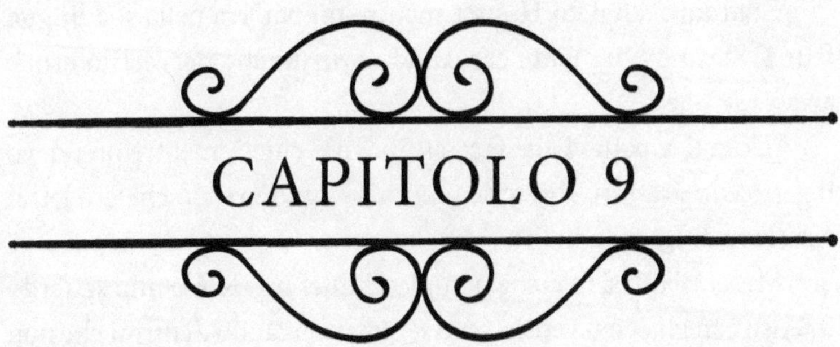

CAPITOLO 9

Leo

"È FANTASTICO, LEO. TUTTO. È il luogo perfetto per un centro di conservazione e questa area di riabilitazione è enorme" disse Macy con un enorme sospiro, mentre si guardava intorno all'interno del centro di riabilitazione sabato.

La guardai, mentre osservava la grande struttura interna.

Era vestita in modo casual con un paio di jeans, sandali e una maglietta bianca con il logo dello zoo di San Diego e le immagini di uccelli e un grande koala sul davanti.

Sorrisi compiaciuto perché ovviamente collezionava magliette dei luoghi in cui aveva lavorato o che aveva visitato, proprio come me.

Stamattina avevo scelto di indossare una maglietta del Chester Zoo e un paio di jeans, il mio abbigliamento standard ogni volta che andavo al centro di conservazione.

I miei occhi vagarono sulle curve arrotondate del culo di Macy quando si chinò a guardare alcune delle nostre attrezzature.

Cristo! La tentazione era proprio lì ed era davvero difficile ignorare uno spettacolo come quello.

"Miao! Miao! Miao!"

Guardai accigliato Hunter mentre mi parlava nella sua lingua felina. Stava ovviamente cercando di dirmi che pervertito ero, e aveva ragione.

"Cosa ti aspettavi che facessi, amico?" chiesi, mentre prendevo il gatto e lo grattavo dietro le orecchie. "Ignorare ciò che era letteralmente di fronte a me?"

Mi sentii quasi in colpa quando Hunter mi rivolse uno sguardo intenso con gli occhi verdi, come se stesse cercando di dirmi che non dovevo guardare Macy come un maniaco.

"Non è possibile" brontolai. "È troppo bella per essere ignorata."

Il gatto continuò a spararmi quello che percepivo come uno sguardo ammonitore e poi sbatté la testa contro la mia spalla prima di leccarmi il lato della faccia.

Durante le ultime ventiquattro ore, avevo imparato a convivere con il felino amante dell'acqua.

All'inizio, avevo trovato la sua ossessione un po' divertente, ma mi ero subito reso conto che sarebbe stato necessario rendere seriamente a prova di Hunter la mia casa subito dopo che era entrato in bagno la notte prima mentre stavo facendo la doccia. Aveva facilmente trovato un modo per entrare nella doccia con me entrando in cima alla cabina.

Non solo mi aveva spaventato a morte, ma avevo dovuto tenerlo sotto controllo prima che decidesse di usare le mie palle come un giocattolo da masticare e crogiolarsi nell'acqua calda come se fosse lì per il *suo* divertimento.

Maledizione! Il gatto era pericolosamente intelligente. Molto più di qualsiasi gatto domestico che avessi mai incontrato.

Al momento stava girando nella struttura tenuto in una pettorina con Macy, e non solo era ben addestrato al guinzaglio, ma seguiva anche i suoi comandi.

L'unica volta che provava ad uscire dalle righe era quando veniva tentato dall'acqua.

Anche in quel caso, Hunter riusciva a sembrare un po' vergognoso dopo essere stato sorpreso a scherzare con l'acqua, ma non sembrava scoraggiato del tutto dal farlo di nuovo.

Il problema era che era anche incredibilmente affettuoso, quindi era molto difficile arrabbiarsi troppo con il mostro.

Davvero, era un grosso problema dover tenere il coperchio del water abbassato quando lui era in giro perché Hunter non avrebbe fatto nulla per aiutare la situazione della siccità in California con la sua ossessione per lo sciacquone?

No. Non lo era. Né era una grossa imposizione assicurarsi che la porta del bagno fosse chiusa e bloccata quando avevo bisogno di fare la doccia.

Hunter lo potevo gestire.

Tuttavia, non ero ancora del tutto sicuro di cosa pensare delle rivelazioni di Macy del giorno prima.

Quello che aveva vissuto era inconcepibile per me.

Avevo perso mio padre, ma avevo avuto mia madre e i miei fratelli a cui appoggiarmi quando eravamo tutti in lutto.

Chi aveva avuto Macy?

Sapevo che Nicole e Kylie erano state lì per lei, ma all'epoca non erano molto vicine geograficamente.

Aveva perso tutta la sua famiglia in un incidente.

Che cazzo si provava a far parte di una famiglia amorevole un momento prima per poi essere completamente soli quello dopo?

Accarezzai con la mano il morbido manto di Hunter, mentre guardavo Macy tornare indietro verso le stanze dei trattamenti.

Sarebbe stato dannatamente insopportabile affrontare ciò che aveva affrontato lei, eppure eccola lì, ancora incredibilmente concentrata sulla sua carriera.

Era impossibile che quell'esperienza non avesse lasciato la sua parte di danni, ma solo il fatto che fosse rimasta in piedi e attiva era un fottuto miracolo per me.

Era riuscita a farcela dedicandosi ad aiutare gli animali e non affrontando completamente la tragedia.

Forse quello era stato l'unico modo per affrontare il suo dolore perché accettarlo tutto in una volta l'avrebbe probabilmente schiacciata fino a non poter essere efficiente.

Avrei voluto essere lì per proteggerla.

Come se avermi intorno le avrebbe impedito di provare la desolazione e l'angoscia di aver perso la sua famiglia?

No, sarebbe stata ancora in uno stato di lutto agonizzante, ma almeno qualcuno sarebbe stato lì ad abbracciarla, a ricordarle che non tutti quelli a cui teneva nella sua vita l'avevano lasciata.

"Miao!"

"Scusa, amico" dissi a Hunter quando mi resi conto che avevo stretto il suo corpo un po' troppo forte, mentre pensavo all'orribile esperienza di Macy.

Misi Hunter a terra e gli lasciai trascinare il guinzaglio mentre esplorava. Eravamo al chiuso e dal momento che la riabilitazione era vuota, il gatto poteva incontrare pochissimi problemi.

"Senza dubbio avrai una varietà di specie da riabilitare" disse Macy mentre iniziava a tornare verso di me. "Questa zona e Palm Springs sono così vicine a così tanti corridoi della fauna selvatica ed è circondata dalle montagne. Orsi, linci rosse, leoni di montagna e altri grandi animali da preda sono alcune possibilità."

Annuii. "Ci sono anche molte specie in via di estinzione nella Coachella Valley, dai rospi e dalle rane alle pecore del Bighorn peninsulare. Ovviamente, il nostro obiettivo sarà quello di riabilitare e liberarne il più possibile."

Macy mi sorrise dicendomi: "Questo è un progetto molto ambizioso."

Scossi la testa. "Non così ambizioso come la mia struttura in Inghilterra. Le sfide più grandi si verificheranno nel primo anno circa, quando creeremo habitat per la nostra riproduzione in cattività. È caotico quando si stabiliscono programmi per più di una specie alla volta."

"Sono davvero entusiasta che tu sia coinvolto nel tentativo di recuperare un numero di specie di lupi in pericolo di estinzione" disse Macy con entusiasmo. "Tutti i tuoi allevamenti in cattività saranno mammiferi?"

"Qui, sì" confermai. "Non siamo preparati per nient'altro. La struttura è troppo piccola e ci concentreremo parzialmente anche sulla riabilitazione. Non affronterò più di quanto possiamo fare estremamente bene."

"Molto saggio" disse, mentre mi lanciava uno sguardo ammirato che mi fece sentire un fottuto dio.

Forse i nostri primi giorni insieme erano stati difficili, ma avevo presto scoperto che stare con Macy in circostanze normali era la miglior sensazione del mondo.

"Mi dispiace che non sia stato così caldo oggi" dissi mentre prendeva il guinzaglio di Hunter.

Mi rivolse un sorriso malvagio mentre si raddrizzava. "Conosco un posto che è molto più freddo" disse con voce canzonatoria.

Alzai un sopracciglio. "Dimmi."

"Di solito fa molto più fresco quando sei sopra i duemilacinquecento metri. Hai già preso la Tram Way?" chiese.

Brillante! Avrei dovuto pensarci io stesso.

"Ne ho sentito parlare" confessai. "Ma non ho ancora avuto la possibilità di salirci."

Arricciò il naso adorabilmente. "È terribilmente turistica, ma dovresti davvero andarci almeno una volta."

"Tu ci sei stata?" chiesi incuriosito.

Lei annuì. "Diverse volte, ma sono anni che non ci vado. L'ultima volta che ci sono stata ero qui con la mia famiglia."

Fanculo! Odiavo anche la piccola quantità di malinconia che si insinuò nel suo sguardo. "Sei sicura di volerlo fare? L'ultima cosa che voglio fare è portare alla luce ricordi dolorosi per te, Macy."

Scosse la testa. "Non sono ricordi tristi, e forse è ora che ne parli. Erano tempi felici, e sono andata anche con gli amici. Mio padre amava tutte le cose da turista di cattivo gusto, e lo adoravamo per questo. Ci divertivamo così tanto a inseguire quelle trappole per turisti. Penso che io e Brandon detenessimo una sorta di record per i bambini che visitavano la Disney e tutti gli altri parchi a tema da piccoli."

Avvolsi il mio braccio intorno alla sua vita, mentre uscivamo dal centro di riabilitazione perché non potevo trattenermi. Volevo starle vicino nel caso in cui potessi aiutare a riempire il vuoto che a volte doveva provare.

Mi uccideva pensare che Macy fosse sola e ferita, ma sapevo che era esattamente così che si era sentita molte volte negli ultimi cinque anni.

Aveva parlato della necessità di negarlo in una certa misura.

Ovviamente aveva bisogno di rilasciare un po' del suo dolore in modo che non fosse esploso tutto allo stesso tempo, il che sarebbe stato insopportabile.

"Quante volte?" chiesi poiché sembrava quasi felice di rivivere alcuni dei tempi migliori con la sua famiglia ora.

Scrollò le spalle. "Ho perso il conto dopo venticinque, ma andavamo spesso. Quindi, se sei pronto a salire sulla funivia, preparo qualcosa per il pranzo e possiamo andare ad esplorare la cima. Dovremo fermarci a casa tua e dovrai prestarmi una felpa. Non mi aspettavo di aver bisogno di abbigliamento pesante."

Sorrisi, mentre guardavo il suo viso. Potevo quasi sentire le ruote girare nel suo cervello mentre pianificava rapidamente il viaggio improvvisato.

"Suppongo che non possiamo portare Hunter" riflettei.

"Non gli è permesso salire sulla funivia. Dovrà rimanere indietro in questo viaggio. Fai attenzione" avvertì lei in modo scherzoso. "Comincerò a pensare che ti piaccia, anche se ti ha quasi graffiato le palle."

Corrugai la fronte. "Oh, quindi pensi che sia divertente, vero?"

Rilasciò qualcosa che suonava sospettosamente come una risatina. "In realtà, sì. Non posso farci niente. È qualcosa di cui non mi sono dovuta preoccupare la prima volta che si è intrufolato nella mia doccia."

Maledizione! Immaginare come sarebbe stata quella doccia era l'ultima cosa che dovevo fare, ma volevo che il suo corpo sinuoso mi avvolgesse così tanto che non potevo impedire al mio cervello di andare lì.

La fermai, la avvolsi con l'altro braccio e la tirai in modo che mi guardasse mentre andavamo all'ombra sotto un albero. "Sono estremamente affezionato ai gioielli di famiglia, donna" le dissi in un finto ringhio.

Mi guardò con uno sguardo innocente sul viso. "Ne sono sicura. Sfortunatamente, sembrava che anche Hunter li trovasse piuttosto affascinanti."

"È una minaccia" dissi scherzando.

"Ti piace" accusai.

"Colpito" ammisi, mentre mi avvicinavo e la bloccavo tra il mio corpo e il tronco dell'albero. "Come posso non essere affascinato da un gatto che può giocare al riporto, camminare al guinzaglio e tirare lo sciacquone? A proposito, hai fatto un lavoro fantastico nell'addestrarlo."

Scrollò le spalle. "Non ero io la responsabile del giochino del bagno. L'ha capito da solo, e non l'ho istruito da sola. Ho avuto aiuto."

Stavo cominciando a rendermi conto che la sua risposta era quella tipica di Macy.

Raramente si prendeva il merito esclusivo di tutto ciò che faceva o realizzava.

Poggiai un palmo sull'albero sopra la sua testa e fissai i suoi bellissimi occhi. Le ombre erano ancora lì, ma erano di un grigio più chiaro di quando aveva previsto la morte di Karma.

Sembrava più felice.

Sembrava più a suo agio.

Sembrava... la donna più sexy su cui avessi mai posato gli occhi.

"Ti bacerò se non mi fermi" l'avvertii con voce roca.

Mi mise una mano sul petto ma non mi respinse. "Leo, sai già che non me la cavo bene con le relazioni. Ancora prima di perdere tutta la mia famiglia, ero ridicolmente imbarazzante negli appuntamenti. Non ho un ragazzo normale dai miei anni da studentessa, ed è passato tanto tempo dall'ultima volta che ho fatto sesso. Tuttavia, voglio ugualmente che mi baci e non sono sicura di cosa fare al riguardo."

Il mio cuore sbatté contro la parete toracica quando vidi il modo in cui mi divorava con gli occhi.

Voleva.

Ne aveva bisogno.

E fanculo! Volevo dare a Macy Palmer tutto ciò che voleva e anche di più.

"Ti ho chiesto qualcosa?" chiesi.

Scosse la testa dicendo: "No."

"Davvero pensi, dopo quello che mi hai detto, che inizierei a pretendere qualcosa da te?"

Deglutì a fatica. "Probabilmente no."

"Allora, perché diavolo sei così preoccupata? Voglio rubarti un bacio. Questo è tutto. Per ora" dissi con voce roca.

Va bene, forse volevo molto di più da lei, ma non ero un completo coglione. Non avrei chiesto più di quanto lei potesse darmi in questo momento.

Mi avvolse rapidamente le braccia intorno al collo e mi abbassò la testa. "Va bene" disse senza fiato. "Allora ruba tutti i baci che vuoi."

Sorrisi al suo entusiasmo mentre mi precipitavo in avanti e le rubavo le labbra, e poi la depredavo molto più a lungo di quanto avrei dovuto.

Era così fottutamente dolce e più assaggiavo, più volevo.

Macy Palmer mi faceva provare cose che non provavo da quando ero un adolescente, e non ero sicuro che mi piacesse.

Avevo quasi zero controllo ogni dannata volta che la toccavo.

Rilasciò un piccolo gemito contro le mie labbra e il mio uccello fu subito duro come una roccia e pronto a soddisfarla.

Fanculo!

Dovetti sforzarmi di rilasciare le sue labbra in modo che potesse prendere fiato e io potessi ricompormi.

Era un vero inferno lasciarla andare perché sapevo che mi voleva tanto quanto io volevo lei.

La tenni finché non smise di ansimare contro la mia spalla e poi feci un passo indietro e la liberai.

Abbassai la fronte contro la sua spalla mentre borbottavo: "Farai meglio a portarmi in un posto più fresco, dopo quello, donna."

Rise leggermente, come una seduttrice sanguinaria, e decisi immediatamente che ogni momento della mia attuale tortura ne valeva assolutamente la pena.

CAPITOLO 10

Macy

"FINIRÒ COMPLETAMENTE VIZIATO" disse Leo mentre spalmava altra salsa di feta su una pita. "Questo è il miglior pranzo che abbia mangiato da molto tempo."

Con la pancia completamente piena, mi sdraiai sulla grande coperta che avevamo steso fuori dal sentiero escursionistico vicino alla vetta dei Monti San Jacinto.

Eravamo saliti sulla Tram Way e avevamo camminato per un po' prima di trovare un posto dove trangugiare il pranzo che avevo preparato frettolosamente a casa di Leo.

"Allora sei ovviamente affamato" dissi con una risatina. "Non ho esattamente avuto il tempo di organizzare un pranzo gourmet."

Sapevo per esperienza passata che lo snack bar e la gastronomia in cima alla montagna non avevano cibo molto appetitoso. Avevo messo insieme qualcosa a casa di Leo dopo aver fatto una breve sosta al negozio di alimentari.

"Non importa" mi disse. "Nessuno mi prepara mai il pranzo, e questo è fantastico."

Nessuno gli ha mai preparato il pranzo? Come è possibile? La maggior parte dei miliardari non aveva uno chef di qualche tipo?

Sapevo che la madre di Leo aveva personale nella sua tenuta in Inghilterra, ma a quanto pareva Leo non trascorreva molto tempo lì.

"Non hai qualcuno che cucina per te?" chiesi.

Deglutì e bevve un po' d'acqua prima di rispondere: "Mai. Il mio programma è imprevedibile. O lancio qualcosa nel microonde o prendo semplicemente da portar via."

Sorrisi al suo uso del termine britannico per asporto. "Ho infilato un po' di pasta preconfezionata nel forno per i biscotti, ho farcito dei panini con insalata di uova e ho preparato un po' di salsa feta, che ha richiesto circa cinque minuti. Poi ho aggiunto della frutta per compensare i biscotti. Non è esattamente cibo gourmet, Leo."

Si strinse nelle spalle. "È speciale per me. Grazie per averlo fatto e per aver pensato a un modo per stare freschi. È incredibile quassù."

Sospirai. Dio, era così facile da accontentare e così premuroso. Non riuscivo a pensare a un solo ragazzo nel mio passato che mi avrebbe ringraziata per aver messo insieme del cibo.

"A mia madre piaceva cucinare e cuocere al forno" condivisi, sorpresa di sentirmi così a mio agio nel condividere alcune cose di famiglia con lui. "Ma aveva un lavoro impegnativo, quindi non aveva sempre tempo da trascorrere in cucina. Ho imparato molto da lei su come ottenere un pasto decente al volo."

"E tuo padre?" chiese.

Sorrisi. "Gli piaceva mangiare, quindi aiutava con i piatti. Lo facevamo tutti."

Leo iniziò a mettere i contenitori per il cibo nello zaino che aveva portato. "Mi interessano sicuramenti i dettagli dei piatti" confessò. "Non sono bravo in cucina. L'unica cosa che riesco a cucinare sono i pancake britannici. E l'unico motivo per cui so cucinarli è perché io e i miei fratelli li facevamo con i nostri genitori. Era qualcosa che facevamo come famiglia, ma per il resto avevamo un cuoco che ci dava da mangiare ogni giorno. Eravamo decisamente privilegiati."

Sembrava così in colpa che risposi. "Non c'è niente di sbagliato in questo se hai i soldi per assumere qualcuno. Tuo padre era un duca miliardario con un'enorme società e tua madre sembra ancora avere un milione di cose da fare ogni giorno per i suoi enti di beneficenza. Sono sicura che il tempo era denaro nella tua famiglia ed era molto più facile avere qualcuno che facesse le piccole cose che richiedono così tanto tempo. Sono solo sorpresa che tu non abbia qualcuno che cucini per te ora."

Chiuse la cerniera dello zaino e raccolse l'acqua mentre rispondeva: "In realtà non ho mai avuto una casa personale. Quella di Palm Springs è la prima per me. Il mio centro di conservazione in Inghilterra ha un'area con dormitori poiché il personale deve rimanere occasionalmente se succede qualcosa di critico. Rimango lì quando sono al centro. Se sono vicino alla città, sono lì per vedere mamma, quindi rimango nella tenuta. L'affitto è un'opzione se ho bisogno di restare da qualche parte per un po'. Il più delle volte, viaggio. Non ho mai visto il senso di possedere una casa fino ad ora."

I miei occhi si spalancarono. "Perché ora?"

Sorrise e il mio cuore tremò a quel sorriso diabolico. "Sono cresciuto" rispose. "So che la mia residenza principale sarà qui per un po' e sto iniziando a rallentare i miei viaggi. Sarebbe bello dormire più spesso in un vero letto. Manderò comunque la mia squadra in esplorazione, ma non devo sempre stare con loro. Questo centro di conservazione è importante per me e mi piacerebbe trascorrere più tempo anche in quello in Inghilterra. Ho un buon personale, ma c'è un limite su ciò che possono decidere in mia assenza. Ho perso alcune opportunità di aiutare essendo via così spesso."

Non avevo mai pensato a quanto fosse stato scomodo per Leo dormire nella foresta... o in una giungla... o sulle montagne... o in qualsiasi luogo così remoto da poter trovare animali estinti che esistevano ancora. Sì, in parte poteva essere eccitante, ma aveva già ammesso che si sentiva solo.

"Mi piaceva andare in campeggio quando ero più piccola" confessai. "Ma non penso che sia qualcosa che vorrei fare tutto il tempo."

Si strinse nelle spalle. "Penso di essermi abituato perché fa parte del lavoro se voglio andare dove vive la fauna selvatica in via di estinzione."

Scossi la testa mentre lo guardavo. "Sei davvero straordinario, Leo."

E Dio, era davvero incredibile.

Quanti ragazzi ricchi avrebbero rinunciato a una vita molto comoda per perseguire la loro passione per la fauna selvatica?

Avevo conosciuto molti zoologi, biologi della fauna selvatica e veterinari esotici. Ero disposta a scommettere che pochissimi di loro erano disposti ad affrontare le condizioni scomode necessarie per fare ciò che Leo aveva fatto per anni.

Sorrise. "Penso che tu sia l'unica a pensarla così. Tutti gli altri pensano che io sia pazzo."

Avvicinai l'indice e il pollice mentre dicevo: "Potrebbe esserci anche un po' di pazzia lì dentro."

Scosse la testa. "Troppo tardi. Hai già affermato che sono fantastico. Mantengo questa opinione."

Risi. Non potei trattenermi. Leo era tanto divertente quanto stupendo.

"Ti mancherà stare sempre sul campo?" domandai.

"Per la maggior parte, no" rispose. "L'unica cosa che mi mancherà è trovare qualche speranza che non siamo riusciti a uccidere completamente una specie. Sono sicuro che ci saranno alcuni casi che vorrò indagare personalmente, ma anche il lavoro che sto facendo per la conservazione qui e al centro in Inghilterra è importante. Niente finisce sul campo quando troviamo la prova dell'esistenza di una specie. Questo è solo l'inizio. Continua con il duro lavoro che deve essere svolto giorno per giorno per salvare quella specie."

Aveva ragione. Una volta riconosciuta una specie in pericolo di estinzione, c'era molto di più da fare oltre a trovarla in natura.

"Non vedo l'ora di vedere tutto quello che succede qui" dissi emozionata. "Deve essere gratificante anche essere coinvolti nei programmi di riproduzione in cattività."

Si strinse nelle spalle. "Quando funzionano. Sappiamo entrambi che a volte ci sono più fallimenti che successi quando si tratta di allevamento in cattività. Soprattutto quando vuoi reintrodurli in natura. A volte è esilarante e a volte uccide l'anima."

Annuii. "Posso solo immaginare. Presumo che siano le storie di successo a farti andare avanti."

"Sempre" disse con enfasi. "Un successo può compensare parecchi fallimenti."

"Lo capisco" convenni. "Una vita animale salvata per me è sufficiente per sostenermi dopo averne persa un'altra. Facciamo quello che possiamo, giusto? E fa la differenza."

Ingoiò un sorso d'acqua prima di dire: "Non lo faremmo se non pensassimo di fare la differenza."

"Sono felice di essere in giro per veder crescere il tuo centro" dissi onestamente.

La fronte di Leo si corrugò e fece un respiro profondo. "Macy, voglio davvero parlarti del centro qui."

"Problemi?" chiesi, preoccupata.

"No. Non voglio parlarti di problemi. Immagino di aver cercato, senza molto successo, di capire cosa penseresti di un'offerta di lavoro. Avrò bisogno di un direttore medico veterinario. Hai detto che stavi cercando una sfida. Mi chiedo se quel lavoro potrebbe soddisfare i tuoi criteri."

Rimasi a bocca aperta davanti a lui, momentaneamente stordita fino al silenzio.

C'erano solo due centri di conservazione Lancaster in tutto il mondo e Leo Lancaster mi aveva appena chiesto se sarei stata interessata a essere il direttore medico di uno di questi.

Completamente.

Senza parole.

Era il tipo di lavoro per il quale speravi di essere qualificato da qualche parte lungo la strada, dopo alcuni decenni di carriera.

Sì, ero una veterinaria esotica. Avevo quelle qualifiche.

Sì, avevo avuto una specializzazione davvero impressionante per tre anni che mi aveva fatto fare un sacco di esperienza con tutti i diversi tipi di fauna selvatica.

Tuttavia, qualsiasi esperienza che avevo ottenuto con i programmi di allevamento allo zoo era stata pesantemente supervisionata da un veterinario senior perché non avevo l'esperienza alle spalle nell'allevamento in cattività.

Sì, mi ero anche esercitata per alcuni anni in un rifugio di grandi felini molto rispettabile.

Ma oh, merda, niente avrebbe potuto prepararmi a *questa* offerta di lavoro.

Lavorare per il prestigioso centro di conservazione all'avanguardia di Leo sarebbe stato *il* lavoro dei sogni per qualsiasi veterinaria zoologica, e sapevo che c'erano veterinari esotici molto più qualificati di me.

"L-Leo" balbettai. "Non so nemmeno cosa dire. Dio, non riesco a pensare a nessun veterinario esotico che rifiuterebbe la tua offerta. Tutto ciò che fai è all'avanguardia della tecnologia e della medicina veterinaria. Ma non ho l'esperienza di cui hai bisogno. Non sono mai stata molto coinvolta in un programma di riproduzione in cattività."

"Questo è esattamente ciò che ha detto il mio direttore medico, Jaya, quando le ho offerto lo stesso lavoro al centro in Inghilterra. Aveva la tua età, Macy, con un passato simile. È stata una delle migliori decisioni che abbia mai preso. Sì, ci sono alcune informazioni sull'allevamento in cattività che attraversano tutte le specie, ma per la maggior parte, ogni volta che ottieni una nuova specie da riprodurre, stai imparando di nuovo. Ognuna è diversa. Le abitudini di allevamento sono diverse. Quando prendo una nuova specie per l'allevamento in cattività, arriva con esperti che addestrano la mia gente su quella particolare razza finché il mio staff non si sente a proprio agio nel gestire le cose senza gli esperti in giro. Posso portare Jaya ad aiutarti finché non ti sentirai più a tuo agio se pensi che sarebbe d'aiuto. Penso che sarebbe felice di farlo. Oltre all'abilità, l'unica cosa essenziale per il lavoro è la passione. Ce l'hai. Saresti un'aggiunta incredibile alla squadra qui e saresti con me in ogni colloquio con il tuo staff di supporto. Una volta che ti sentirai a tuo agio, dubito che avrai bisogno del mio contributo."

"E il centro di riabilitazione?" chiesi, ancora stordita.

"Lo supervisionerai poiché sarai il direttore medico del centro, ma assumeremo personale per la gestione quotidiana della riabilitazione. La maggior parte del tuo tempo e delle tue responsabilità sarà dedicata agli animali nei programmi di riproduzione in cattività e sappi che non lo farai da sola. Ci vuole un'intera squadra per ogni specie."

Mi girava la testa, quando smise di parlare.

Volevo urlare di eccitazione e dirgli che ovviamente avrei accettato il lavoro.

Ma... esitai.

Volevo essere sicura di non deluderlo.

"Potrei avere un po' di tempo per pensarci? E ti dispiacerebbe se parlassi con Jaya solo per avere un'idea delle sue responsabilità?"

Annuì. "Certo. Non sono un veterinario, quindi non posso darti il punto di vista di un veterinario su come sia il lavoro."

Gli lanciai uno sguardo desideroso. "Non fraintendermi, voglio accettare, Leo. Diavolo, qualsiasi veterinario vorrebbe accettare questo lavoro. Voglio solo assicurarmi di essere adatta per la posizione."

"Se non avessi pensato che lo fossi, non l'avrei offerto" disse in tono solenne. "Non ti mentirò dicendo che non sono attratto da te, ma questo non ha nulla a che fare con questa offerta di lavoro. Prenditi il tuo tempo e assicurati che sia adatto a te. Abbiamo un mese o due prima che tu debba effettivamente presentarti al centro ogni giorno, ma avrei bisogno di una risposta prima, così possiamo iniziare a lavorare per assumere più personale. So che dovrai dare il tuo preavviso al rifugio."

"L'ho già fatto" dissi piano. "Ho chiamato il direttore e gli ho fatto sapere che sarei partita alla fine della prossima settimana. Ha assunto il mio sostituto alcuni mesi fa dopo che gli ho detto che me ne sarei andata una volta che Karma fosse morta. Gli sta bene. È preparato. Sa che me ne andrò da mesi ormai e capisce quanto sarebbe difficile per me rimanere lì ora che Karma non c'è più. Sa che voglio andare avanti e usare di più le mie capacità da qualche altra parte."

"Tornerai al rifugio lunedì?" chiese Leo, con voce preoccupata. "Starai bene?"

"Starò bene. Avrò delle decisioni serie da prendere che mi distrarranno" gli dissi con un piccolo sorriso. "Pensavo di essere in cerca di lavoro, ma forse no..."

"Puoi iniziare prima se hai bisogno di uno stipendio, ma la tua presenza fisica non sarà subito critica" offrì.

"Sto bene" condivisi, toccata dal fatto che considerasse la mia situazione finanziaria. La maggior parte delle persone ricche come lui probabilmente non lo avrebbe fatto. "I miei genitori non erano ricchi, ma avevo dei soldi da mettere in banca una volta aver venduto la casa della mia infanzia, e sono stata in grado di risparmiare mentre ero al rifugio. Sono stata fortunata a finire la scuola senza debiti studenteschi. Ero abbastanza a mio agio da lasciare il rifugio senza un altro lavoro. Ho bisogno di lavorare, ma ho tempo. Onestamente, penso che mi farebbe bene prendermi un po' di tempo libero. Questo giorno mi ha ricordato quanto sia divertente prendersi un po' di tempo per rilassarsi una volta ogni tanto."

Avevo cercato di superare il mio dolore e la mia tristezza per così tanto tempo che in realtà avevo dimenticato esattamente come rallentare.

Per la prima volta, stavo anche riconoscendo il fatto che potevo parlare dei bei momenti con la mia famiglia senza provare il dolore accecante della loro perdita.

"Sarei entusiasta se fossi interessata a passare un po' di quel tempo libero con me" disse speranzoso.

Stare con Leo Lancaster stava creando dipendenza, ed era un'abitudine che non volevo davvero smettere, quindi risposi: "Se hai del tempo libero, non riesco a pensare a nessun altro posto in cui preferirei essere."

CAPITOLO 11

Leo

MACY: *PENSO CHE manchi a Hunter. Ha messo il broncio per tutta la settimana. Ti odio per avergli dato da mangiare una bistecca e averlo lasciato giocare con l'acqua del rubinetto.*

Sorrisi mentre leggevo il messaggio di Macy perché sapevo che stava scherzando.

Leo: *Fallo venire questo fine settimana e lo raddrizzerò. Come vanno le cose al rifugio?*

Maledetto inferno! Mi mancava il suo bel viso ed erano passati solo pochi giorni da quando se n'era andata domenica scorsa.

Ora, era mercoledì sera, ed ero sdraiato a letto desiderando da morire che fosse qui quando aveva mandato il messaggio.

Eravamo in contatto ogni giorno, per telefono o SMS.

Finora, aveva detto che stava bene con la sua settimana al rifugio, ma ero ancora preoccupato per lei.

Dubitavo che fosse facile per lei vedere il recinto vuoto di Karma e non essere malinconica.

Come poteva non esserlo?

Macy: *Giornata lunga. Uno dei nostri leopardi è malato, ma ora sta meglio.*

Leo: *Come stai?*

Macy: *Me la cavo.*

Leo: *Penserò a un modo per farti sentire meglio quando verrai qui questo fine settimana.*

Macy: *Leo, ci ho pensato e non sono sicura che sia una buona idea per me venire lì ogni fine settimana.*

Oh, diavolo, no. Non poteva tirarsi indietro ora.

Ovviamente, stava pensando troppo intensamente e si era convinta di non passare un po' del suo tempo libero con me.

Non accadrà, bellissima.

Cliccai sul suo numero e la chiamai.

"Cosa vuol dire che non è una buona idea passare tutti i fine settimana insieme? Penso che sia un'idea eccellente. Anche i giorni feriali, infatti" le dissi appena mi rispose.

Macy sospirò. "Ho solo molto a cui pensare e non voglio che tu senta di dovermi intrattenere tutto il tempo."

"Non è così" replicai senza mezzi termini. "Sono io che ti ho chiesto di passare un po' di tempo con me, ricordi? Ti voglio qui, ma se sei stanca di guidare, verrò io da te. Non importa, davvero."

Volevo stare con lei. Punto. Non me ne fregava un cazzo di come sarebbe successo.

"Non è quello" sostenne.

"Allora cos'è, visto che non sono assolutamente *io* che non voglio *vederti*" ringhiai.

Cavolo, dopo alcuni di quei dannati baci che noi due avevamo condiviso, ormai avrebbe dovuto sapere che volevo passare più tempo possibile con lei.

E non si trattava solo del fatto che desideravo il suo corpo sinuoso. Sì, volevo denudarla, ma nella nostra relazione in crescita c'era di più del semplice sesso...

"Ne abbiamo parlato" rispose. "Faccio schifo nelle relazioni e ora che potrei diventare una tua dipendente le cose sono davvero... confuse. Ho parlato con Jaya. Canta le tue lodi come capo e hai ragione. Il suo background era simile al mio quando ha iniziato al centro in Inghilterra. Ha detto che l'hai supportata in ogni fase finché non si è sentita adatta al suo ruolo."

"Quindi sei incline ad accettare il lavoro?"

Dio sapeva che era quello che volevo, ma non mi ero reso conto che offrirle il lavoro l'avrebbe resa titubante nell'esplorare la folle connessione e la chimica tra noi due.

Non che non le avrei offerto la posizione indipendentemente da come mi sentivo, ma forse il mio tempismo non era stato del tutto giusto.

Emise un forte respiro. "Penserò a lungo e intensamente al lavoro non appena finirò questa settimana al rifugio."

Sapevo che aveva molte cose da fare e non volevo metterla sotto pressione, anche se speravo che accettasse il posto.

"Lo capisco" le dissi. "Ma cosa c'entra il lavoro con noi?"

"Se ci stiamo... frequentando, questo getta tutti i tipi di conflitti nel mix, Leo" rispose a bassa voce.

"No, non è così" le dissi con forza.

Non è che sarei stato il suo supervisore diretto in grado di criticare le sue capacità. Non era possibile poiché non ero un veterinario esotico. Era una professionista a un livello completamente diverso.

"Lo è" sostenne.

"Chi ha detto che in realtà ci stiamo... frequentando?" chiesi.

Saremmo usciti insieme, e si sperava di più dopo, ma a questo punto ero disposto a provare quasi tutto.

Purché fossimo finiti insieme, poteva chiamarlo come voleva.

Lei sbuffò. "Come lo chiameresti? Mi hai messo la lingua in gola."

Accidenti! Non che non me lo ricordassi!

La mia lingua non era l'unica cosa che desideravo disperatamente dentro di lei. In realtà, i nostri baci erano dannatamente innocenti rispetto alle mie fantasie su Macy.

In verità, non era solo la chimica sessuale tra di noi che volevo esplorare.

C'era qualcos'altro con lei, una connessione che non avevo mai sperimentato prima...

"Ci godiamo la reciproca compagnia" insistetti. "Ci piace stare insieme."

"Sì" concordò prontamente. "Ci stiamo frequentando, Leo. Non c'è modo che io possa desiderare te come faccio e *non* uscire con te. Non è come uscire con un amico. Non per me."

Mi appoggiai allo schienale della mia testiera. "Nemmeno per me, tesoro. Aspetta! Mi desideri? Perché non te l'ho sentito dire prima?"

"Perché non è qualcosa che una donna dice a un uomo che conosce a malapena" rispose, suonando esasperata. "Ma non mentirò, sei la mia fantasia numero uno in questo momento."

"Vorrei essere il tuo unico" dissi con voce roca. "Ti piacerebbe condividere quelle fantasie?"

"No!" disse in fretta.

"Vorresti sentire la mia?" chiesi roco.

"Riguardo a me?" squittì.

"Sì."

"Assolutamente no" ribatté. "Mi renderebbe completamente pazza. Leo, ecco perché probabilmente non dovremmo vederci tutti i fine settimana."

Sorrisi perché sembrava così agitata. "Perché non riusciresti a togliermi le mani di dosso? Credi davvero che mi dispiacerebbe?"

"Lasceresti che ti toccassi come voglio?" domandò senza fiato.

Fanculo! La nota di speranza nella sua voce quasi mi uccise.

Pochi secondi dopo aggiunse: "Dimentica che l'ho chiesto."

"Non puoi rimangiarlo così" le dissi. "È l'offerta più sexy che ho sentito da anni."

Sbuffò. "Sono la donna meno sexy del pianeta" mi informò. "Non sono mai stata una ragazza femminile, Leo. Ero un maschiaccio da quando ho iniziato a camminare e parlare. Sono praticamente allergica ai vestiti a meno che non sia assolutamente necessario e puzzo come gli animali che tratto la maggior parte del tempo. A meno che tu non voglia contare le mie mutande, che nessuno vede mai, non sono assolutamente sexy."

Deglutii a fatica. "La tua biancheria intima?"

"Ho un debole per l'intimo davvero carino e femminile" disse in quella che sembrava un'ammissione riluttante. "Dio, non posso credere di avertelo appena detto. Non lo indosso tutti i giorni perché non c'è modo che io possa acquistare abbastanza set di cose costose da indossare ogni singolo giorno. È qualcosa che faccio quando non… mi sento bene con me stessa o quando ho bisogno di una spinta. Non indosso abiti. Non sono nel tipo di lavoro professionale in cui indosso un bel vestito ogni giorno e finisco davvero ogni giornata lavorativa odorando come i miei pazienti per la maggior parte del tempo. Quindi indosso un bel completo di biancheria intima quando so che sarà una giornata difficile. Non giudicarmi. È solo una stranezza."

Rimasi in silenzio per un momento, mentre lasciavo che l'informazione arrivasse. "Cazzo, no, non ho intenzione di giudicarti. Tutto ciò che ti fa sentire bene funziona per me. Voglio solo un avvertimento la prossima volta che userai quella lingerie per migliorare il tuo umore quel giorno. La mia mente è appena diventata completamente selvaggia e il mio cazzo è così duro che è quasi insopportabile."

"I miei unici giorni sexy sono quando indosso un bel completo di biancheria intima e non succede spesso" disse come se le sue parole fossero un avvertimento.

Come se il mio uccello non sarebbe diventato duro ogni volta che la vedevo, mutandine sexy o no?

"No, non sono i tuoi unici giorni sexy" dissi con voce roca. "Sei bellissima ogni singolo giorno, Macy. Fanculo! Non ti guardi mai allo specchio? Non importa cosa indossi. Sei assolutamente sbalorditiva."

Rimase in silenzio per un momento prima di dire: "Sei completamente pazzo."

"Se lo sono, mi hai reso tu così" mi lamentai. "Ora dimmi che ci vedremo questo fine settimana. Mi manchi da impazzire."

"Anche tu mi manchi" rispose malinconicamente. "Ma non stavo scherzando quando ho detto che sono pessima nelle relazioni, Leo. Ero pessima anche prima della morte dei miei genitori, ma dopo che i miei genitori e mio fratello se ne sono andati, ho semplicemente smesso di provarci. Qual è il punto? Niente dura per sempre ed è doloroso preoccuparsi così tanto solo per vedere che qualcosa o qualcuno a cui tieni viene strappato via da te."

Fanculo!

Quello che Macy aveva cercato di dirmi alla fine mi colpì in testa come una mazza.

Non era che non si impegnasse in relazioni serie.

Il suo punto era che *non* poteva avere relazioni intime perché la spaventavano a morte.

Perdere la sua famiglia le aveva fatto così male che era terrorizzata all'idea di prendersi cura di qualcuno così tanto di nuovo.

Dubitavo che riconoscesse completamente quali fossero le sue motivazioni, ma le potevo vedere.

"Capisco" dissi. "Possiamo rallentare, Macy. Va bene, forse ci *stiamo* frequentando, ma non c'è motivo per cui dobbiamo precipitarci in qualcosa. Non possiamo semplicemente passare del tempo insieme e vedere dove va?"

Volevo molto di più, ma mi sarei accontentato di ciò che lei poteva gestire in questo momento.

Macy Palmer aveva perso tutta la sua famiglia in un colpo solo; una catastrofe che avrebbe lasciato la maggior parte delle persone completamente a pezzi. Eppure si era rialzata e aveva continuato perché sapeva che era ciò che la sua famiglia avrebbe voluto.

Certo, da anni cercava di superare quel dolore rimanendo costantemente occupata e non intraprendendo nuove relazioni, ma era sopravvissuta usando quei meccanismi di coping, quindi non potevo criticare i suoi metodi.

Dubitavo che la maggior parte delle persone sarebbe stata ancora sana e accogliente come lei dopo aver subito per quel tipo di perdita schiacciante.

Anche se capivo perché non voleva preoccuparsi di nessuno o di qualcosa di nuovo nella sua vita, il fatto che avesse adottato Hunter non molto tempo addietro mi dava speranza che ci potesse essere una possibilità anche per me.

Dovevo solo essere paziente e persistente.

Non mi importava quanto tempo ci voleva per lasciar andare quelle vecchie paure. Ero determinato ad esserci quando l'avrebbe fatto.

"Avremmo ancora quel piccolo problema di te che saresti il mio potenziale capo" mi ricordò.

Sorrisi perché potevo dire che stava iniziando a prendere seriamente in considerazione l'idea di tornare di nuovo a Palm Springs.

"Non hai ancora accettato il lavoro e immagino che non lo farai nei prossimi giorni" le dissi. "Non è in conflitto con te che vieni questo fine settimana."

Avrei combattuto la sua discussione sull'uscire con il capo dopo che avesse accettato la posizione.

Non sarebbe stato davvero un grosso problema.

Emise un lungo sospiro. "Va bene, ci sarò. Ricorda solo che ti ho già avvertito che faccio schifo nelle relazioni."

Sorrisi di più al suo tono scontento. "Mi hai sicuramente avvertito più volte. Procederò volentieri a mio rischio."

Forse non aveva accettato il mio invito con tutto l'entusiasmo che avrei preferito, ma l'unica cosa che contava era il fatto che sarebbe finita con me entro venerdì sera.

CAPITOLO 12

Macy

ANCHE SE SAPEVO che probabilmente non avrei dovuto, finii per passare le due settimane successive con Leo. E non solo i fine settimana.

Mi aveva convinta che, poiché al momento non stavo lavorando, avremmo potuto dare un'occhiata a tutto ciò che c'era da vedere nell'area di Palm Springs, mentre ne avevamo l'opportunità.

In realtà, il tempo era volato, mentre facevo da guida turistica a Leo, portandolo nei luoghi in cui ero stata e intorno all'area di Palm Springs.

In cambio, aveva insistito per portarmi fuori in alcuni degli ottimi ristoranti la sera. Una cosa che Palm Springs aveva in abbondanza erano posti fantastici in cui mangiare.

Eravamo anche tornati a Newport Beach per alcuni giorni, in modo che potessimo fare una gita in acqua per fare immersioni. Non ero l'esperta che era Leo, ma ero riuscita a stargli dietro.

Avrei lasciato che mi prendesse per molti altri dei suoi baci rubati, ma Leo non aveva insistito per nient'altro che quelle sessioni di pomiciate appassionate che avevamo condiviso.

In un certo senso, questo aveva reso più facile passare più tempo con lui di quanto avessi pianificato, ma rendeva anche le cose più difficili.

Volevo Leo Lancaster come non avrei mai voluto un altro uomo in tutta la mia vita.

Era semplicemente... mozzafiato. Non riuscivo a pensare a nessun altro modo per descriverlo. Era bello e perfetto, il che avrebbe dovuto intimidire, ma non era perché Leo sembrava pensare di essere tutt'altro che impeccabile.

Era ignaro di tutto ciò che lo rendeva così dannatamente attraente.

Non sembrava che gli importasse che i suoi brillanti occhi azzurri potessero raggiungere la mia anima ogni volta che mi guardava.

Non sembrava importargli del fatto che i suoi pazzi capelli biondi ondulati avessero una mente propria, il che lo faceva sembrare un dio del sesso che si era appena rotolato fuori dal letto.

Non sembrava che gli importasse di avere un corpo che faceva sbavare le donne ovunque andassimo.

Lui. Semplicemente. Non. Lo. Notava.

Forse c'erano dei ragazzi che *fingevano* di essere modesti, ma Leo era sinceramente del tutto all'oscuro.

Probabilmente perché di solito era concentrato su qualcosa che non aveva nulla a che fare con il suo aspetto fisico.

Emisi un sospiro tranquillo, mentre lo guardavo lavorare sul suo laptop all'estremità opposta del divano rispetto a me nella sua casa di Palm Springs.

Era interessante quanto potevamo stare a nostro agio e coesistere nello stesso spazio.

Quella connessione tra noi due era appena diventata più forte, ma mi sentivo come se stessimo imparando a gestirla.

Raramente trattenevo più le mie parole con Leo, e sapevo che anche lui sentiva di potermi parlare di quasi tutto.

Leo stava sistemando alcuni dei suoi documenti di lavoro e io stavo facendo delle ricerche. Avremmo potuto passare ore a lavorare nel suo soggiorno ed essere felici di trovarci nello stesso spazio. Di tanto in tanto, condividevo qualcosa di interessante o lui condivideva qualcosa che aveva scoperto. Ne parlavamo brevemente, scambiandoci idee, e poi tornavamo subito a quello su cui stavamo lavorando.

Eravamo entrambi a nostro agio a lavorare nella stessa area, il che era davvero insolito per me.

E... alquanto sconcertante.

Avevo passato gli ultimi cinque anni in salotti vuoti e appartamenti vuoti perché in quel modo era molto più sicuro.

Era quasi spaventoso quanto fosse facile condividere il mio spazio con Leo ora.

Presto avrei dovuto prendere una decisione sul lavoro. Non potevo rimanere disoccupata ancora per molto, e alla fine mi sarei annoiata a morte, ma il tempo che avevo trascorso con Leo era stato quasi... magico.

Il problema era che la felicità era fugace e nessuno lo sapeva meglio di me.

Non volevo sentirmi troppo a mio agio con il senso di benessere che avevo sempre provato stando con lui.

O con l'euforia che provavo a volte quando entrava nella stanza.

Non *volevo* davvero sentirmi in quel modo.

"Dannazione!" esclamò con un tono baritonale basso che mi fece trasalire.

"Che cosa c'è?" gli chiesi mentre alzavo lo sguardo dal mio laptop.

Leo scivolò verso di me e sollevò il suo computer. "Guarda questo. Cosa vedi?"

Strinsi gli occhi mentre si adattavano al livello di luce del suo computer ed esaminai la foto che stava tenendo in mano.

"Impronte di gatti" dissi con sicurezza. "Quattro dita e la pianta del piede."

"Esattamente" disse, la sua voce trionfante. "Queste foto sono state scattate vicino alla base dei Monti Laniani da un biologo autoctono. Sembra un'ulteriore prova che la lince laniana probabilmente esiste ancora, Macy."

I miei occhi si spalancarono mentre lo fissavo. "Lo pensi davvero?"

Annuì. "Lo so. È sicuramente un'impronta di lince e non ci sono altre specie di gatti selvatici nel Paese. Il principe Nick me l'ha mandata. Gli ho detto di tacere per ora in modo che il mondo intero non decida di presentarsi a Lania settentrionale per fare foto a un animale da trofeo che si pensava fosse estinto."

"Potrebbe davvero succedere?" chiesi, disgustata al pensiero.

Mi lanciò uno sguardo dubbioso. "Saresti sorpresa. Se viene scoperta una nuova specie o viene ritrovata una vecchia specie, è probabile che sia interessato più del solo mondo della fauna selvatica."

Annuii. "Suppongo di sì. È una notizia. È davvero sorprendente pensare che la lince laniana potrebbe non essere estinta. Il principe vuole che tu vada a Lania?"

"Sì" confermò. "Come ti senti all'idea di un viaggio nel Mediterraneo? Il tempo dovrebbe essere bello."

"Io?" squittii.

Lui annuì. "La mia squadra è impegnata in un'altra esplorazione, ma non ho bisogno della mia squadra e mi piacerebbe farlo in silenzio. Se riusciamo a ottenere prove video o fotografiche, possiamo aiutare Nick a capire come proteggerle. La priorità è la prova inconfutabile che queste impronte provengono dalla lince laniana. L'unico modo per essere sicuri al cento per cento è posare gli occhi sull'animale stesso."

Il cuore mi batteva quasi fuori dal petto.

Da quanto tempo sognavo di fare una cosa del genere?

Quanto sarebbe stata eccitante questa spedizione?

Quante volte in passato avrei voluto seguire Leo Lancaster in una delle sue avventure?

Scossi la testa. "No. No, Leo. Non ho assolutamente alcuna esperienza con il lavoro sul campo. Non sono una biologa della fauna selvatica."

Mi sorrise e mi fece l'occhiolino. "Ho abbastanza esperienza per entrambi e non è che stiamo andando in un territorio inesplorato. È ben mappato. È solo remoto perché lì vivono così poche persone e l'area è stata distrutta da anni di occupazione ribelle. Immaginalo come se stessi andando in campeggio lontano."

Posò il computer sul tavolino da caffè e mi avvolse tra le braccia.

Mi guardò in attesa mentre cercavo di pensare a qualche motivo per cui avrei dovuto rinunciare a qualcosa che aspettavo da quasi tutta la mia vita.

Non avrei dovuto.

Ma Dio, volevo andare.

Forse non ero una biologa della fauna selvatica che aveva svolto un sacco di lavoro sul campo, ma ero una veterinaria esotica, quindi non sarei stata completamente inutile.

Ero decente nell'identificare varie impronte di animali e potevo sicuramente identificare una lince, anche a distanza.

Quando mai avrei avuto la possibilità di fare di nuovo qualcosa di così epocale?

"Non pensarci, Macy. Vieni con me. Nick ha detto che avrebbe allestito un campo base per noi e che avrebbe tenuto segrete le informazioni mentre cerchiamo le prove" disse Leo appoggiando la fronte contro la mia. "Smettila di pensare troppo a tutto."

"Sono... cauta" balbettai.

"Forse non è sempre necessariamente una buona cosa" replicò seccamente mentre si tirava indietro per guardarmi in faccia.

"Lo è se mi aiuta a tenermi sana di mente" dissi nervosamente. "Non fraintendermi. Sono tentata. Come potrei non esserlo? Opportunità come questa non mi cadono dal cielo. Non succedono mai per me."

"L'opportunità c'è già" rispose con voce roca. "Tutto quello che devi fare è dire che vuoi coglierla. Ti terrò al sicuro lì, Macy. Se non avessi pensato che fosse sicuro, non ti avrei chiesto di venire. Principalmente, dovremo installare fototrappole e fare un po' di esplorazione per vedere se riusciamo a vedere un gatto... o due."

Lo fissai, mentre prendevo un respiro profondo e lo lasciavo uscire. "Ti rendi conto che mi stai offrendo qualcosa che non posso assolutamente rifiutare."

Stavo per andare.

In nessun modo potevo rifiutare la possibilità di vedere una lince laniana che non sarebbe nemmeno dovuta esistere più sul pianeta.

Sorrise. "Forse dovrei essere offeso dal fatto che mi stai solo usando per vedere una lince laniana, ma non me ne frega davvero un cazzo purché tu stia lì con me."

Scossi la testa mentre lo guardavo negli occhi. "La tua presenza lì fa parte della tentazione, Leo."

Il ragazzo non sembrava ancora capire il suo status di leggenda nel trovare animali selvatici estinti.

I suoi occhi scrutarono la mia faccia, mentre rispondeva: "Non avevo intenzione di fare nessun viaggio nel prossimo futuro, ma sono contento che sia venuto fuori. Voglio condividerlo con te, Macy."

All'improvviso mi vennero le lacrime agli occhi.

"Non sono abituata a condividere niente con nessuno, Leo. Non sono abituata a nessuno che si prenda cura della mia presenza o meno" gli dissi tremante.

Spazzò via la lacrima quando cadde. "Abituati, tesoro, perché mi importerà sempre."

Il mio cuore soffriva per un desiderio che non provavo da anni.

Volevo che a Leo importasse di me, ma allo stesso tempo mi terrorizzava.

"Non sono sicura di volere che tu lo faccia" confessai.

"Non puoi impedire che accada e nemmeno io" sostenne mentre abbassava la bocca sulla mia.

Come al solito, il mio corpo rispose istantaneamente al suo tocco.

Mi aprii a lui, e saccheggiò, divorò, rapì fino a quando fui completamente distrutta.

Affondò le mani nei miei capelli e usò quella presa per posizionare la mia testa esattamente dove voleva.

Il panico che inizialmente era sgorgato dentro di me svanì.

C'era sempre quel breve momento in cui ero terrorizzata da come mi faceva sentire, ma venni travolta dalla passione che inevitabilmente ne seguì.

Misi le mani sui suoi potenti bicipiti, godendomi il piacere di toccarlo.

Era passato così tanto tempo da quando avevo sentito questo tipo di bisogno. Questo tipo di desiderio.

Onestamente, non ero sicura di aver mai sperimentato qualcosa di simile. Era una follia che solo lui poteva indurre.

"Leo" dissi in un gemito senza fiato, mentre finalmente liberava le mie labbra. "Dio, mi fai impazzire."

"Benvenuta alla festa, tesoro" disse proprio accanto al mio orecchio. "Le mie palle sono blu quasi dal momento in cui ci siamo incontrati."

"Non lo sono" sostenni, divertita dal suo commento.

Si spostò indietro, ma tenne il braccio avvolto strettamente intorno alla mia vita. "Lo sono state sicuramente" rispose, suonando leggermente scontento.

"Non mi hai nemmeno notata in Inghilterra" lo sfidai.

Alzò un sopracciglio. "Pensi di no? Ti ho sempre cercata, Macy. Ovunque tu andassi. Subito dopo la prima volta che ci siamo incontrati. Perché pensi che io sia entrato nella biblioteca della tenuta di mamma dove ti ho trovata a piangere per Karma?" Non mi diede la possibilità di rispondere prima che dicesse: "Eri scomparsa, quindi sono andato a cercarti. Non sono nemmeno sicuro di aver riconosciuto quello che stavo facendo allora, ma capisco l'impulso di volerti seguire ovunque tu vada adesso."

Gli scostai dalla fronte una ciocca vagante di capelli biondi dicendo: "Non ero davvero scomparsa."

Si strinse nelle spalle. "Allora forse ho sentito che qualcosa non andava quando non ti vedevo da un po'. Forse non sei stata via abbastanza a lungo perché qualcun altro se ne accorgesse, ma io l'ho fatto."

"E mi hai trovata" sussurrai.

"Ero piuttosto determinato" disse con un sorriso. "Non avevi l'abitudine di scomparire a nessuno degli eventi di matrimonio."

Volevo chiedergli perché gli importasse dove fossi andata o perché avesse sentito il bisogno di assicurarsi che stessi bene.

Ci conoscevamo a malapena.

Avevamo parlato a malapena.

Sospirai perché non avevo proprio bisogno di una risposta.

Gli importava perché era Leo... ed ero davvero felice che mi avesse trovata.

CAPITOLO 13

Leo

"MI DISPIACE, LEO. Non avevo idea di cosa fosse successo a Macy l'ultima volta che abbiamo parlato, altrimenti te l'avrei detto. Kylie ha spiegato cosa era successo. È una faccenda completamente incasinata" disse Dylan mentre chiacchieravamo al telefono più tardi quella sera.

Macy ed io avevamo gettato del cibo sul barbecue e mangiato fuori perché il tempo era ancora caldo.

Mentre lei era entrata per portare la cena a Hunter, io avevo deciso di chiamare Dylan e di fargli sapere che ero in partenza per un'esplorazione in cui mi sarei inevitabilmente incontrato con uno dei suoi vecchi amici.

Bevvi un sorso della mia birra e la riposi sul tavolino. "Cosa cazzo fai quando tutta la tua famiglia viene spazzata via?" gli chiesi.

"Non ne ho idea" rispose. "Sono completamente impazzito perché pensavo di aver perso una donna che voleva bene a me e a un bambino non ancora nato. Non riesco nemmeno a immaginare come mi sentirei a perdere tutti quelli che amavo."

"Penso che una parte di lei si sia solo spenta" riflettei.

"Non posso dire che non lo farei anch'io" rispose Dylan. "Leo, devi stare attento. Questo potrebbe non essere un percorso che vuoi seguire. Per il tuo bene e per lei."

"È troppo tardi per quello" gli dissi. "Non è amareggiata, Dylan. È spaventata e capisco quella paura, ma non posso semplicemente allontanarmi da lei perché è diffidente. Sarei allo stesso modo, cazzo. È l'unica donna per cui mi sia mai sentito così. Damian una volta mi ha detto che si è innamorato di Nicole perché le piaceva Damian Lancaster, l'uomo, e non la facciata da miliardario che la maggior parte delle persone vedeva."

"Posso dire la stessa cosa di Kylie" ammise Dylan. "È questo che Macy prova per te?"

"Se non altro, le piace il vero me" spiegai. "Non credo che le importi dei miei soldi."

"Allora, probabilmente sei completamente fottuto" disse Dylan ironicamente. "È difficile da trovare nel nostro mondo. Onestamente, Leo, non ricordo che tu abbia mai avuto una ragazza. Come hai detto, è passato molto tempo. Ma avevo la sensazione che quando alla fine ti fossi innamorato, l'avresti fatto alla grande. Non sono davvero sorpreso che tu sia pazzo di Macy. È attraente, è malvagiamente intelligente e condivide la tua passione per la fauna selvatica. E dubito che le importi qualcosa della tua ricchezza. Probabilmente è più colpita dal tuo lavoro."

"Lo è" confessai. "Non parliamo sempre di lavoro, ma è bello avere qualcuno che condivide gli stessi interessi. Le ho offerto il posto di direttore medico nel nuovo centro qui. Penso che sarebbe perfetta per questo. Era pronta a lasciare il rifugio dei grandi felini."

"Cosa ha detto?" chiese Dylan.

"Ci sta ancora pensando. Penso che accetterà. Voleva una sfida e penso che questo le darà ciò che vuole nella sua carriera."

"La terrà anche vicino convenientemente" rifletté Dylan.

"Non è per questo che gliel'ho offerto" protestai irritato.

Accidenti! Dylan mi conosceva troppo bene.

"Lo so" disse. "Leo, so che non faresti nulla che possa mettere a repentaglio il tuo centro. Sto solo dicendo che per te andrebbe bene se voi due finiste insieme."

"Oh, finiremo insieme" gli dissi con fermezza. "C'è qualcosa lì, Dylan. Qualche connessione che non mi lascerà mai andare. È lì da quando ci siamo incontrati."

"Capisco questa connessione, credimi. Sii paziente con lei, Leo. Ha passato un periodo infernale. So che è successo cinque anni fa, ma forse sta appena iniziando ad aprire quella parte di se stessa che aveva chiuso. Kylie dice che non ha nemmeno frequentato nessuno da quando ha perso la sua famiglia."

"Penso che potresti aver ragione" riconobbi. "Verrà con me a Lania. Non ho bisogno di un'intera squadra e penso che sarà un bene per lei staccare."

Stavo finalmente iniziando a vedere scomparire le occhiaie sotto gli occhi di Macy e la desolazione nei suoi splendidi occhi grigi si stava dissolvendo.

Speravo che andare a Lania e sperimentare qualcosa di nuovo l'avrebbe aiutata ancora di più.

"Sembra una buona idea. Kylie ha detto che era preoccupata per Macy. Poteva dire che la situazione con Karma la stava facendo a pezzi. Ha detto che Macy non ha mai parlato della sua famiglia dopo la loro morte e Kylie e Nicole non hanno mai insistito perché sapevano che era doloroso per lei" disse Dylan.

"Perdere Karma l'ha distrutta" confermai. "Ecco perché sono felice che verrà con me a Lania. Potrebbe farle bene la pausa. Mi parla della sua famiglia, non della loro morte, ma di tutti i bei ricordi che ha di loro."

"È già qualcosa" rispose. "Ricordi quanto è stato difficile ricordare qualcosa di nostro padre che non fosse doloroso nel primo anno o due? È migliorato. Alla fine, siamo riusciti a parlare dei tempi felici. Spero che Macy sia giunta a questo punto. Diventa un po' più facile dopo. Non che io possa paragonare la sua situazione alla perdita di un genitore, ma il processo di lutto deve essere in qualche modo simile."

Pensai che avesse ragione, ma il dolore di Macy era stato triplice e non era rimasto nessuno con cui parlarne. "Allora, quando tornerete negli Stati Uniti tu e Kylie?"

"Se tutto va per il meglio, ci vedremo qui a breve per un altro matrimonio Lancaster" condivise Dylan.

"Avete già fissato una data?" domandai.

"Stiamo esaminando i luoghi e stiamo cercando di organizzare qualcosa."

"Sono felice per te, Dylan. Ti meriti di essere felice dopo tutta la merda che hai passato" gli dissi sinceramente. "Hai sentito Damian? È tornato dalla luna di miele?"

"Mi ha chiamato e ha detto che aveva bisogno di un'altra settimana qualche giorno fa" disse Dylan con finta irritazione nella voce. "Penso di doverglielo, quindi gli ho detto che l'avrei sostituito."

"Come sta mamma?" chiesi. "Non le ho parlato questa settimana."

"Occupata come sempre, e sta già insistendo con Kylie per un nipote" disse Dylan seccamente.

Risi. "Non ti permetterà nemmeno di sposarti prima?"

Non ero sorpreso. Mamma aveva iniziato ad accennare al matrimonio e ai nipoti da quando avevamo finito l'università. Nessuno dei suoi figli aveva collaborato fino a tempi molto recenti.

"Sai com'è" mi ricordò Dylan. "Faresti meglio a non dirle che stai uscendo con qualcuno per il momento."

"Fortunatamente, tu e Damian siete più vicini a darle quel nipotino che vuole davvero" scherzai. "Farò in modo di chiamarla prima di partire per Lania."

"Di' a Nick che deve tornare più spesso nel Regno Unito. L'hai visto al matrimonio?" chiese Dylan.

"All'inizio non l'ho riconosciuto dato che era in incognito, ma sì, ci siamo incontrati" gli dissi.

Il principe Nick aveva cercato di non creare un clamore regale sul matrimonio di Damian, ed era riuscito a mantenere un basso profilo durante la cerimonia e durante la sua breve visita al ricevimento.

"Digli che lo saluto" chiese Dylan. "Non invidio il suo lavoro nel cercare di trascinare un Paese già dilaniato dalla guerra nel ventunesimo secolo."

Scossi la testa. "Deve sembrare strano per lui che sia stato essenzialmente cresciuto come un britannico e sia tornato nel suo Paese come un estraneo per la sua gente."

"Si adatterà" disse Dylan. "Nick è uno degli uomini più leali e intelligenti che io conosca. Vuole portare avanti Lania e lo farà. Potrebbe volerci del tempo, ma finora sta facendo un lavoro ammirevole."

"È stato davvero d'aiuto in questa situazione" dissi a Dylan.

"Sono sicuro che sarà entusiasta di trovare un animale che pensava fosse estinto nel suo Paese."

"È piuttosto emozionato" convenni. "A quanto pare, la lince laniana era un simbolo nazionale per Lania ed era presente un tempo sui costumi cerimoniali e sulle bandiere. Nick ha detto che ritrovarle sarebbe stata una fonte di orgoglio nazionale che avrebbe avvicinato il popolo laniano."

"Spero che tu possa trovare dei gatti ancora vivi" disse Dylan. "Le impronte sembravano promettenti?"

"Davvero promettenti" confermai. "Ma abbiamo bisogno di concentrarci per l'identificazione."

"Stai attento" consigliò Dylan. "So che il Paese è diventato una mecca turistica, ma non ho idea di come sia al nord. Considerando quanto tempo è durata la guerra civile a Lania, potrebbe essere un pasticcio."

"Saremo al sicuro" gli assicurai. "Non porterei Macy con me se pensassi che ci sia un pericolo. Non ci sono predatori apicali lì e il clima dovrebbe essere caldo. Le impronte sono state viste nei boschi al livello del mare, quindi dubito che dovremo viaggiare molto in montagna. Nick ha detto che avrebbe creato un campo base il più confortevole possibile."

"Per quanto tempo starai laggiù?"

"Non più di una settimana o due" condivisi. "Ho troppe cose da fare qui per stare lontano molto a lungo. Sembra che tra due mesi avrò una coppia riproduttiva di lupi in pericolo di estinzione. Dovrò assicurarmi di essere pronto per loro."

Presi la mia birra e la trangugiai.

"Aprirai al pubblico come hai fatto qui al tuo centro?"

Ingoiai un sorso di birra prima di rispondere. "Non a breve. Ci vorrà un po' prima di avere una routine ed è importante che le aree di riproduzione rimangano tranquille in modo che gli animali si sentano al sicuro. Alla fine, probabilmente lo gestirò proprio come il centro in Inghilterra, ma non accadrà subito."

Una volta stabilitomi nel Regno Unito, avevo aperto per orari limitati di visione e istruzione in modo che i biglietti d'ingresso avrebbero aiutato a sostenere il centro di conservazione per le generazioni a venire. Ad un certo punto avrei fatto lo stesso qui negli Stati Uniti, e il centro di riabilitazione e i servizi di emergenza avrebbero ricevuto un po' di sostegno dallo Stato. Per me era importante trovare un equilibrio tra l'istruzione e l'esistenza futura dei centri di conservazione e il benessere degli attuali animali residenti.

"Ho mai detto quanto sono orgoglioso di te, Leo?" disse Dylan con un tono basso, da fratello maggiore. "Non dev'essere stato facile per te inseguire la tua scelta di carriera quando era così diversa da quella che ci si aspettava nel nostro mondo."

"Non è mai stato così difficile quando avevo un'intera famiglia che sosteneva quelle scelte, Dylan" replicai con voce roca. "Nessuno di voi mi ha mai fatto sentire da meno perché non volevo essere un co-CEO della Lancaster International."

Avevo ottenuto la mia eredità quando mio padre era morto, che era stata ben investita per continuare a moltiplicarsi, e possedevo ancora una piccola e silenziosa quota di partner della Lancaster. Personalmente, non potevo essere più felice di come erano andate le cose. Non tutti i Lancaster dovevano essere coinvolti nella gestione della mega corporazione.

"Ma era previsto da tutti gli altri al di fuori della famiglia" rifletté Dylan.

Sorrisi. "Non me ne frega un cazzo di nessuno al di fuori della mia famiglia. Non credo di aver mai sentito persone parlare del più giovane, barbaro fratello Lancaster che non faceva altro che strisciare in una foresta sporcandosi con animali sporchi. Se ricordi, nostro padre diceva che era difficile fregarsene di quello che diceva la gente. Sapevo cosa dicevano le élite. Semplicemente non mi importava."

Dylan ridacchiò. "Persone così hanno troppo tempo a disposizione. Sono felice che tu non abbia ascoltato."

"Siamo stati cresciuti da genitori che ci hanno insegnato a non prestare attenzione a quelle cose" gli ricordai. "Sceglierei la mia felicità che adattarmi a loro in qualsiasi momento."

"Anch'io" convenne. "Penso che ci piacerebbe vederti più spesso, ma la tua felicità è tutto ciò che conta davvero."

"Il viaggio costante è stata la parte peggiore del lavoro" gli assicurai. "Anche voi mi mancate, ma non viaggerò per il mondo per sempre. A parte questo viaggio a Lania, non ho intenzione di fare altre esplorazioni nel prossimo futuro. Con questo secondo centro, sarò impegnato. Posso inviare la mia squadra e finanziare un'esplorazione senza essere presente personalmente."

"Ma vorresti essere lì?" chiese Dylan un po' esitante.

Pensai per un momento alla sua domanda prima di rispondere onestamente. "Forse lo farò una volta ogni tanto, ma per la maggior parte penso che mi accontenterò di concentrarmi su tutte le altre parti importanti della conservazione che devono essere realizzate. Passerò del tempo in entrambi i centri e potrei anche decidere di comprare una casa in Inghilterra. Sto iniziando a divertirmi a dormire in un letto vero."

"Ti sta ammorbidendo, vero?" scherzò.

"Non esattamente" negai. "Sto solo dicendo che a volte non mi dispiacerebbe dormire su qualcosa di più morbido del suolo."

"Non posso dire che ti biasimo" disse Dylan con empatia. "Stai al sicuro durante il tuo viaggio, Leo."

Riattaccammo dopo i nostri soliti saluti.

Poi, dovetti chiedermi se Dylan mi stesse avvertendo di stare al sicuro dai possibili pericoli della foresta di Lania o se stesse effettivamente cercando di convincermi a proteggere il mio cuore.

CAPITOLO 14

Macy

"PENSO DI AVER letto tutto ciò che sono riuscita a trovare sulla lince laniana, e sono tutta presa dalla politica a Lania" dissi a Leo due giorni dopo. "Sei sicuro che non ci sia niente che io possa fare per aiutarti?"

Avevo anche fatto le valigie ed ero pronta per partire la mattina seguente.

E così emozionata che dubitavo che avrei dormito molto.

Saremmo partiti presto per il Mediterraneo, ed ero così ansiosa ed eccitata che riuscivo a malapena a stare ferma.

Mi sorrise dal suo posto sul pavimento dove aveva disteso tutta la sua attrezzatura. Si stava assicurando che fosse funzionale e pronta. "Hai già aiutato molto. Non c'è molto altro da fare. Raccontami quello che hai imparato."

Alzai gli occhi al cielo. Non avevo fatto molto di niente. Inoltre, avevo finito e Leo stava ancora lavorando per prepararsi al viaggio.

Sì, avevo ripulito il frigorifero e mi ero assicurata che il bucato fosse completato in modo che non tornasse ai vestiti puzzolenti che erano stati lavati a metà, ma non era esattamente quello che avrei definito *aiutare*. Avevo fatto lo stesso nel mio appartamento il giorno prima, e avevo lasciato Hunter in una struttura di cui mi fidavo.

Misi da parte il mio laptop e mi sistemai in una posizione comoda sul divano. "Come se non avessi fatto i compiti?" chiesi a Leo in tono scherzoso.

"Dimmelo comunque" insistette mentre armeggiava con una delle sue telecamere.

"Sono animali bellissimi" dissi con un sospiro. "L'ultimo avvistamento registrato con prove fotografiche risale a oltre trent'anni fa. Sono stata sorpresa di vedere che era la più grande delle specie di lince. I maschi possono pesare poco più di trentacinque chili. Non sono una sottospecie. Si sono evoluti da soli, separati dalle quattro specie conosciute di lince, ma nessuno conosce davvero le loro origini o come si siano evoluti su un'isola. Un tempo erano numerosi e vagavano per la maggior parte della nazione. Man mano che la popolazione cresceva, emigrò verso le aree settentrionali meno popolate. Immagino che sappiamo cosa è successo quando è iniziata la guerra civile in quel Paese. Dio, spero che siano ancora lì."

Speravo davvero che questo viaggio avrebbe avuto successo, non solo perché volevo vedere una lince laniana, ma perché sarebbe stato incredibilmente significativo per il nostro campo.

Leo mi guardò mentre diceva: "Penso davvero che ci siano buone possibilità che sia rimasta un po' di popolazione. Spero solo che ci sia abbastanza diversità genetica per ricostruire la loro popolazione. Le cose possono diventare piuttosto brutte se ne rimangono solo pochi e sono strettamente imparentati."

Annuii. "Lo spero anch'io. È davvero triste che alcuni degli animali che si sono estinti siano riusciti a sopravvivere per milioni di anni ma non hanno potuto sopravvivere alla razza umana."

"Un giorno" disse Leo in tono scontento. "Le persone inizieranno a capire che il nostro destino e il destino di questi animali sono strettamente legati. Se iniziano a spazzare via troppe specie dal pianeta, gli ecosistemi si sgretoleranno e il mondo inizierà a deteriorarsi."

"Stanno facendo dei progressi nella de-estinzione attraverso la clonazione" riflettei. "Anche se penso che ci vorrà del tempo per farla bene."

"E non sarà mai esattamente lo stesso animale" aggiunse Leo. "È un campo affascinante, ma preferirei che risolvessimo il problema prima che gli animali siano scomparsi."

"Anch'io" convenni con tutto il cuore mentre lo guardavo pasticciare con un'altra fototrappola. "Il movimento delle telecamere è attivato?"

"Sì" rispose. "Ne preparerò un sacco e vedrò cosa possiamo catturare."

"Mi insegnerai a configurarle" insistetti. "Mi piacerebbe fare un po' di lavoro mentre siamo lì. Non avrai nessuno della tua squadra. Avrai bisogno di aiuto."

"In realtà, sono abbastanza fortunato che Nick sia così accomodante. Mi renderà pigro. Sta allestendo l'intero campo base, compresa la batteria, il propano e tutto il resto di cui avremo bisogno per sentirci a nostro agio mentre siamo lì" disse Leo.

"Ho visto alcune foto del principe Nick. È giovane" commentai.

Leo annuì. "Ha l'età di Dylan e Damian."

"A quanto pare, è visto come uno degli scapoli più ambiti del mondo. Mi chiedo se sia per il fatto che è giovane e incredibilmente attraente, un principe ereditario, o perché è ricchissimo. O immagino che potrebbe essere una combinazione di queste cose" scherzai.

"Secondo te? Pensi che sia attraente?" chiese Leo, cercando di sembrare disinvolto.

Ma sapevo la verità.

Voleva sapere se pensavo che il principe Nick fosse sexy.

"È molto carino, suppongo" risposi.

"Il bastardo può essere affascinante quando vuole" borbottò Leo.

"Stai cercando di avvisarmi?" chiesi con un sorriso. "E pensavo che ti piacesse davvero."

"Sì, ti sto avvertendo" disse bruscamente. "E se pensi che sia attraente, non sono sicuro che mi piaccia più quel bastardo."

Iniziai a ridere. Cominciò come una breve risatina che diventava più forte più a lungo lo guardavo in faccia. "Oh, Leo. Non sai che non c'è uomo più attraente di te?»

Si comportava come se non si rendesse conto di essere nella stessa lista di Nick. Molto probabilmente, non si prendeva la briga di pensarci.

Sorrise. "Allora forse Nick mi piace ancora un po'."

Sul serio. L'uomo non aveva assolutamente idea di quanto fosse da arresto cardiaco.

Sbuffai. "Potrei farti la stessa domanda che hai fatto a me non molto tempo fa. Ti sei guardato allo specchio ultimamente? In caso contrario, dovresti. Hai sicuramente vinto la lotteria genetica. Sei il ragazzo più bello che abbia mai visto."

Il suo sorriso si allargò. "Okay, suppongo che io e Nick possiamo essere di nuovo amici. La tua opinione è l'unica che conta."

"Sei impossibile" dissi con un enorme sorriso.

"Sei bellissima" replicò.

Anche se sapevo che le sue parole erano lontane dalla verità, era bello sentirle, specialmente da un ragazzo che non riuscivo a smettere di desiderare.

"Sei un pazzo" gli dissi. "Se non c'è nient'altro che posso fare, suppongo che dovrei andare a letto, anche se sono abbastanza sicura che non dormirò in questo momento. Sono ancora troppo emozionata per il viaggio ed è presto."

"Allora tienimi compagnia" suggerì. "Ho quasi finito qui. Possiamo uscire a fare una nuotata se hai bisogno di sfinirti."

Sembrava una buona idea. "Posso farlo" dissi. "Volevo anche dirti che ho deciso di accettare la tua offerta di lavoro. Non c'è motivo di tirarla per le lunghe prima di darti una risposta ufficiale. Non so cosa dire sul fatto che mi abbia dato questa opportunità, Leo. Tutto quello che posso dire è che farò del mio meglio per assicurarmi che non te ne pentirai."

"Non farò nemmeno finta di non essere contento" rispose mentre iniziava a mettere la sua attrezzatura in un paio di zaini. "E non mi pentirò mai di averti offerto la posizione, Macy."

"Jaya ha detto che sarebbe venuta" lo informai. "Ma penso che sarà sufficiente una videoconferenza. Non sono preoccupata per la parte medica del lavoro. Sono solo titubante riguardo all'allevamento in cattività, e se stai davvero portando esperti di specie, penso che starò bene."

"Jaya potrebbe essere delusa" disse Leo, il suo tono pieno di divertimento.

Mi accigliai. "Come mai?"

"Voleva visitare gli Stati Uniti dacché possa ricordare. Non è mai venuta qui."

"Ops!" esclamai. "Forse dovrei cambiare idea sul bisogno di lei qui di persona."

"Potrebbe essere l'unico modo per farla venire qui e visitare gli Stati Uniti" mi disse. "Non sono mai riuscito a convincerla a prendersi una vacanza dal centro."

"Allora forse dovresti lasciar decidere lei" suggerii. "Stavo solo cercando di risparmiarle la fatica di venire qui. Onestamente, sono nervosa, ma allo stesso tempo è una nuova sfida eccitante."

"Penso che la adorerai" disse Leo con sicurezza. "Non abbiamo ancora parlato di stipendio."

"Ho la sensazione che potresti pagare un po' di più del grande rifugio dei gatti" dissi con cautela.

I soldi per il mio vecchio lavoro erano stati ragionevoli per un'organizzazione no profit che operava con un budget piuttosto limitato, ma erano stati piuttosto bassi per un veterinario zoologico.

Sebbene Leo gestisse ancora un'organizzazione no profit, era un centro di conservazione Lancaster, il che significava tecnologia all'avanguardia e stipendi degni di professionisti di alto livello che stavano svolgendo un lavoro molto specializzato.

Leo propose uno stipendio che mi lasciò a bocca aperta.

Era quasi il doppio di quello che guadagnavo prima.

"È... davvero buono" dissi, cercando di trattenermi dal sembrare una scema.

"Nessuna trattativa?" chiese in tono scherzoso.

"Nessuna. È molto più di quello che stavo guadagnando al rifugio, Leo, e Jaya mi ha già parlato di alcuni degli incredibili benefici."

"È una grossa responsabilità" mi ricordò. "Sarai il capo medico dell'intero centro, Macy. Lo stipendio è adeguato."

Sapevo che la paga sarebbe stata buona, ma era decisamente più di quanto mi aspettassi. "Potrei essere in grado di permettermi una casa alla fine ed evitare di pagare un affitto" pensai.

Probabilmente dovevo proprio smettere di andare in affitto. I canoni in questa zona erano scandalosi. Non riuscivo a immaginare quanto fosse costata la casa di Leo. Milioni, sicuramente. Non ero sicura di quanti.

Leo annuì. "Ovviamente devi rinunciare al tuo appartamento e trasferirti qui. Sei d'accordo a rinunciare alla spiaggia per il deserto?"

Sembrava leggermente preoccupato riguardo a quale sarebbe stata la mia risposta.

"Per un lavoro come questo, ovviamente mi va bene" gli dissi con una risata. "Posso andare in spiaggia se voglio."

In un certo senso, poteva essere positivo per me ricominciare da capo in un posto che non aveva così tanti ricordi.

Leo finalmente chiuse i suoi due zaini e si alzò dalla sua posizione sul pavimento. "Sono sollevato dal fatto che tu abbia preso la decisione finale, ma non pensare per un minuto che non ci vedremo ancora."

Alzai le mani in segno di resa. "Mi arrendo. Immagino che vedremo come andrà perché non sono disposta a rinunciare a te."

Il suo sguardo possessivo mi investì prima di dire con voce roca: "Fantastico. Perché non posso assolutamente lasciarti andare. Sei pronta per una nuotata?"

Tese le mani e io misi le mie nelle sue senza pensarci due volte.

In un attimo, mi tirò in piedi.

"Come ho potuto avere la fortuna di incontrare uno come te?" gli chiesi dolcemente quando incontrai il suo bellissimo sguardo blu oceano.

Leo Lancaster era l'intero pacchetto.

Intelligente.

Educato.

Gentile.

Premuroso.

Per non parlare del fatto che era anche stupendo con un corpo fantastico che le donne bramavano.

Ed in più la connessione folle e la chimica tra di noi che mi faceva desiderare Leo Lancaster come se non avessi mai voluto un altro uomo prima di lui.

Ogni volta che mi toccava, mi faceva impazzire completamente, ma stranamente mi faceva anche sentire... al sicuro.

Sì. Beh, era piuttosto ridicolo considerando che nessuno meglio di me sapeva che non esisteva la sicurezza completa.

Niente era garantito, quindi era meglio non affezionarsi troppo.

Il mio problema con quella strategia ora era Leo.

Era difficile non volerlo, non volermi legare a lui in qualche modo.

Mi ero chiesta un milione di volte adesso se potessi dormire con lui e rimanere un po' distaccata.

Purtroppo, la risposta a questa domanda sarebbe stata probabilmente *no*.

Forse se fosse stato un altro ragazzo, avrei potuto mantenere le mie mura difensive in posizione, ma non con Leo. Mai con Leo.

"Mi hai incontrato perché la tua migliore amica ha deciso di fare di mio fratello il bastardo più fortunato del mondo sposandolo" rispose alla mia domanda su come fossi stata abbastanza fortunata da incontrarlo. "Potrebbe essere stato un incontro casuale che forse non sarebbe avvenuto in nessun altro modo, quindi sono fottutamente grato che Nicole abbia deciso di perdonare Damian per essere stato un idiota."

Sospirai quando Leo si chinò e reclamò la mia bocca in un bacio che mi disse quanto fosse contento che ci fossimo incontrati.

Quello stesso avido abbraccio mi convinse anche che da quel momento non mi avrebbe mai lasciata andare.

CAPITOLO 15

Leo

PIÙ TARDI QUELLA notte, il mio corpo si tese mentre giacevo a letto, il mio cervello da qualche parte tra il sonno e lo stato di veglia.

Aprii un occhio per dare un'occhiata al mio orologio sul comodino.

Le due di notte?

Mi ero addormentato intorno alla mezzanotte. Subito dopo essermi masturbato sotto la doccia perché essere così dannatamente vicino a Macy mi stava rendendo completamente pazzo.

Fanculo!

Volevo denudarla come volevo prendere il mio respiro successivo, ma poiché volevo qualcosa di più della semplice gratificazione sessuale, sapevo che sarebbe stato meglio non affrettare troppo le cose.

Non avrei scambiato quei momenti in cui si scioglieva tra le mie braccia, ma sentire quel corpo formoso premuto contro il mio stava avendo la meglio su di me, anche se continuavo a ripetermi di essere paziente.

Aprii l'altro occhio, chiedendomi cosa diavolo mi avesse svegliato.

Avevo il sonno leggero a causa degli anni passati sul campo, ma di solito dormivo fino a quando non dovevo alzarmi a meno che non sentissi qualcosa che non andava bene.

Avevo sentito qualcosa...

I miei muscoli si contrassero quando sentii il rumore della porta della mia camera che si chiudeva lentamente.

Era questo che mi aveva svegliato? L'apertura della porta della mia camera?

La luce era fioca, l'unica illuminazione era il chiaro di luna nella stanza proveniente dalle finestre. Mentre giravo la testa, mi resi conto che la camera era abbastanza luminosa da vedere la piccola sagoma di Macy attraversare la stanza, dirigendosi in linea d'aria verso il mio grande letto king-size.

Non solo riconobbi la sua piccola forma, ma anche i pantaloncini da notte e il top oversize che indossava a letto. Li avevo visti in lavanderia diverse volte.

Ero rivolto dall'altra parte del lato vuoto del letto, ma lo sentii mentre si arrampicava, litigava un po' con le coperte e poi si avvicinava il più possibile a me senza toccarmi.

Forse inizialmente speravo che non potesse sopportare un'altra notte a casa mia senza essere nel mio letto a bruciare le lenzuola con me, ma non ci misi molto a capire che non era assolutamente il caso.

Potevo sentire il suo respiro rapido proprio dietro di me e la vibrazione del suo tremito violento.

Mi girai immediatamente verso di lei. "Macy? Cosa c'è che non va?» chiesi, cercando di essere il più calmo possibile, cosa non facile poiché avrei voluto far sparire all'istante tutto ciò che l'aveva turbata o spaventata.

"Mi-mi dispiace" rispose, il suo corpo ancora tremante. "Non volevo svegliarti."

Allungai una mano, la tirai nel mio corpo e la avvolsi con le braccia. "Cos'è successo, tesoro?»

Macy ed io condividevamo questa casa da settimane ormai, e non aveva mai sentito il bisogno di dormire da nessuna parte tranne che nella sua camera degli ospiti in fondo al corridoio.

Si rannicchiò contro di me come se stesse cercando di scaldarsi, mentre rispondeva: "B-brutto sogno. Non ne avevo uno da un po' e ho semplicemente reagito male. Non volevo essere sola."

Mi doleva lo stomaco sapendo che la sua prima reazione era stata quella di venire da me, che si fidava così tanto di me.

Ripensai alla nostra serata insieme, chiedendomi cosa avrebbe potuto scatenare un incubo per lei, ma non mi venne in mente nulla. "Vuoi parlarne?"

Mi chinai e le baciai la sommità della testa mentre continuava a cercare di scavare dentro di me per avvicinarsi.

Il suo dolce profumo era familiare e inebriante, ma cercai di non far vagare la mente.

"Non proprio" rispose. "Ma forse dovrei. Ho fatto lo stesso sogno più e più volte dal giorno in cui tutta la mia famiglia è morta. In quel sogno, quel giorno sono lì con la mia famiglia. Siamo saliti in elicottero insieme, e ci stiamo divertendo così tanto. Papà stava ancora facendo battute banali quando l'elicottero ha avuto un guasto al motore. Ci tenevamo tutti per mano mentre precipitavamo verso l'acqua. So che in quel sogno non ce l'avremmo fatta, ma non è un problema per me perché sento che è lì che dovrei essere. Mi sveglio sempre subito prima di entrare in acqua e morire."

Le mie braccia si strinsero istintivamente intorno a Macy. "Fanculo!" imprecai. "È lo stesso sogno che hai fatto stanotte?"

Non c'era da stupirsi che si fosse svegliata in preda al panico e terrorizzata.

"Questa volta è stato un po' diverso" spiegò quasi in lacrime. "Ero con la mia famiglia, ma per qualche motivo mi hanno spinta fuori dalla nostra cerchia familiare all'ultimo minuto. All'improvviso, erano solo loro tre a tenersi per mano, e io ero più un'osservatrice. Ero sola, a guardarli mentre l'elicottero cadeva dal cielo. Come al solito, mi sono svegliata subito prima dell'impatto."

"Non è mai successo prima?" le chiesi a bassa voce, la mia bocca proprio accanto al suo orecchio.

"No. Non sono sicura di cosa significhi o se in realtà significhi qualcosa" disse. "Questo era più spaventoso degli altri. Almeno facevo ancora parte della mia famiglia negli altri sogni. I nostri destini erano tutti legati insieme. È così che avrebbe dovuto essere, Leo. Avrei dovuto essere in quel viaggio quel giorno. Sarei dovuta morire con il resto della mia famiglia."

"No, Macy" le dissi con voce stridula nell'orecchio, il cuore che mi martellava contro la parete toracica.

Non riuscivo nemmeno a pensare che Macy fosse con la sua famiglia quel giorno.

"Sì" disse in un sussurro insistente. "Era un venerdì e avevo programmato di essere a quella celebrazione. Ho finito per annullare all'ultimo minuto perché avevamo l'imminente nascita di un nuovo cucciolo di gorilla di pianura occidentale, e non volevo perdermi la nascita poiché era così importante dato che sono in pericolo di estinzione. Mio padre mi ha aiutata così tanto a restare a San Diego fino alla nascita del cucciolo. Persino Brandon voleva che restassi e andassi a Newport Beach dopo la sua nascita. Ha detto che avremmo avuto molte più celebrazioni insieme in futuro e per questa non valeva la pena perdersi un evento del genere. Ma si sbagliava. Non siamo mai stati più insieme. Avrei dovuto essere lì con loro, Leo. Dopo l'incidente, tante volte ho quasi desiderato essere stata lì con loro."

"Non devi" risposi con voce roca.

Ogni muscolo del mio corpo si tese mentre pensavo a quanto fottutamente vicino fossi arrivato a non incontrare mai Macy.

La nascita di un gorilla di pianura era stata l'unica cosa che le aveva impedito di salire su quell'elicottero.

La sua sopravvivenza era stata un colpo di fortuna, un evento davvero fortunato che le aveva impedito di morire quel giorno.

Feci un respiro profondo e lo feci uscire, cercando di non perdermi in quello che sarebbe potuto succedere.

Macy aveva bisogno che la ascoltassi in questo momento. Aveva bisogno di parlare, e io ero qui per ascoltarla.

"Sono contento che tu non fossi su quell'elicottero" dissi con voce roca. "Sono così dispiaciuto che tu abbia perso la tua famiglia, tesoro, ma sono felice che tu sia qui con me ora."

Emise un lungo sospiro. "È stata così dura, Leo. Ero un'adulta, ma non avevo idea di come gestire tutto da sola. C'erano alcuni parenti al funerale, tutti fuori dallo Stato, e nessuno di loro abbastanza legato ai miei genitori da pianificare davvero i funerali. I miei genitori erano fidanzati del liceo del Wisconsin. Si trasferirono in California senza nessun'altra famiglia intorno. I miei nonni erano tutti morti, quindi ero solo... io. Avevano un testamento, ma nessuna indicazione su cosa fare se fossero stati uccisi tutti insieme. Alla fine li ho messi tutti a riposare uno accanto all'altro in un cimitero che si affaccia su un grazioso parco commemorativo. Non sapevo cos'altro fare."

Il mio fottuto petto doleva al pensiero di una Macy perduta e sola che cercava di capire esattamente come seppellire tutta la sua famiglia.

Sì, era un'adulta, ma era ancora così dannatamente giovane.

Avrei voluto essere stato lì per cercare di proteggerla e sostenerla in qualche modo.

"Hai fatto esattamente la cosa giusta, tesoro" la rassicurai. "Questa non è una situazione che qualcuno può mai essere preparato a gestire."

La sentii annuire con la testa mentre diceva: "Ho camminato in giro stordita, sentendomi così confusa. Gran parte di me sentiva che dovevo stare con loro, e non ero nemmeno sicura di come costringermi a lasciare il cimitero dopo che erano stati seppelliti."

Cullai il suo corpo lentamente, cercando di confortarla mentre le rispondevo: "Penso che mi sarei sentito allo stesso modo. Come ti sei convinta ad andare?"

Sentii che aveva bisogno di parlare e iniziare a lasciar andare alcuni di quei ricordi davvero brutali.

"Karma" disse in tono piatto. "Mi sono ricordata che dovevo essere al rifugio per fare volontariato. Sono andata da lei e lei mi ha tenuta sana di mente."

Grazie al cielo che allora aveva avuto la sua tigre. Prendersi cura di Karma aveva ovviamente aiutato Macy a superare i giorni difficili.

Macy continuò: "Avevo anche Nicole e Kylie. Perlopiù comunicavamo a lunga distanza, ma è bastato." Si fermò prima di dire: "Mi chiedo perché il mio sogno sia improvvisamente cambiato."

Scossi la testa: "Non ne sono sicuro, piccola. Forse stai iniziando a credere che davvero non dovevi essere su quell'elicottero."

"Mi dicevo che c'era un motivo per cui non ero lì" condivise. "Devo crederci, Leo. Ecco perché mi sono costretta a concentrarmi sul resto della mia specializzazione e ad essere lì per Karma e le mie amiche il più possibile."

Nella mia mente, c'erano molte ragioni per cui non era morta quel giorno, la principale era che il mondo semplicemente non era pronto a fare a meno di lei.

"Pensa a quante vite hai salvato" le ricordai. "Pensa a tutte le cose importanti che hai fatto e devi ancora fare in futuro. Merda! Pensa a quanto sarei triste senza di te. Ho bisogno di te, Macy, e niente al mondo potrà mai farmi credere che non dovevamo incontrarci."

Probabilmente non avrei mai più ascoltato una affermazione come quella in tutta la mia vita.

Macy Palmer doveva essere mia e nessuno mi avrebbe mai convinto del contrario.

Forse era troppo presto per dirglielo.

Forse non era il momento per me di cercare di capire la profonda connessione che provavo con lei.

Forse non capivo completamente perché dovevamo stare insieme.

Sapevo solo che era vero.

"Mi dispiace averti svegliato, Leo" disse in tono contrito. "Ma dopo quel sogno, tutto ciò che volevo era stare vicino a te."

La mia mano le strinse delicatamente i capelli e le tirai la testa contro il petto. "Pensavi davvero che mi sarei lamentato del fatto che sei scivolata nel mio letto?"

Aveva iniziato a togliersi le cose tristi dal petto.

Mi parlava delle cose difficili, delle cose tristi.

Ad un certo punto, aveva bisogno di elaborare le tristi emozioni e gli eventi che aveva soffocato per così tanto tempo.

Volevo che sapesse che poteva sempre venire da me quando ne aveva bisogno, quindi spazzai via qualsiasi idea che potesse avere sul fatto che arrampicarsi sul mio letto fosse del tutto scomodo.

Perché non lo era.

Affatto.

Anche se non era nel mio letto a urlare il mio nome mentre la scopavo.

Mi dette un colpetto sulla spalla. "Sei un pervertito, quindi sono sicura che hai immaginato che questa situazione accadesse in modo molto diverso" scherzò.

"Quando si tratta di te nel mio letto, prenderò tutto ciò che posso ottenere» scherzai.

"Leo?" disse piano.

"Sì?"

"Grazie per essere sempre qui per me. La morte di Karma ha suscitato così tante emozioni che pensavo fossero finite. Come quel sogno folle."

Avevo la sensazione che Macy avesse ancora un sacco di vecchie ferite da rimarginare, ma sarei stato lì ogni volta che qualcosa di nuovo fosse venuto a galla.

Aveva combattuto tutto questo da sola abbastanza a lungo.

"Sarò sempre qui quando avrai bisogno di me, Macy" risposi con voce roca.

"Lo spero" replicò con voce leggermente spaventata.

Forse "sempre" e "per sempre" non erano più parole in cui credeva, ma alla fine si sarebbe resa conto che non sarei andato da nessuna parte.

"Mi sento meglio" mi informò. "Forse dovrei tornare nel mio letto adesso."

"Dormi. Resta e ti proteggerò se farai altri brutti sogni" dissi insistente. "Abbiamo un volo mattutino. Ora che sei qui, pensi davvero che ti lascerei andare via?"

"Come se *volessi* davvero andarmene?" mormorò assonnata. "Dio, hai un profumo così dannatamente buono, Leo."

Quasi gemetti quando affondò il viso nel mio collo e prese un altro respiro profondo.

"Dormi, donna" ringhiai, sapendo che la mia pazienza stava iniziando ad affievolirsi.

Ero a un soffio dal palpare il suo splendido sedere ed esplorare ogni centimetro del suo delizioso corpo.

L'unica cosa che mi fermava era il fatto che non mi aveva ancora dato segno di essere pronta per quello, e volevo che si fidasse di me più di quanto avessi bisogno di scoparla in quel momento.

Sospirò, e poi il suo respiro rallentò, esattamente come le avevo chiesto.

Si era addormentata.

CAPITOLO 16

Macy

"NON POSSO CREDERE che sto volando per la seconda volta su questo bellissimo jet privato" dissi a Leo, mentre lo guardavo concludere la nostra partita a scacchi dandomi scacco matto.

Eravamo in volo da diverse ore, ma avevamo ancora molta strada da fare prima di arrivare a Lania.

Mi sorrise. "Hai giocato bene, ma non penso che tu stessi davvero prestando attenzione."

Ricambiai il sorriso dalla mia posizione all'estremità opposta del divano, la scacchiera tra noi due. "Come potrei? Sto andando nel Mediterraneo alla ricerca di una lince estinta. Non potevo che perdere alla fine. Credo che tu sia un giocatore quasi imbattibile, e io sono al massimo mediocre. Mio fratello ed io giocavamo solo per divertirci quando eravamo più piccoli e da allora non ho fatto molta pratica."

"Dovrei presumere che la maggior parte dei tuoi ragazzi non fossero giocatori di scacchi?" chiese, mentre risistemava la scacchiera.

Sbuffai. "Dovresti presumere che nessuno di loro fosse interessato a giocare a scacchi quando eravamo alla triennale. Sono riuscita a prendere ottimi voti, anche se ero in una confraternita e lavoravo part-time, ma i ragazzi della confraternita erano tutti concentrati sulle feste. Dopo la mia laurea, non ho avuto davvero nessuno a lungo. C'era la scuola di veterinaria e non avevo più tempo libero. Te l'avevo detto che non ho davvero un ragazzo fisso da molto tempo."

"Ne volevi uno?" chiese con un curioso baritono.

Inclinai la testa e pensai per un momento alla sua domanda prima di rispondere. "Non credo di essermi persa così tanto. Forse perché non avevo incontrato la persona giusta ed ero davvero molto impegnata dopo aver iniziato la scuola di veterinaria. Ho provato a frequentare qualcuno per un po' e poi ho semplicemente rinunciato. La maggior parte dei ragazzi non capiva una donna che voleva sottoporsi a così tanti anni di istruzione superiore solo per prendersi cura degli animali selvatici. E non c'era nessuno single e interessante con me nella scuola di veterinaria."

"Io avrei capito" rispose Leo praticamente.

Alzai la testa e i nostri occhi si fissarono al di sopra della scacchiera.

L'espressione seria nei suoi splendidi occhi azzurri mi ipnotizzò.

Scossi la testa lentamente ma non interruppi la nostra connessione. "Non ti ho incontrato allora" dissi piano, sentendomi senza fiato e nervosa.

"Se ci fossimo incontrati quando eravamo più giovani, avrei aspettato che finissi la scuola e tutta la tua formazione. Avrei preferito avere quel poco tempo che potevamo gestire insieme piuttosto che stare con qualcun'altra solo perché aveva più tempo libero" disse risolutamente.

Gesù! Se l'avesse affermato la maggior parte degli altri ragazzi avrei detto che era una stronzata, ma non con Leo.

Credetti completamente alla sua dichiarazione. Probabilmente perché anche la sua istruzione era stata importante per lui, quindi capiva.

"Ti avrei aspettato anch'io" mormorai, ancora ipnotizzata dal suo sguardo. "Beh, se ci fossimo incontrati prima."

In un certo senso, forse io e Leo ci stavamo aspettando.

Lui, nei suoi studi in Inghilterra.

Io, alla scuola di veterinaria e poi alla specializzazione.

Stordita dal pensiero, interruppi improvvisamente il nostro contatto visivo.

Cosa stavo pensando?

Non mi impegno in relazioni serie.

Stavo uscendo casualmente con Leo; non lo stavo sposando.

Ero davvero attratta fisicamente da lui e mi piaceva molto come persona. Mi piaceva passare del tempo con lui.

Avevo davvero bisogno di riportare le cose in prospettiva.

Ci eravamo conosciuti per caso, non *eravamo* fatti per stare insieme.

Lo guardai rimettere la scacchiera sul tavolo da gioco prima di tornare al gigantesco divano di pelle e sedersi accanto a me.

Mi avvolse un braccio intorno alla vita e mi tirò nel suo corpo, e io glielo lasciai fare.

Amavo il suo profumo.

Amavo il modo in cui il suo corpo duro cullava il mio più morbido.

Amavo il senso di correttezza che percepivo ogni volta che mi era vicino.

Forse non saremmo stati insieme così per sempre, ma stare vicino a quest'uomo creava dipendenza e volerlo era inevitabile.

Mi inginocchiai accanto a lui e gli avvolsi le braccia intorno al collo. "Mi bacerai, Leo?" chiesi.

Alzò un sopracciglio, mise le mani sulla mia vita e mi sollevò finché non fui a cavalcioni su di lui. "Forse è ora che mi baci tu" ringhiò. "Se vuoi qualcosa, vieni a prenderlo."

Volere *qualcosa?*

Lo *volevo*, e lui lo sapeva.

Lo fissai mentre gli chiedevo: "Pensi che non prenderò quello che voglio? Ci sono un milione di cose che voglio quando ti guardo" dissi onestamente.

Allargò le braccia. "Sono tutto tuo. Se vedi qualcosa che ti piace, prendilo."

Stava giocando con me, e il gioco cominciava a piacermi.

Gli afferrai la maglietta con entrambe le mani e piegai la testa fino a sentire il suo respiro sulle labbra. "Come questo?" chiesi innocentemente prima di mettere audacemente le mie labbra sulle sue.

Leo partecipò, ma non prese il sopravvento come faceva di solito.

Quindi, continuai a esplorare.

Spostai le mani sui suoi splendidi capelli e infilai le dita nelle sue ciocche setose.

Gli mordicchiai delicatamente il lobo dell'orecchio e sussurrai: "Sei così dannatamente bello, Leo. Mi piace tutto quello che vedo. Vuol dire che posso prendere tutto?"

Borbottai quando all'improvviso sentii Leo sollevare il mio corpo e distendermi sulla schiena.

Lo stavo guardando sopra di me prima di poter tirare un altro respiro.

Mi mise le mani ai lati della testa, e poi mi baciò.

Non era un abbraccio gentile, nessun tocco stuzzicante.

Prese la mia bocca come se gli appartenesse e ne fosse stato separato per molto tempo.

Devastò e saccheggiò con una ferocia che mi fece aggrappare a lui, implorando di più.

"Leo" ansimai mentre lasciava le mie labbra e faceva scorrere la sua bocca sulla pelle del mio collo.

La pelle d'oca si formò sulla mia pelle e assaporai ogni tocco possessivo.

Qualcosa di elementare tra noi aveva appena fatto un enorme cambiamento, ma non mi stavo lamentando.

L'avevo voluto per quella che sembrava un'eternità.

"Sì" gemetti mentre abbassavo la testa e lasciavo che avesse accesso a tutto ciò che voleva.

Gli strinsi i capelli e mi aggrappai, senza fiato mentre le sensazioni carnali iniziavano a sopraffarmi.

"Hai idea di quanto voglia farti venire in questo momento?" gracchiò vicino al mio orecchio. "O quanto voglia guardarti mentre succede?"

"No" risposi senza fiato.

Merda! Non l'avevo mai visto così carnale, ma il suo desiderio sembrava nutrire il mio stesso bisogno finché non iniziai ad ansimare per un'eccitazione che non riuscivo ancora a capire bene.

Non protestai mentre Leo afferrava l'orlo della mia maglietta, me la tirava sopra la testa e la lasciava cadere a terra. "Dannazione!" imprecò con voce roca. "Perché cazzo non mi hai avvertito che questa era una giornata per migliorare l'umore?"

Ci volle un momento perché la mia mente funzionasse abbastanza da capire cosa stava dicendo. "Sono piuttosto succinti oggi" dissi a bassa voce una volta capito cosa stava dicendo.

Indossavo un set di biancheria intima morbida e setosa. Il reggiseno era bianco con fiori di pizzo color avorio che erano così sottili che non facevano quasi nulla per coprirmi i capezzoli. Le mutandine erano dei begli slip brasiliani che mi coprivano molto poco il sedere.

Volevo sentirmi femminile, quindi avevo scelto qualcosa che non fosse eccessivamente sessuale, ma sensuale.

Leo tracciò i miei capezzoli rigidi attraverso il sottile pizzo avorio prima di slacciare finalmente il gancio anteriore e afferrare i miei seni nudi.

Non ero eccessivamente dotata, ma Leo sembrava apprezzare.

"Fanculo! Sei così bella, Macy" gemette proprio prima di succhiare una delle punte sensibili.

"Oh, Dio" gemetti mentre lui mordicchiava e leccava le cime dure senza alcuna pietà. "Sì."

Mantenne lo stesso assalto sensuale su un capezzolo e usò le dita per accarezzare l'altro finché non fui quasi fuori di testa.

La mia testa si dimenava sulla pelle del divano, il mio corpo che andava in fiamme, mentre avvolgevo le gambe intorno alla sua vita. "Ho bisogno di te, Leo. Ho bisogno…"

La mia voce si interruppe, mentre si allungava tra di noi, apriva il bottone dei miei jeans e abbassava la cerniera dicendo con voce roca: "Ho bisogno di toccarti, Macy."

Annuii impazientemente con la testa. "Sì. Per favore."

Piagnucolai, mentre si tirava indietro sulle ginocchia in modo da potermi tirare i jeans lungo le gambe.

Quando arrivarono alle ginocchia, si fermò e si limitò a fissare. "Mutandine molto belle" disse con uno sguardo da predatore. "Hai idea di quanto io voglia strapparle via e seppellire la mia testa tra le tue cosce in questo momento?"

Il sesso orale non era mai stato un granché per me in passato. La maggior parte dei ragazzi non era entusiasta di farlo a una donna, ma l'entusiasmo di Leo mi fece desiderare la sua bocca su di me.

Abbassò lentamente le mutandine, finché non rivelò la mia figa parzialmente rasata.

Avevo lasciato una piccola striscia di riccioli come una pista di atterraggio, ma per il resto ero nuda.

Rabbrividii, mentre l'aria fresca aleggiava sulla pelle nuda.

"Leo, per favore" implorai, il mio corpo in fiamme solo per il fatto di giacere in una posizione così vulnerabile mentre il suo sguardo acceso mi diceva esattamente cosa voleva.

La stessa cosa di cui avevo bisogno io.

Chiusi gli occhi e rabbrividii. "Fottimi, Leo."

Inspirai mentre sentivo il suo pollice sondare tra la mia fessura finché non trovò il mio clitoride.

"Sei così fottutamente bagnata per me, Macy" disse con forza.

"Allora, scopami" gemetti.

Tornò giù e mi baciò, le sue dita che continuavano a giocare con la mia figa.

Mi contorcevo sotto di lui, mentre la mia lingua si aggrovigliava con la sua, i miei fianchi si sollevavano, implorando più di quello che lui mi stava dando.

I miei capezzoli duri e sensibili erano ancora nudi e graffiavano la sua maglietta, quando finalmente mi lasciò le labbra.

Ero così stimolata che mi sentivo cruda e incredibilmente bisognosa.

"Leo, per favore. Per favore" implorai senza nemmeno un briciolo di vergogna.

Quest'uomo poteva giocare sul mio corpo fino a farmi perdere i sensi.

"Calma, tesoro" mi tranquillizzò proprio prima che i suoi denti mordessero il mio lobo. "So di cosa hai bisogno."

"Allora dammelo" ansimai. "Adesso. Fottimi."

"Non posso" ringhiò.

"Come mai?" chiesi, il mio corpo che si stava trasformando in una frenesia mentre lui esercitava una pressione diretta sul mio clitoride e iniziava a darmi l'intensa stimolazione che desideravo ardentemente.

"Perché se ti scopo in questo momento, vorrò di più, Macy. Niente più appuntamenti casuali, nessun dubbio sul fatto che dovremmo vederci così tanto. Avremo una relazione seria che riguarda solo me e te e ciò che vogliamo. Non dovremo più tormentarci a vicenda quando entrambi sappiamo esattamente cosa vogliamo. Devi essere dannatamente sicura che sia quello che vuoi prima di chiedermi di fotterti di nuovo. Perché non posso fare sesso occasionale con te, bellissima."

Il mio cuore batteva forte, mentre le sue parole affondavano nel mio cervello.

Non potevo avere una relazione seria.

Non potevo dargli esattamente quello che voleva, anche se capivo perché me lo chiedeva.

Capivo la necessità di qualcosa di *più* a causa della folle connessione che noi due condividevamo.

"Leo, non posso darti—"

"Non importa" disse con voce roca.

Accelerò i suoi movimenti sul sensibile fascio di nervi che stava toccando, e sentii il mio climax crescere con una ferocia che era quasi spaventosa.

"Vieni per me, Macy" chiese con quel sexy accento britannico che mi faceva impazzire. "Voglio guardarti. Voglio vederti prendere esattamente quello che vuoi."

Mi stava invitando a prendere tutto ciò di cui avevo bisogno, e lo feci.

Avvolsi le gambe più strette intorno alla sua vita, sollevando i fianchi finché il mio nucleo non fu premuto con forza contro la sua mano.

"Di più" supplicai, mentre il mio orgasmo cominciava a dispiegarsi.

Mi diede di più.

Le sue dita accarezzarono più forte, più velocemente, e il piacere era così intenso che implosi.

"Leo" urlai mentre le mie unghie corte affondavano nei suoi bicipiti muscolosi. "Leo, è troppo bello."

"Mai troppo bello, piccola" disse affamato prima che la sua bocca si posasse sulla mia.

Mi diede un abbraccio duro e appassionato, mentre il mio orgasmo mi scuoteva, e poi si tirò indietro e guardò la mia faccia, mentre venivo così forte che non ero del tutto sicura che sarei sopravvissuta.

Non interruppe l'intensa stimolazione sul mio clitoride fino a quando finalmente non iniziai a riprendermi dal mio climax.

Dopodiché, lasciò che il suo pollice stuzzicasse il germoglio sensibile, strizzando ogni briciolo di piacere che poteva ottenere dal mio corpo.

Rimasi sdraiata ansimando, incapace di muovermi mentre cercavo di riprendere fiato con Leo che mormorava affettuosità sciocche nel mio orecchio.

Mi disse quanto ero bella, quanto dolce, quanto sexy, quanto perfetta pensava che fossi.

E poi, si alzò e si diresse verso la camera da letto con un rapido: "Torno subito."

Sentii la doccia aprirsi e capii subito perché se n'era andato.

Ero completamente soddisfatta.

Non avrebbe dovuto importare che si stesse masturbando da solo.

Eppure c'era un vuoto nell'azione che trafiggeva lo stupore sensuale in cui ero annegata.

Gesù! Volevo stare con lui quasi più di quanto avrei voluto il mio prossimo respiro, ma potevo prendere l'impegno che voleva Leo?

Il problema non era il bisogno reciproco. Se lo fosse stato, sarei stata proprio lì e pronta per partire.

Mi stavo ancora ponendo quella domanda quando tornò con solo un paio di boxer, mi tolse i jeans e il reggiseno e mi infilò una camicia da notte sopra la testa.

Gli avvolsi le braccia intorno al collo mentre mi sollevava e mi riportava in camera.

Sospirai mentre mi rannicchiavo contro di lui, sapendo che dovevamo dormire per poter adattare il nostro programma di sonno ai fusi orari del Mediterraneo.

Sentii il ritmo del respiro di Leo uniformarsi, mentre si addormentava con il braccio stretto attorno a me.

Il mio corpo era soddisfatto ma la mia mente era ancora occupata, quindi mi ci volle molto più tempo del normale per seguirlo in un sonno senza sogni.

CAPITOLO 17

Leo

"SEI SICURO DI avere tutto ciò di cui hai bisogno per sentirti a tuo agio da queste parti, amico?" chiese il principe Nick, mentre giravamo tutti attorno al nostro campo base. "È piuttosto remoto."

Eravamo arrivati in elicottero quindici minuti prima.

Nick mi aveva sorpreso decidendo di venire con noi fino a Lania settentrionale.

Sicuramente non me lo aspettavo dopo aver pranzato con lui e suo padre nel palazzo della capitale dove era atterrato il mio jet.

A quanto pareva, stava prendendo questa spedizione molto sul serio e voleva assicurarsi che avessimo tutto ciò di cui avevamo bisogno.

Sapevo che Macy era rimasta leggermente sorpresa dalla necessità di un lungo viaggio in elicottero.

Diavolo, probabilmente avrei dovuto dirglielo prima che accettasse di venire, ma non avevo collegato i punti fino a quando non avevo visto la sua faccia quando Nick aveva menzionato la necessità di un elicottero, perché non c'era alcun posto dove poter atterrare con un altro velivolo.

A suo merito, era salita a bordo e all'inizio mi aveva tenuto la mano così forte che aveva quasi interrotto la circolazione in quell'arto.

Più tardi, era sembrata rilassarsi perché era un grosso elicottero, e il viaggio era estremamente tranquillo.

Alla fine, sembrava davvero che le fosse piaciuto il viaggio.

"Siamo decisamente a posto" gli assicurai.

Onestamente, Nick aveva esagerato, e avevamo molto più del necessario e molto più di quanto mi aspettassi.

Aveva eretto due tende per dormire estremamente grandi con soffitti di tre metri e molto spazio utile. Erano provviste di enormi materassini gonfiabili e tavolini.

C'erano anche diverse tende a baldacchino con diversi lunghi tavoli per le attrezzature che sarebbero stati perfetti per un laboratorio improvvisato e una piccola cucina.

C'era anche una doccia da campo e altri servizi che sicuramente non mi aspettavo.

"Non ho passato molto tempo in quest'area" disse Nick pensieroso. "Era occupata anche quando ero un bambino piccolo, e ora sono stato così impegnato con tutto ciò che accadeva nella capitale che non ho avuto molto tempo per esplorare il nord."

"È bellissimo qui" disse Macy a Nick con un sorriso. "Grazie per avermi permesso di venire qui con Leo."

Nick rispose con un sorriso affascinante. "Sei invitata in qualsiasi parte di Lania come mia ospite ogni volta che lo desideri."

Diedi una gomitata a Nick, mentre Macy passeggiava per il campo. "Vacci piano con il fascino, amico" borbottai.

Il piccolo bastardo semplicemente mi sorrise. "Ti senti un po' insicuro, Leo?"

"Non sono affari tuoi" risposi a bassa voce in modo che Macy non potesse sentirmi.

"Dannazione! Rilassati" disse Nick con nonchalance. "Non sono mai stato un uomo che sfiora la donna di un altro. Volevo solo che vi sentiste i benvenuti."

"Ti sei superato" gli dissi, avendo leggermente meno voglia di strangolarlo. "Come va il business turistico sulla costa?"

"Meglio di quanto mi aspettassi" rispose. "Le spiagge che circondano la città sono alcune delle più belle del mondo. Diventeremo una destinazione popolare anche per chi desidera fare immersioni e snorkeling spettacolari. Sapevo che non sarebbe successo niente dall'oggi al domani, ma Lania sta lentamente diventando una destinazione turistica molto desiderabile, il che sta davvero aiutando molta della mia gente a guadagnarsi da vivere dignitosamente."

Annuii. "Sono felice che i tuoi piani stiano andando bene."

Ero felice che si stesse sistemando nella sua posizione, anche se a volte era difficile ricordare che Nick era un principe ereditario.

Era vestito in modo casual con un paio di jeans, una polo e un paio di scarpe da ginnastica ben sfruttate ai piedi.

Camminava e parlava come un normale inglese, ma il suo vero titolo era molto più alto della maggior parte dei titoli in Inghilterra.

Nick scrollò le spalle. "Niente è andato esattamente liscio. Non tutti mi accettano come principe ereditario perché sono stato via per la maggior parte della mia vita, ma le cose stanno lentamente migliorando. Prenderò il mio posto qui, non importa per quanto tempo dovrò lottare per ottenere il rispetto che voglio."

"Sii paziente, Nick" consigliai. "Le persone verranno. Lania ha subito molti cambiamenti negli ultimi anni."

"Più di quanto tu possa immaginare" mormorò. "E mi aspettavo di dovermi mettere alla prova. Durante i suoi rari momenti di lucidità, mio padre pensa che dovrei sposare una donna laniana con uno status sociale per aiutare le cose, ma non ho intenzione di accettare un matrimonio combinato per aiutare le persone ad accettarmi. Accadrà in base ai miei risultati o per niente."

"Fanno matrimoni combinati qui?" chiesi incuriosito.

Nick scosse la testa. "Sarà sicuramente scoraggiato sotto il mio governo, ma era una pratica ben accettata nella generazione di mio padre. I miei genitori hanno avuto un matrimonio combinato. Fortunatamente, sono arrivati ad amarsi. Non sono disposto a correre questo rischio."

"Non posso dire che ti biasimo, amico" commiserai.

"E tu?" chiese. "Vedi il matrimonio nel tuo futuro? Sembra che Dylan sia pronto a fare il grande passo. Gli ho parlato poco prima del tuo arrivo."

"Dylan farà sicuramente il grande passo prima di me" lo informai. "Macy ed io stiamo ancora... cercando di capire le cose."

In un certo senso, mi stavo ancora prendendo a calci in culo per non aver accettato ciò che Macy aveva offerto. Era stata completamente disposta a esplorare la nostra attrazione fisica, ma sapevo che non sarebbe mai stato abbastanza.

Non con lei.

Non quando volevo esplorare molto di più di una semplice relazione sessuale.

Non quando volevo qualcosa in più di una semplice scopata.

Sapevo cosa volevo e gli amici con benefici o appuntamenti casuali con benefici non erano nemmeno sul mio radar.

Nick mi diede una pacca sulla schiena dicendomi: "Sistemerai tutto. Se non altro, avrete un po' di tempo da soli qui. Voglio dire, davvero soli. Renditi conto che il posto più vicino qui intorno è un villaggio di pescatori che non è raggiungibile a piedi."

Scrollai le spalle. "Ci sono abituato. Assicurati solo di tornare qui a riprenderci."

Nick annuì. "Vado via. Ho un impegno questa sera. Hai i telefoni satellitari se ne hai bisogno. Buona fortuna. Significherebbe molto per me se trovassi la lince laniana. La mia gente ha perso molto. Recuperare la lince darebbe ai laniani qualcosa da festeggiare."

"Farò del mio meglio, Nick, ma se avrò prove definitive, devi essere preparato a trovare un modo per proteggerle. Posso mandare la mia squadra ad aiutare se ne hai bisogno."

"Come sarebbe quella protezione?" rifletté.

"Dipende" spiegai. "Se c'è una popolazione significativa, potrebbe solo aver bisogno di essere protetta in modo che possano ripopolarsi. In caso contrario, potrebbero aver bisogno di aiuto per riprendersi. Affronteremo il problema quando sarà il momento. Per ora, abbiamo solo bisogno della prova che sono ancora vive."

Nick annuì. "Chiamami se posso aiutarti in qualche modo."

Macy tornò indietro e andammo con Nick alla radura dove ci aspettava l'elicottero.

Strinsi la mano a Nick, e digrignai i denti mentre Macy lo abbracciava.

Fanculo! Stavo impazzendo. Non potevo nemmeno sopportare di vedere un altro ragazzo toccarla, anche quando sapevo che non era niente di nefasto.

Non ci volle molto perché l'elicottero di Nick decollasse e volasse via.

"Beh, è stata una giornata interessante" osservò Macy mentre tornavamo al campo. "Non posso credere di aver appena abbracciato un principe ereditario. Nick è davvero un bravo ragazzo e con i piedi per terra."

"Mi dispiace non averti avvertita dell'elicottero, Macy. Non ho pensato davvero al fatto che avresti potuto essere riluttante a volarci a causa dell'incidente" le dissi con rimorso.

Lei scosse la testa. "Ci sono già stata. C'è voluto solo un piccolo discorso di incoraggiamento con me stessa per poterlo fare di nuovo. Realisticamente, so che è relativamente sicuro volarci."

"La paura non svanisce sempre a causa della ragione" le ricordai.

"Sto bene" disse con fermezza. "Te lo direi se avessi ancora paura di viaggiare in quel modo. Quando si tratta di te, mi sembra di aprire la bocca e dire quello che penso."

Le sorrisi. "Sono contento che non ti trattieni."

Alzò gli occhi al cielo. "Non preoccuparti per questo."

"Allora forse mi dirai se stai bene dopo la scorsa notte" suggerii.

Mi ero chiesto tutto il maledetto giorno se fosse o meno d'accordo con quello che era successo sul jet.

Quella mattina ci eravamo alzati, ci eravamo fatti la doccia, sfortunatamente non insieme, e poi eravamo atterrati subito dopo aver preso il caffè entrambi.

Avevamo avuto compagnia per il resto della giornata, quindi questa era la prima volta che avevamo avuto modo di parlare.

Si girò verso di me quando raggiungemmo il centro del nostro campo. "Penso che tu sappia che è andata bene per me. C'è qualcosa tra noi, Leo. Non ho mai sperimentato questo tipo di chimica. Semplicemente non sono sicura di come mi sento riguardo al fatto che tu ti masturbi da solo dopo aver fatto tutto il possibile per assicurarti che fossi soddisfatta. Non è stato uno scambio molto equo."

Ero assolutamente certo che avesse saputo esattamente cosa avevo fatto quando l'avevo lasciata.

Semplicemente non ero stato in grado di impedirmi di trovare una sorta di rilascio, e non mi fidavo di me stesso quando Macy era così disposta a darmi di più.

Vederla venire così forte era stato piuttosto intenso.

"Cosa preferiresti che io facessi?" chiesi.

"Preferirei che ti lasciassi toccare da me" rispose. "Preferirei che mi portassi con te in quella doccia."

Strinsi i pugni al mio fianco mentre borbottavo: "Hai idea di cosa succederebbe allora? Ti voglio, Macy. Non l'ho mai nascosto. Avrei avuto il tuo bel culo nudo e contro il muro di quel box doccia."

"E sarei stata d'accordo con quello" ribatté eccitata. "Non ho fatto mistero del fatto che anch'io voglio te. Ti ho implorato di fottermi, per l'amor di Dio."

Fanculo! Stavo iniziando a dubitare della mia decisione.

Forse avrei dovuto lasciare che accadesse.

Forse saremmo stati così persi l'uno nell'altra che nessuno di noi avrebbe mai preso in considerazione l'idea di interrompere la relazione.

Forse un impegno sarebbe potuto arrivare... dopo?

Maledetto inferno!

Non avevo voluto andare avanti perché sospettavo che da qualche parte nel profondo ci fosse ancora una parte di Macy che era... fragile.

Forse era l'istinto perché avevo visto quanto fosse stata sconvolta dalla morte di Karma.

Aveva anche avuto la mia spalla su cui piangere una o due volte per la morte della sua famiglia.

Tuttavia, sospettavo che quegli eventi non fossero nulla in confronto all'intensa angoscia che era ancora sepolta dentro di lei.

Ovviamente, non si era mai davvero permessa di piangere completamente o affrontare quello che era successo.

L'aveva affrontato ed era sopravvissuta, e io ammiravo la sua forza, ma esitavo a credere che fosse mai completamente guarita dal danno che la tragedia le aveva procurato.

Diavolo, forse mi sbagliavo completamente, ma non avevo intenzione di farle altro male offrendole nient'altro che una scopata soddisfacente. Soprattutto quando sapevo già che volevo di più.

Avevo fatto un pasticcio?

Avrei dovuto lasciare che la relazione andasse come voleva Macy?

"Penso che dovresti riconsiderare questa decisione" disse piano prima di dirigersi verso le tende con lo zaino al seguito.

"Forse hai ragione" replicai alla sua figura in ritirata anche se era troppo tardi perché potesse sentire quelle parole.

CAPITOLO 18

Macy

PASSAI I GIORNI successivi con Leo a sistemare le telecamere ed esplorare l'area generale in cui i biologi laniani avevano individuato quelle impronte.

Non era stato difficile trovare molte più impronte e altre prove che i gatti esistessero ancora.

Avevamo prelevato grandi quantità di campioni di escrementi che assomigliavano molto alle feci di lince e avevamo anche preparato delle trappole per peli, nel caso in cui non avessimo messo gli occhi su una lince laniana durante questo viaggio.

I peli e gli escrementi potevano essere sottoposti a test del DNA per dimostrare che gli animali erano ancora vivi, defecando e facendo cadere i peli nelle foreste di Lania.

Certo, non avevamo ancora individuato il gatto stesso, ma ero piena di speranza che l'avremmo fatto.

Come se fosse un accordo silenzioso, io e Leo ci eravamo lasciati alle spalle la nostra discussione sul sesso per concentrarci sulla nostra missione.

Leo dormiva nella sua tenda e io nella mia.

Per la maggior parte, la nostra relazione era rimasta civile e amichevole, ma non così spensierata come prima che mi accendesse come un petardo.

Nonostante la tensione di fondo, ogni giorno ero cullata dalla bellezza di Lania e dal clima estremamente temperato.

"Guarda, Leo" dissi eccitata mentre mi accovacciavo sul sentiero in cui stavamo camminando per installare più telecamere. "Altre impronte."

Si accovacciò accanto a me per guardare quelle che entrambi sapevamo essere le impronte della lince laniana.

"Sono ovunque" rispose. "Non solo, ma abbiamo visto molti conigli, quindi sappiamo che la popolazione di conigli è sana. Non passerà molto tempo prima che avremo gli occhi su un gatto. Le linci sono animali solitari che si riuniscono solo per accoppiarsi, quindi è incoraggiante vedere così tante impronte. Spero che questo significhi gatti diversi perché le impronte sembrano essere di dimensioni diseguali."

"Non abbiamo ancora visto tane" gli ricordai.

"Probabilmente perché stiamo seguendo il sentiero di caccia per impostare le telecamere" rispose. "Quelle tane saranno nascoste. Saranno lontane dai sentieri che tutti gli animali seguono verso l'acqua dolce."

C'era un piccolo lago a circa un miglio di distanza dal nostro campo base, e avevamo scoperto sentieri di selvaggina su tutte le colline che portavano a quell'acqua dolce.

"Hai ragione" convenni mentre mi raddrizzavo. "Immagino di essere solo emozionata perché abbiamo già trovato così tante prove che sono qui."

Leo si avvicinò a me con un sorriso. "Non preoccuparti. Le troveremo. Questa sarà probabilmente una delle spedizioni più facili che abbia mai avuto. I segni sono ovunque. Dobbiamo prima fare tutto il lavoro di base, ma inizieremo a sederci in alcuni appostamenti domani o il giorno successivo per vedere se riusciamo a individuarle direttamente."

Gli sorrisi di rimando, la mia emozione quasi palpabile mentre guardavo quanto sembrava a suo agio in mezzo al nulla.

Leo era nel suo elemento naturale, e gli calzava come un comodo guanto.

Era così in forma che probabilmente poteva camminare per miglia senza sudare, ma non si lamentava mai di aspettarmi o di rallentare il suo ritmo per eguagliare il mio.

Indossava un paio di pantaloni da trekking color cachi, scarpe da trekking e una maglietta a maniche lunghe di un colore neutro per mimetizzarsi con la foresta.

Io ero vestita in modo simile poiché Leo mi aveva aiutata a scegliere cosa portare con me.

"Abbiamo trovato un buon punto per ogni telecamera che ho portato con me" dichiarò. "Si sta facendo buio. Sei pronta per tornare al campo? Dopo aver mangiato posso alzare il drone a infrarossi e vedere quanta attività notturna abbiamo nella zona."

Ero davvero interessata a vedere quel drone a infrarossi in azione.

Non ci avrebbe detto esattamente cosa c'era là fuori, ma avremmo potuto indovinare in base alle dimensioni e alla velocità quali animali avremmo potuto vedere.

Annuii mentre iniziavo a camminare accanto a lui, odiandomi per i modi un po' scostanti di Leo.

Era colpa mia se non era così rilassato come lo era stato prima che avessimo quel piccolo disaccordo su come avrebbe dovuto essere la soddisfazione sessuale.

Avevo avuto dei ripensamenti sulla mia incapacità di accettare le condizioni di Leo molte volte negli ultimi due giorni.

Gesù! Non era che non *volessi* dargli quello che voleva, ma c'era una parte di me che era ancora terrorizzata all'idea di iniziare a chiamare questa cosa tra noi qualcosa di diverso da un appuntamento casuale o persino un'amicizia.

Ma onestamente... non era già... esclusiva?

Non c'era nessun altro ragazzo con cui volevo uscire, e finché io e Leo ci fossimo visti, non ci sarebbe mai stato nessun altro.

In primo luogo, non c'era un altro uomo sulla Terra come Leo Lancaster.

In secondo luogo, era l'unico ragazzo che avevo desiderato abbastanza per provare ad andare a un appuntamento da molto tempo.

Quindi, tecnicamente, sarebbe stata una relazione esclusiva.

Era abbastanza?

Sarebbe stato abbastanza per Leo?

Voleva solo sapere che eravamo monogami?

Onestamente, non potevo biasimarlo per aver voluto quell'esclusività, anche se ero ancora sbalordita dal fatto che la volesse con *me*.

Non eravamo più bambini, e sapevo che se andavo a letto con un ragazzo, non avrei voluto che stesse anche con altre donne.

Pensava davvero che ci sarebbe stato un altro ragazzo dopo che lui e io ci eravamo spogliati insieme?

Non era nemmeno possibile per me.

Sì, ero d'accordo con "nessuna condivisione."

Allora, perché ero così riluttante a dirlo a Leo?

O sì. Giusto. Le relazioni mi spaventavano a morte e non ero un tipo di donna a lungo termine.

Apparentemente, da qualche parte lungo la strada, me ne ero quasi dimenticata, quando Leo Lancaster era entrato prepotentemente nella mia vita.

Non volevo semplicemente dormire con lui e poi andarmene o trattarlo come sesso occasionale. C'era anche un'amicizia tra noi, e quella folle connessione che nessuno di noi sembrava capire completamente.

A quanto pareva, si sentiva allo stesso modo.

Allora, perché era così dannatamente difficile per me ammetterlo?

Probabilmente avevo reagito in modo esagerato.

Se la sua idea di una relazione seria fosse stata semplicemente che noi due ci rispettassimo e non vedessimo altre persone finché fossimo stati in una relazione sessuale, avrei potuto gestirlo.

"La doccia da campo dovrebbe essere pronta se vuoi usarla" disse mentre ci avvicinavamo al campo. "Ho caricato l'acqua dopo averla usata prima. Penso che Nick abbia lasciato abbastanza acqua per restare qui per un anno intero."

Volevo gemere.

Non era che non volessi quella doccia, ma giuravo che quella dannata doccia da campo mi odiava. Non riuscivo a ottenere un flusso d'acqua decente che durasse a lungo.

L'acqua era calda perché le temperature calde e la luce solare erano abbondanti qui. Tutto ciò che potevamo far funzionare con l'energia solare qui funzionava con l'energia solare. Il piccolo fornello da campo e il forno funzionavano a propano, ma anche i minuscoli frigoriferi che usavamo erano alimentati con l'energia solare.

Era bello avere la possibilità di fare la doccia ogni giorno. La doccia da campo era solo... un po' frustrante.

"Grazie" risposi finalmente.

Oh, diavolo, alla fine avrei capito quella stupida doccia se ci fosse stato un modo per avere più di un filo d'acqua.

Era un piccolo problema in confronto a tutto ciò che di meraviglioso stavo vivendo in questo momento.

Le viste sulle montagne e sulla foresta a Lania erano mozzafiato e la nostra ricerca della lince laniana era la cosa più eccitante che avessi mai fatto.

"Inizierò a mettere insieme qualcosa per cena se vuoi farti una doccia. Ci sono alcune cose nel frigorifero che posso fare sulla griglia" offrì Leo.

Dal momento che non c'era un'altra anima per dozzine di miglia, non c'era bisogno di nient'altro che una doccia all'aperto che era stata allestita dietro alle tende in cui dormivamo.

"Okay, non ci vorrà molto" gli dissi mentre mi avviavo verso la mia tenda per prendere dei vestiti puliti. Dopo aver fatto la doccia, non avrei rimesso i vestiti sporchi sul mio corpo.

L'unico modo per lavare gli indumenti era farlo a mano e usare la brezza mediterranea per asciugarli, ma funzionava.

Dopo aver afferrato qualcosa di pulito da indossare nel campo e un asciugamano, corsi sul retro delle enormi tende per dormire e iniziai a spogliarmi.

Avevo superato ogni esitazione nell'essere completamente nuda nella natura selvaggia.

Non che nessuno degli animali della zona avrebbe prestato attenzione al mio abbigliamento.

La brezza calda mi baciò la pelle mentre mi spogliavo. Non avevo intenzione di lamentarmi del fatto che questa particolare doccia non avesse un box. Era troppo incredibile essere circondati da bellezze naturali.

Come promesso, Leo aveva riempito l'enorme sacca da doccia fino in cima e il minuscolo getto d'acqua era bello e caldo mentre mi bagnavo la pelle e i capelli.

Presi il sapone biodegradabile e mi lavai prima il corpo, grata che il principe Nick avesse davvero pensato a tutto.

Dopo aver finito di risciacquare goffamente, ero titubante mentre andavo a prendere lo shampoo biodegradabile.

Risciacquare i capelli sarebbe stato probabilmente un po' più goffo e difficile di quanto non fosse stato togliere lentamente il sapone dal mio corpo.

Avevo davvero bisogno di un po' più di acqua per i capelli.

Merda! Non mi farò la doccia senza lavarmi i capelli solo perché è scomodo.

Sospirai mentre versavo una piccola quantità di shampoo sulla mia mano e iniziavo a passarmela tra i capelli. Non avevo intenzione di andare in giro con i capelli sporchi per la prossima settimana o due.

Dovevo solo essere paziente con l'intero processo di pulizia del mio corpo e dei miei capelli.

Premetti la pompa a pedale una volta insaponata e poi attivai l'erogatore.

L'acqua mi gocciolava tra i capelli a passo di lumaca.

"Merda! Merda! Merda!" imprecai.

Ovviamente, ci sarebbe voluto un po'...

CAPITOLO 19

Leo

STAVO TIRANDO FUORI dal mio zaino alcune bacche selvatiche che avevo trovato vicino al lago all'inizio della giornata quando sentii la forte e frustrata imprecazione di Macy: *Merda! Merda! Merda!*

Non sapevo se essere allarmato o un po' divertito, mentre lasciavo cadere le ultime fragoline di bosco in un contenitore.

Quando sentii un piccolo grido che seguì la sua imprecazione irritata, decisi che probabilmente avrei dovuto indagare.

"Macy?" gridai, mentre mi trovavo al lato della tenda. "Stai bene?"

"È questa dannata doccia da campo" disse in tono seccato. "Non riesco a farla funzionare bene."

Sì, l'avevo vista nuda—o quasi—prima, ma non avrei fatto irruzione nel bel mezzo della sua doccia se non fosse stata d'accordo. "Posso entrare?" chiesi, incapace di tenere l'umorismo fuori dal mio tono.

Emise un lungo sospiro. "Non è che non hai già visto tutto."

In realtà non avevo visto *tutto*, ma non avevo intenzione di contestare la sua affermazione.

Cercai di non sorridere, mentre giravo l'angolo e vedevo uno dei panorami più affascinanti che avessi mai visto.

Macy Palmer era stupenda quando era vestita.

Era ancora più bella senza vestiti.

Cercai di non essere un coglione fissando sfacciatamente il suo corpo nudo, ma non era uno spettacolo facile da ignorare.

"Cosa c'è che non va?» chiesi, mentre mi fermavo accanto a lei.

"Il flusso d'acqua è pessimo" mi informò. "Ho la testa piena di shampoo e tutto quello che posso ottenere è un filo. Non so cosa sto sbagliando. Non è che posso saltare su Internet e risolvere i problemi."

Premette la pompa a pedale e poi tese l'erogatore per mostrarmi cosa intendeva.

I suoi occhi erano ancora chiusi, mentre il soffione improvvisato emetteva quel minuscolo getto d'acqua.

Maledizione! Era una vista meravigliosa, anche quando era frustrata dallo shampoo che le scorreva lungo le guance.

Sorrisi, mentre le prendevo l'erogatore dalla mano, le posavo la mano sulla spalla e la guidavo lontano dalla pompa a pedale. "Pronta?" chiesi.

"Sì" rispose seccamente.

Pompai la pressione nella sacca e tenni l'erogatore sopra la sua testa mentre l'acqua usciva a raffica.

"Oh, mio Dio" gemette mentre alzava le mani e iniziava a sciacquarsi i capelli. "È possibile ottenere un flusso d'acqua decente."

"Farò venire l'acqua mentre tu risciacquerai i capelli" suggerii, cercando di non notare che culo straordinariamente formoso avesse Macy.

Va bene, forse *stavo* guardando, il che probabilmente mi rendeva un pervertito. Avrei dovuto essere un dannato santo per non dare un'occhiata a questa splendida donna mentre ne avevo l'opportunità.

E sicuramente non ero pronto per la santità.

"È incredibile" disse con un gemito.

"Perché non mi hai semplicemente chiesto di aiutarti invece di provare a fare la doccia con nient'altro che un filo d'acqua?" chiesi, ancora sorridendo come un idiota mentre guardavo quanto si stava godendo un vero flusso di doccia.

La sacca era abbastanza grande per quanto poteva esserlo in una doccia da campo. Non sarebbe stata in grado di reggere a lungo, ma dava un flusso abbastanza decente a lungo da potersi fare una doccia veloce.

"Pensavo di riuscire a capirlo" rispose con voce scontenta.

Ero abbastanza certo che l'avrebbe fatto... alla fine. "Avevi bisogno di più pressione nella sacca" le dissi. "Tutto quello che dovevi fare era pompare di più. Molto di più, in realtà."

"Ha senso ora che l'hai detto" disse mentre si passava le ciocche dei capelli bagnati tra le dita per assicurarsi che fossero sciacquati. "Ricordi quando ho detto che ero già stata in campeggio?"

"Sì" dissi succintamente.

"In realtà intendevo dire che ero stata in campeggio... in un camper. Una roulotte che aveva già una doccia inclusa all'interno" condivise. "Niente carta igienica biodegradabile, docce da campo, energia solare o materassini gonfiabili. Non che mi lamenti dei materassini gonfiabili, perché in realtà sono davvero comodi."

Non potei trattenermi. Gettai indietro la testa e risi.

Dopo essermi ripreso, dissi: "Questo campo remoto è in realtà piuttosto elegante, ma mi dispiace non aver pensato di farti scoprire alcune delle cose che non avevi mai usato prima."

"Per la maggior parte, è andata bene" disse, il suo tono leggermente difensivo. "Immagino di non essere abituata a smanettare, ma non andrò in crisi per la mancanza di un telefono cellulare o di una televisione. In realtà, non mi mancano."

Sorrisi, quando iniziò a prendere l'asciugamano.

Glielo passai e rilasciai l'erogatore in modo che la doccia si spegnesse, mentre le dicevo onestamente: "Hai fatto qualcosa di incredibile per qualcuno che non è abituato a lavorare sul campo, Macy. La maggior parte delle persone che non sono abituate a stare lontano sono ansiose dopo il primo giorno."

Si asciugò la faccia e vidi i suoi splendidi occhi grigi per la prima volta da quando avevo iniziato ad aiutarla con la doccia mentre diceva: "Onestamente non mi manca niente. Questa è un'esperienza così straordinaria che mi pizzico un paio di volte al giorno solo per ricordare a me stessa che è reale. Sono qui a Lania con Leo Lancaster per un possibile salvataggio di specie. Non c'è niente di meglio di questo."

"A meno che tu non voglia prendere in considerazione la doccia da campo" la presi in giro, incapace di distogliere lo sguardo da lei.

Mi guardò imbarazzata mentre mi chiedeva: "Quante pompate?"

"Probabilmente sei o sette per iniziare" risposi con voce roca, l'intimità della nostra situazione che cominciava a raggiungermi.

"Ops!" disse mentre si avvolgeva l'asciugamano intorno al corpo. "Penso di aver bisogno di molto più lavoro sulle gambe."

"Sarei più che felice di aiutarti ogni volta che hai bisogno di me" la informai con voce roca.

"Non c'è bisogno ora che so come usarla" rispose irriverente.

"Forse non avrei dovuto condividere quante pompate ci vogliono" le dissi.

Arrossì di un rosa chiaro mentre chiedeva: "Vai, così posso vestirmi."

Mi voltai e tornai alla nostra cucina improvvisata. Forse mi si era indurito l'uccello, ma mi era piaciuto molto quel piccolo interludio.

Non avevo ancora idea di come sistemare le cose tra noi due, ma ero determinato a capirlo.

Le relazioni erano difficili per lei, ed era comprensibile il motivo per cui si sentiva in quel modo.

Avrei dovuto essere più paziente, e affrontare le cose in modo leggermente diverso.

Non avrei dovuto metterle pressione.

Avrei dovuto aspettare e lasciare che le cose si sviluppassero al suo ritmo, anche se avesse proceduto alla velocità di una tartaruga.

Considerando quanto era stato difficile convincerla a uscire con me, era improbabile che volesse uscire con un altro ragazzo, giusto?

Il suo grosso problema era l'impegno perché ammettere che le importava abbastanza da avere una relazione seria significava che le sue emozioni erano coinvolte.

Fanculo! Sapevo già che le sue emozioni erano coinvolte, proprio come sapeva che lo erano anche le mie.

Non importava quanto tempo avrei dovuto fare questo ballo pazzo per rendere finalmente Macy mia. Lo avrei fatto maledettamente bene finché non fosse stata pronta a dirmi che non ci sarebbe mai stato nessun altro per lei. *Mai.*

Perché sapevo già che era quella giusta per me.

Avevo trovato l'unica cosa più importante della mia carriera. *Macy Palmer.*

Era l'unica donna senza la quale non potevo vivere, e non avevo problemi ad ammettere la verità.

Avrei trovato un modo per sistemare le cose, perché se non lo avessi fatto, *non* ci sarebbe stata un'altra donna là fuori per me.

Lo sapevo con la stessa certezza con cui conoscevo il mio dannato nome.

"Grazie, Leo" mormorò Macy mentre si fermava, ora completamente vestita, proprio di fronte a me. "Mi sento solo un po' stupida."

"Non farlo" ribattei mentre guardavo i suoi capelli bagnati e i suoi solenni occhi grigi. "Perché dovresti sentirti stupida quando tutto questo è nuovo per te? Avrei dovuto offrirti di mostrarti come usare tutto. Sei qui per aiutarmi e sapevo che non eri mai stata in un campo prima."

Sorrise debolmente. "Ho detto di aver avuto qualche esperienza con il campeggio, ma ho capito che c'è il *campeggio*, e poi c'è il *vero campeggio*. Quando sei in un posto così remoto che non hai cellulare, televisione, elettricità, gadget di alcun tipo, servizi igienici o acqua corrente, è abbastanza reale."

Ricambiai il sorriso. "Benvenuta nel mio mondo."

"Lo considereresti davvero snob?" chiese lei.

Annuii. "Assolutamente. Fare una vera doccia ogni giorno o due è in realtà piuttosto serio, e abbiamo persino una griglia da cucina invece di cucinare sul fuoco. E la refrigerazione quale che sia è piuttosto rara."

"E sono sicura che di solito non hai materassini gonfiabili" aggiunse. "Ma apprezzo che Nick li abbia forniti."

"Per non parlare di più acqua di quella che useremo mai perché Nick l'ha fatta portare" aggiunsi. "Di solito dividiamo il lavoro quando ho la mia squadra, ma non importa quante mani abbiamo, di solito non va così bene. Tutto dipende da quali forniture abbiamo a disposizione e da cosa possiamo ottenere dalla natura. Ho trovato delle bacche prima." Feci un cenno al contenitore pieno di frutti di bosco sul tavolo improvvisato della cucina.

Macy emise un sussulto mentre guardava la misura. "Sono enormi. Quelle sono more?"

"E fragole" le dissi.

"Non mi hai mai detto che sei un esperto di frutti selvatici edibili" rimproverò.

"Non me l'hai mai chiesto" risposi scherzando. "Quando trascorri molto tempo all'aperto, penso che diventi automaticamente un esperto sul campo. Portiamo cibo, ma aiuta quando puoi integrare la tua scorta di cibo con la natura, soprattutto se il viaggio è davvero remoto. Soprattutto quando devi sfamare un'intera squadra per molto tempo."

"Immagino che ci sia un limite alle cose che puoi trasportare" rifletté. "Soprattutto quando hai bisogno di tanti altri strumenti e attrezzature."

"Questa volta non avevamo davvero *bisogno* di commestibili supplementari" risposi. "Ma quelle bacche sembravano dannatamente buone."

I suoi occhi si illuminarono, mi guardò e sorrise. "Sembrano fantastiche. Le fragole e le more sono le mie preferite."

Avevo esitato quando avevo perso del tempo per raccogliere le bacche.

Avevamo cibo in abbondanza ed ero impaziente di finire di installare le telecamere.

Ora, sapevo che era valsa la pena ogni secondo che avevo speso solo per vedere Macy sorridere.

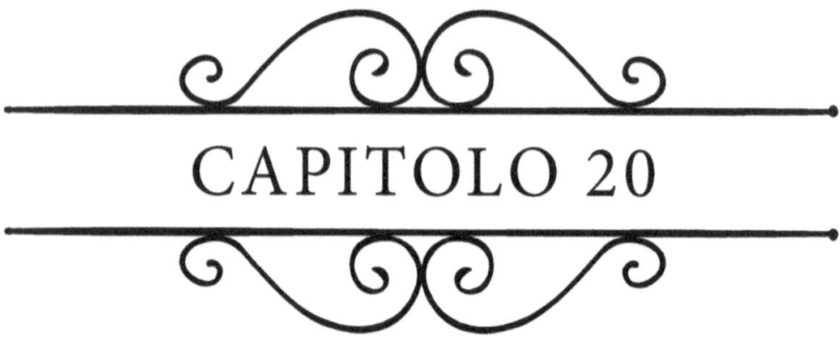

CAPITOLO 20

Macy

P IÙ TARDI QUELLA notte, non esitai a strisciare nel letto di Leo, mentre il tuono rimbombava e la pioggia iniziava a cadere sul tetto della sua tenda.

Non avevo idea del perché, ma ogni volta che facevo quel sogno ricorrente sulla mia famiglia, il mio primo istinto quando mi svegliavo era di cercarlo.

Questa volta era stato facile trovarlo, poiché la sua tenda era proprio accanto alla mia.

Non ero sicura se il tuono mi avesse svegliata o se mi fossi svegliata di soprassalto perché avevo raggiunto la parte del mio sogno in cui mi destavo sempre.

Il materassino gonfiabile di Leo era enorme, quindi dovetti attraversarlo di corsa prima di rannicchiarmi contro la sua schiena.

"Sta iniziando a diventare pericolosamente abituale" disse Leo in un divertito baritono. "Brutto sogno?"

"Lo stesso" dissi mentre tremavo contro la sua schiena. "Mi dispiace."

Leo si girò e mi prese tra le sue braccia, senza ulteriori domande.

Chiusi gli occhi e assaporai il calore fornito dal suo corpo enorme e muscoloso e il modo in cui dava semplicemente prima ancora che dovessi chiedere.

"Sono qui. Con te, Macy" brontolò. "Non devi mai esitare a venire se hai bisogno di me."

"C'è una tempesta" dissi, affermando l'ovvio.

"Spioverà, e non sono assolutamente preoccupato che questa tenda non reggerà. Nick ha offerto il meglio sul mercato."

"Finora abbiamo avuto un tempo così bello" mormorai.

"Dovrebbe schiarirsi entro domattina" disse. "Non c'era altro che previsioni di bel tempo e Nick mi avrebbe chiamato sul telefono satellitare se fosse stato qualcosa di serio."

"Non sono preoccupata" gli dissi mentre appoggiavo la testa sulla sua spalla. "Chiamami strana, ma in realtà mi piace la pioggia a volte."

Mi accarezzò i capelli con la mano mentre diceva: "Probabilmente non mi dispiacerebbe se la pioggia non avesse cancellato alcuni dei miei piani di esplorazione. Può essere una seccatura."

"Suppongo che potrebbe esserlo" convenni distrattamente mentre mi spostavo un po' indietro in modo da poter far scorrere i palmi delle mani lungo il suo petto magnificamente nudo e sugli addominali scolpiti.

Era ovvio per me che Leo fosse nudo tranne che per un paio di boxer, e avevo bisogno di toccarlo così tanto che faceva male.

Quel sogno in particolare mi faceva sempre sentire così dannatamente sola.

Forse era per questo che cercavo sempre Leo in seguito.

Mi afferrò delicatamente i polsi, mentre mi spostavo più in basso.

"Attenta, tesoro" disse con voce bassa e tesa. "Stai entrando in un territorio pericoloso e non sono sicuro di avere la pazienza di resistere alla tentazione stasera."

Lo strattonai. "Allora non farlo. Lascia che ti tocchi, Leo" esortai. "Non mi piace come stanno le cose tra noi in questo momento. Avrei dovuto dirti che sarei stata d'accordo con una relazione esclusiva tra noi due. Non vorrei nemmeno io che tu andassi a letto con nessun'altra. Perché dovrei voler uscire o stare con qualcun altro quando ho te? Spero solo di non aver rovinato tutto tra noi."

"Non potresti mai farmi arrabbiare abbastanza da allontanarmi da te" sibilò Leo. "E so di aver commesso un errore insistendo su più di quello che vuoi dare in questo momento. Pensavo di aver rovinato tutto. Dipende da te, tesoro. Posso aspettare, Macy, soprattutto se sei disposta a darci un'altra possibilità. Ti adoro. Fanculo! Devi saperlo ormai."

"Lo so, e lo trovo spaventoso a volte" gli dissi onestamente. Non capivo davvero cosa vedesse in me quando poteva avere quasi tutte le donne che voleva.

Mi tirò sopra di lui con un potente strattone mentre diceva: "Non farlo. Lascia che mi prenda cura di te, Macy. Sei stata sola abbastanza a lungo."

Qualcosa dentro di me si sciolse. Desideravo l'affetto di Leo tanto quanto lo temevo.

Mi lasciò andare i polsi e capii che mi stava dando la libertà di toccarlo quanto volevo.

E Dio, volevo...

Mi misi a cavalcioni su di lui, adattai il mio intimo al suo uccello duro come una roccia e cavalcai su e giù per la sua lunghezza, godendomi l'intimità del movimento.

"Dannazione!" gemette.

"Sei così grosso, Leo" gli dissi con voce sbalordita, mentre strisciavo tra le sue gambe e tiravo i suoi boxer giù per le gambe.

Li gettai da parte, tirai sopra la testa la mia camicia da notte oversize e la gettai per unirla ai suoi boxer.

Avvolsi la mia mano attorno al suo enorme membro e lo accarezzai, godendomi la sensazione setosa della pelle tesa sulla durezza d'acciaio dell'asta.

"Cristo! Mi stai uccidendo, donna" gracchiò.

La tenda era buia ad eccezione di una piccola lanterna solare che era attaccata alla cerniera della porta della struttura. La sua luce emetteva un bagliore appena sufficiente in modo da poterci vedere per alzarsi e uscire in caso di necessità.

Fortunatamente, mi forniva anche l'illuminazione di cui avevo bisogno in modo da poter vedere cosa stavo facendo.

Strofinai la piccola goccia di umidità dalla punta del suo fallo e la assaggiai.

Sentivo che mi guardava, mentre mi chinavo per prendere in bocca quanto più di lui potevo sopportare.

Quando rilasciai un mormorio di soddisfazione, gemette e mi infilò le mani nei capelli. "Mi riverserò come un dannato adolescente se non ti fermi, Macy" ringhiò.

Decisi che volevo davvero vederlo e assaporarlo, così mi tirai indietro, lasciai che la mia lingua giocasse con la punta sensibile, e poi raddoppiai i miei sforzi per succhiarlo più forte.

"Fanculo!" sibilò Leo. "Ho avuto fantasie su questo, ma la realtà è migliore. Devi smetterla, piccola."

Col cavolo che l'avrei fatto.

Il piacere di Leo era il mio piacere.

Feci scivolare la mano sulla sua coscia e gli accarezzai delicatamente le palle, mentre dondolavo su e giù, permettendogli di stabilire il ritmo con la sua presa sui miei capelli.

"Così. Dannatamente. Bello" lodò, la sua voce roca e incredibilmente sexy.

Non ero esattamente un'esperta di sesso orale, ma siccome sembrava che gli piacesse quello che stavo facendo, non avevo intenzione di fermarmi.

"Fanculo! Te l'avevo detto che non sarei durato. Sto per esplodere, Macy. Ti ho avvertita!" disse con un vigoroso baritono.

Succhiai più forte e più velocemente, volendo far venire Leo più di quanto volessi qualsiasi altra cosa in questo mondo in questo momento.

C'era qualcosa nell'avere la capacità di far perdere completamente la testa a un ragazzo come lui che sembrava estremamente potente.

Volevo anche dargli tutto il piacere e la soddisfazione che aveva dato a me durante il viaggio in aereo prima che mi lasciasse per masturbarsi da solo.

Spostò la mano dalla mia testa, presumibilmente per farmi allontanare, cosa che non sarebbe successa.

Volevo assaporarlo e lo feci avidamente, mentre veniva.

"Cristo, Macy!" ruggì, mentre ingoiavo la sua liberazione.

Quando l'unico suono nella tenda era il respiro affannoso di Leo e il ticchettio della pioggia, scivolai su per il suo corpo e affondai la faccia nel suo collo.

Le sue braccia mi circondarono e mi tennero contro di lui, e io mi crogiolai nella sensazione inebriante che noi due finalmente fossimo pelle a pelle.

"Mi sento così bene" sussurrai contro il suo collo.

Mi infilò le dita nei capelli mentre mi chiedeva: "Cosa diavolo mi hai appena fatto?"

Sorrisi contro la sua pelle. "La stessa cosa che hai fatto a me sul tuo jet."

"No, piccola" disse con voce roca. "Questo era molto meglio di quello."

"Era davvero una delle tue fantasie?" chiesi incuriosita, volendo improvvisamente conoscere ogni fantasia che avesse mai avuto in modo da poterle realizzare nella vita reale.

Ridacchiò. "Puoi forse dubitarne dopo aver visto quanto velocemente è finito?"

"Voglio renderti felice, Leo" condivisi.

"Mi rendi più felice di quanto non sia mai stato in tutta la mia vita" disse con voce roca. "E funziona in entrambe le direzioni. Voglio rendere felice anche te, tesoro."

"Lo fai" sussurrai. "Solo che è passato così tanto tempo dall'ultima volta che ho permesso a qualcuno di avvicinarsi a me."

Mi accarezzò una mano sulla schiena. "Lo so, piccola, ma mi taglierei un arto prima di farti del male."

"Allora, concentriamoci solo sul piacere in questo momento" dissi in tono suggestivo.

Leo mi tenne la testa tra le mani e mi baciò, rotolando fino a quando non fu sopra mentre mi divorava la bocca. "Sembra che sia il mio unico obiettivo al momento" disse una volta che ebbe rilasciato le mie labbra. "Sembra che ti abbia esattamente dove ti volevo dal primo momento in cui ti ho vista."

Risi. Non potei fermarmi. "Penso che tu sia fuori servizio per ora."

"Non per molto" mi avvertì mentre esplorava la pelle sensibile del mio collo. "E non per quello che ho in mente in questo momento."

Il mio respiro si fermò, mentre leccava dalla mia spalla al mio seno. "Leo" respirai, assaporando ogni sensazione incredibile.

Mi palpò i seni e prodigò l'attenzione su entrambi, prendendosi il suo tempo in modo che nessuno dei due fosse trascurato.

Mordicchiò e succhiò, stuzzicando i picchi sensibili e duri fino a quando squittii: "Sì!"

Mi contorsi sotto di lui, desiderando di più, avendo bisogno di più.

Come se avesse percepito i miei bisogni, la sua grande mano scivolò lungo la mia parte interna della coscia, finché le sue dita non sfiorarono le mie mutandine zuppe.

"Sei già così dannatamente bagnata, Macy" gemette, mentre si muoveva lungo il mio corpo e iniziava ad abbassare le mutandine umide lungo le mie gambe. "Hai idea di quanto voglio la mia testa tra le tue cosce in modo da poter leccare quella tua splendida figa?"

"Non devi farlo" ansimai.

Nessun uomo che avessi mai conosciuto aveva davvero voluto fare sesso orale con me.

"Per favore, non dirmi che protesterai se lo faccio" replicò con voce roca e completamente eccitata. "Sarei deluso se lo facessi."

"La maggior parte dei ragazzi non vuole—"

Gettò da parte le mutandine e mi allargò le gambe. "Io non sono la maggior parte dei ragazzi, e non c'è niente che voglio di più che divorarti finché non urlerai il mio nome" insistette con un tono baritono.

Gesù! Quando la metteva così...

"Nessuna protesta" ansimai con urgenza.

"Grazie al cielo!" borbottò proprio prima di affondare la testa tra le mie cosce.

"Oh, Dio, sì. Leo, per favore!" Implorai, mentre la sua lingua invadeva la mia figa come se dovesse consumarla o morire.

Il mio intero corpo tremava, mentre mi afferrava il sedere con una mano e mi tirava verso la sua bocca come se non ne avesse mai abbastanza.

La mia schiena si inarcò, perché il piacere era così intenso, e affondai le mani nei suoi capelli setosi.

Mi leccò dal basso verso l'alto più e più volte, assicurandosi di non lasciare intatta una frazione di millimetro della mia carne sensibile prima che la sua lingua iniziasse a girare intorno al mio clitoride.

Stava stuzzicando, e non ero sicura di poterlo sopportare. "Di più" insistetti mentre gli stringevo a pugno i capelli. "Fammi venire prima che perda la testa, Leo" lo supplicai.

Tutto lo stuzzicamento si fermò e Leo adorava il mio clitoride con la stimolazione di cui avevo disperatamente bisogno.

Sussultai, quando inserì un dito nel mio canale senza rinunciare all'eccitazione che stava applicando a quel minuscolo fascio di nervi.

"Sì! Per favore. È così bello" gemetti.

Sentii il mio climax crescere.

"Sono così vicina" ansimai, il mio intero corpo pronto a frantumarsi.

Cercò e trovò il mio punto g con il dito, e bastò questo.

Mi fece prendere fuoco, e la mia schiena si inarcò sul materassino gonfiabile, mentre gridavo: "Oh, Dio, Leo! Leo!"

Venni, il mio climax che andò avanti e avanti, mentre lui continuava il suo assalto sensuale fino a quando non fui completamente esausta.

CAPITOLO 21

Macy

LEO FINALMENTE SI arrampicò sul mio corpo e mi baciò. Gemevo, mentre mi assaggiavo sulle sue labbra e sulla sua lingua.

Stavo ancora cercando di riprendere fiato, quando rilasciò le mie labbra. «Fottimi, Leo» lo supplicai mentre gli facevo scorrere le mani lungo la schiena, sapendo che non sarei mai stata in grado di fare a meno del suo incredibile corpo. "Fidati di me. Non ci sarà nessuno tranne te finché saremo insieme."

"Mi fido di te" mi disse con voce roca nell'orecchio, mentre prendeva il portafogli sul tavolino vicino al materassino. "Fanculo! Sono sicuro di volerlo più di te, ma voglio che duri. Sembra che non abbia un dannato controllo quando si tratta di te."

Lo vidi tirar fuori un preservativo dal portafogli prima che lo lasciasse cadere sul tavolo.

Presi la confezione dalla sua mano mentre si inginocchiava, poi mi misi a sedere e la aprii.

Leo era proprio lì, tra le mie cosce, mentre iniziavo a rotolare su il preservativo.

"Penso che avresti dovuto avvertirmi che eri un dio del sesso prima che tutto questo iniziasse" gli dissi mentre finivo con il preservativo e gettavo l'involucro sul tavolo. "Pensi davvero che sarò abbastanza coerente da calcolare quanto tempo ci vorrà per raggiungere l'orgasmo? Perché onestamente, Leo, mi divertirò e non me ne fregherà un cazzo. È passato molto tempo per entrambi."

Gli avvolsi le braccia intorno al collo e lo tirai con me, quando mi sdraiai di nuovo.

Mi scostò i capelli dalla fronte dicendo: "Non ho mai voluto una donna tanto quanto voglio te, tesoro."

Gli presi la mascella e feci scorrere le dita sulla barba ruvida. "Allora mostramelo, Leo. Ti prego."

Rimasi senza fiato, quando mi entrò dentro con una potente spinta. "Leo" ansimai.

Era un ragazzo grosso, e ci fu un momento di disagio quando il mio corpo si adattò a lui.

"Stai bene?" chiese rimanendo immobile, la voce roca. "Fanculo! Non voglio farti del male. Sei così stretta."

"Non è niente" sussurrai. "Ci è voluto solo un minuto per abituarmi a te. È passato davvero molto tempo. Sto bene. Fottimi, Leo. Per favore, non fermarti."

"Piccola, non dovrai chiedermelo due volte" rispose, mentre si tirava fuori e rientrava.

"Sì" dissi con un lungo gemito.

Mi distese, sfidò il mio corpo ad accettarlo, e sembrò così dannatamente fantastico.

Gli avvolsi le gambe intorno alla vita e rimasi così, mentre stabiliva un ritmo sensuale che sembrava crudo ed elementare.

Il mio corpo si alzò per incontrare il suo, entrambi sforzandoci per la stessa intensa e cruda beatitudine che ci avrebbe mandato oltre il limite.

"Così bello, Leo" piagnucolai mentre le mie gambe si stringevano attorno a lui. "Fottimi più forte."

Il suo ritmo accelerò quasi immediatamente quando rispose: "Non vedo l'ora di sentirti venire intorno al mio cazzo."

Un brivido mi percorse la schiena.

Sembrava ancora come se avesse il controllo completo mentre stavo lentamente perdendo la testa.

Gli mordicchiai il lobo dell'orecchio e poi feci scorrere la lingua lungo il rapido battito del suo collo.

Potevo sentire il mio orgasmo crescere. Non avevo dubbi sul fatto che avrebbe realizzato il suo desiderio di portarmi al culmine.

Mentre gli passavo una mano lungo la schiena, potevo sentire una sottile lucentezza di sudore che gli copriva la pelle, che faceva scivolare i nostri corpi insieme in una danza perfetta. "Più veloce, Leo. Più forte. Mi sento così bene" mormorai senza pensare, il mio corpo pronto a esplodere.

Iniziò a sbattere dentro di me.

Più forte.

Più veloce.

Più caldo.

"Sì, Leo" gridai. "È-così-bello-che-devo-venire-non-posso-più-trattenermi!"

Sapevo che stavo divagando, ma era l'unica forma di discorso che potevo gestire.

"Sei mia, Macy. Sarai sempre mia, cazzo" ringhiò, mentre muoveva la mano tra i nostri corpi e accarezzava più e più volte un dito ruvido sul mio clitoride gonfio.

Probabilmente sentire le parole possessive di Leo avrebbe dovuto allarmarmi, ma non lo fece. Esplosi all'istante, l'orgasmo che avevo previsto che mi colpì veloce e furioso.

"Oh, mio Dio, Leo!" urlai mentre il mio corpo tremava con il climax più intenso che avessi mai sperimentato.

"Cazzo, sì!" gemette mentre il mio orgasmo lo stringeva fino alla sua liberazione.

"È stato intenso. Così intenso. Così intenso" sussurrai mentre iniziavo a riprendermi.

Strinse le braccia intorno a me. "Sei mia, Macy. Sei mia."

Le lacrime iniziarono a scorrere lungo le mie guance, mentre Leo si rigirava finché non fui sopra di lui e iniziai a cullarmi dolcemente riprendendo fiato.

Forse avrei dovuto sapere che se avessi perso il controllo e fossi andata oltre il limite, Leo sarebbe stato lì per prendermi.

Ma non avevo contato su nessuno tranne me stessa per così tanto tempo.

Afferrò le mie labbra e mi diede un lungo, dolce, tenero bacio che mi fece male al cuore.

"Stai piangendo?" chiese, quando ebbe rilasciato le mie labbra, sembrando confuso.

"No" mentii sfacciatamente mentre alzavo la mano per asciugarmi le lacrime dal viso.

"Sì" corresse. "Come mai?"

"Non lo so nemmeno io" dissi mentre appoggiavo la testa sulla sua spalla. "È passato così tanto tempo per me, Leo, e non è mai stato così. Non vado a letto con nessuno o niente tranne il mio vibratore da molto tempo."

Lui ridacchiò e io gli diedi una pacca sulla spalla. "Dico sul serio. Non sono l'unica."

Fece scorrere una mano gentile su e giù per il mio braccio nudo mentre rispondeva: "Lo so, tesoro. Stessa cosa per me. Ma onestamente non credo che mi dispiacesse stare da solo finché non ti ho incontrata."

"Non credo di aver pensato che mi mancasse qualcosa" convenni. "Finché non ho incontrato un ragazzo su cui potevo solo fantasticare prima."

"L'Indiana Jones della fauna selvatica" disse seccamente. "Tesoro, semmai, tu sei troppo per me."

Sbuffai. "Certo. Beato te che hai finito per uscire con una donna che adotta animali nevrotici ossessionati dallo sciacquone. Leo Lancaster, potresti avere qualsiasi donna tu voglia."

Mi baciò in cima alla testa. "L'unica donna che ho mai veramente voluto eri tu, probabilmente perché sei abbastanza gentile da adottare gli animali nevrotici che nessun altro vuole."

"Non riesco nemmeno a capire come usare una doccia da campo" gli ricordai scherzando.

"Ascolta" disse bonariamente. "Quello non sarà mai e poi mai un problema. Starò là fuori e ti aiuterò in qualsiasi giorno della settimana."

"Sei un pervertito" scherzai.

"Non direi" rispose. "Non c'è un maschio dal sangue rosso sul pianeta che non aiuterebbe una bella donna come te con la sua doccia da campo.»

"Non dovrei più aver bisogno del tuo aiuto. So come usarla ora."

"Peccato" rispose con finta delusione mentre si tirava fuori dal mio corpo e si alzava per togliersi il preservativo e infilare i piedi negli stivali.

Quando iniziò ad aprire la tenda, gli dissi: "Di certo non uscirai sotto la pioggia solo per sbarazzarti di un preservativo."

Non riuscivo a vedere chiaramente la sua faccia, ma potevo sentire il divertimento nella sua voce mentre rispondeva. "Lo farò. Ammetto che non sono sicuro delle regole con i preservativi quando sei in natura, ma deve essere in qualche modo la stessa. Dopo quello che è appena successo, mi bagnerò volentieri per farti pensare che ti sei trovata un bravo ragazzo che non ti costringe a condividere lo spazio con un preservativo usato."

Risi mentre apriva la porta della tenda e sfrecciava fuori.

Non faceva esattamente freddo, ma era nudo, e potevo sentire la pioggia che cadeva.

Certo, potevo dire che la pioggia si era ridotta, ma comunque...

Tornò pochi minuti dopo, si tolse gli stivali e si asciugò con un asciugamano.

"Ho preso dell'acqua" informò mentre mi porgeva una bottiglia.

Mi sedetti e la presi. "Grazie."

In realtà avevo sete e trangugiai l'intera bottiglia in fretta.

Mise da parte la sua bottiglia vuota e tornò a letto.

"Hai la pelle fredda" dissi con una risata stridula, mentre lui tirava il mio corpo contro di sé.

"Ti riscalderò" promise.

Mi rannicchiai vicino a lui, indipendentemente dal suo aspetto leggermente freddo. "Cosa facciamo se non smette di piovere entro la mattina?"

"Ho alcune idee" disse in un suggestivo baritono. "E nessuna di queste prevede di lasciare questo letto."

"Qualcuna prevede di dormire?" chiesi.

"Nel complesso, no, ma forse possiamo quando ci stanchiamo. Probabilmente dovremo anche mangiare di tanto in tanto" rispose.

"Cosa fai di solito nei giorni di pioggia sui campi?" chiesi con un sorriso.

"Di solito vado fuori a raccogliere le telecamere in modo da poterle scaricare ed esaminare tutte le volte in cui sono state attivate" rispose.

"Ma ora hai altre idee?" chiesi.

"Considerando la presente compagnia, diavolo, sì» brontolò. "Abbiamo tempo. Le telecamere di sorveglianza possono aspettare."

Sorrisi e baciai il suo petto muscoloso, chiedendomi quando fosse stata l'ultima volta che aveva messo in secondo piano il lavoro per scopare.

Ero abbastanza sicura che non accadesse spesso.

"Ora mi fai sperare nella pioggia" sussurrai.

Mi palpò il sedere e mi tirò più forte contro di lui. "Possiamo prepararci per la nostra giornata piovosa, donna. Non c'è nessuno qui a dirci che non possiamo."

Ridacchiai e feci oscillare una gamba sul suo corpo.

Non avevo intenzione di discutere su quello.

CAPITOLO 22

Leo

I SEI GIORNI SEGUENTI furono probabilmente i migliori di tutta la mia vita.

Ero in procinto di dimostrare l'esistenza della lince laniana, ma ancora meglio, lo stavo facendo con la donna che amavo.

Cavolo, sì, sapevo di amare Macy Palmer. Probabilmente lo sapevo da molto tempo, ma da quando mi ero reso conto che non era pronta ad assumersi quel tipo di impegno, probabilmente ero stato nella negazione.

Avrei cercato di non spingerla ulteriormente, il che non sarebbe stato facile poiché sapevo esattamente cosa volevo.

Speravo che avesse solo bisogno di... tempo.

Tempo per credere che non avevo intenzione di andare da nessuna parte e lasciarla tutta sola.

Tempo per scoprire che quando trovavi la persona giusta, valeva la pena rischiare.

Il tempo era dalla nostra parte. Per ora, avrei preso volentieri quello che stava dando e mi sarei preoccupato del resto in seguito.

Ci eravamo presi una pausa qua e là negli ultimi sei giorni.

Una volta, stando a letto per un giorno intero perché non potevamo fare a meno l'uno dell'altra.

Ci eravamo anche presi un altro giorno per camminare lungo la costa perché avevo sentito dire che era uno spettacolo troppo bello per perderlo.

Ne era valsa decisamente la pena.

Oggi stavamo lavorando e speravo che sarebbe stato il giorno in cui avremmo finalmente posato gli occhi su un gatto.

Avevo evitato di esaminare le telecamere perché ero certo che avremmo avuto tutte le prove di cui avevamo bisogno in quei video, con il DNA degli escrementi e dei peli come prove più indiscutibili. Tuttavia, volevo che il primo avvistamento mio e di Macy della lince laniana accadesse di persona.

Sarebbe stato qualcosa di speciale da condividere insieme che non avremmo mai dimenticato.

"Oh, mio Dio" disse Macy con un leggero colpo di tosse. "Quella carne che hai lasciato fuori nella radura ha un odore terribile."

Le sorrisi, mentre continuavo ad aggiungere altro fogliame sopra all'area di osservazione nascosta che stavo costruendo. "Questo è il punto. Ti garantisco che avrà un odore delizioso per una lince."

Avevo lasciato intenzionalmente la carne fuori a marcire in modo che il fetore aiutasse a coprire il nostro odore e attirare un predatore affamato.

Arricciò il naso mentre mi aiutava a mettere altre foglie morte sopra il capanno. "Lo spero perché puzza di marcio ed è disgustosa per questa umana."

Risi. "Non sarà così male una volta che saremo nel capanno di osservazione."

"Pensi davvero che ne vedremo una?" domandò.

Guardai l'espressione speranzosa sul suo viso, che era un costante promemoria del motivo per cui mi ero innamorato di questa donna.

Il suo cuore era assolutamente enorme.

"Sappiamo già che sono qui" le ricordai. "Abbiamo anche visto alcune impronte che portano in montagna. Penso che ne vedremo una."

"Ho la macchina fotografica pronta per ogni evenienza" mi assicurò.

Dato che Macy era una fotografa di gran lunga migliore di me, sperimentava con la sua fotocamera in condizioni di scarsa illuminazione da quando eravamo arrivati qui. Non avrei avuto problemi con lei che scattava tutte le foto.

"Ho tirato fuori la carne puzzolente" scherzai, mentre alzavo lo sguardo verso il sole.

Non sarebbe passato molto tempo prima che il sole iniziasse a tramontare.

Portai Macy dentro il capanno con me coprendo sia il nostro odore che i nostri corpi.

Eravamo entrambi assolutamente silenziosi e immobili, mentre eravamo sdraiati spalla a spalla, tutta la nostra attenzione sulla radura di fronte a noi per i successivi venti minuti, mentre il sole cominciava a calare nel cielo.

I miei occhi allenati scrutarono il terreno più e più volte con il mio binocolo, cercando di intravedere qualcosa che già sapevo si sarebbe mimetizzato con il paesaggio.

Poi, la vidi.

Questa lince era enorme, il che significava che probabilmente era un maschio.

Anche se facevo questo lavoro da anni, avevo ancora quel momento iniziale in cui mi meravigliavo di vedere un animale tecnicamente estinto. Di solito era un minuto o giù di lì in cui mi immergevo nelle emozioni surreali che circondavano l'evento.

Oggi, però, stavo condividendo quell'esperienza con Macy, quindi le diedi il sottile segno di aver individuato un felino, una leggera pressione sulla sua mano che la allertò immediatamente.

Non si mosse.

Non disse niente.

Iniziò solo a cercare più meticolosamente con l'obiettivo della sua macchina fotografica.

Sentii il momento in cui individuò il gatto, mentre si avvicinava alla carne maleodorante.

Avevo fatto tutto il possibile per eliminare l'odore umano da quell'esca, quindi speravo che la lince si prendesse l'opportuno pasto.

Si avvicinò e io emisi un silenzioso sospiro di sollievo, mentre il felino dava il suo primo morso.

Potevo vedere le strisce e i punti sulla pelliccia marrone chiaro, e, una volta nella radura, fu facile identificarlo.

Era abbastanza vicino da poterlo vedere senza il binocolo, ma continuavo a usarlo, cercando di valutare la salute dell'animale.

Da quello che potevo vedere, sembrava sano e ben nutrito.

C'era ovviamente una popolazione di questo raro animale rimasto sulla Terra. Nick avrebbe avuto ancora molto lavoro da fare per vedere quanto fossero consanguinei e strettamente imparentati questi animali e quanti ne fossero rimasti, ma c'era speranza che potessero essere recuperati se fossero stati lasciati in pace.

Guardai Macy, che stava ancora scattando foto in silenzio e notai una scia di lacrime che scorrevano dai suoi occhi.

Sapevo che erano lacrime di gioia.

Il solo fatto di sapere che potevo darle qualcosa che potesse renderla così felice rendeva questo fottuto giorno fantastico decisamente migliore per me.

Guardammo, muti e immobili, mentre il sole tramontava completamente e la lince finiva rapidamente il suo pasto.

Nessuno di noi due parlò per un momento, anche dopo che il felino era sparito dalla vista.

Macy fu la prima a rompere il silenzio, mentre sussurrava: "Oh, mio Dio, Leo. È davvero appena successo?"

"Sì" confermai mentre asciugavo le lacrime dal suo viso.

"Ora so perché lo fai, non importa quanto possa essere scomodo" disse, con voce sbalordita. "Questa è probabilmente la cosa più straordinaria che abbia mai sperimentato. Quell'animale è tecnicamente estinto secondo il resto del mondo. Grazie per averlo condiviso con me, Leo. Non lo dimenticherò mai."

"Chi dice che non potremo rifarlo un giorno?" chiesi.

Avevo programmato di passare una vita con questa donna. L'opportunità si sarebbe presentata quando avessimo potuto rifarlo.

Ci sarebbe stata un'altra spedizione in futuro. Forse non avevo intenzione di viaggiare molto, ma Macy e io potevamo andarci di tanto in tanto.

Anche se era un ambiente stretto, riuscì ad avvolgermi tra le braccia e ad abbracciarmi.

La tenni per un momento, assaporando l'affetto spontaneo.

"Allora, cosa succede adesso?" chiese Macy.

"Ora inizia la parte difficile" le dissi. "Nick ha bisogno di ottenere una stima di quanti animali ci sono, e probabilmente di narcotizzarne alcuni in modo da poter controllare la genetica e la salute degli animali. Se le cose vanno bene, potrebbero aver solo bisogno di tempo per ripopolarsi. Potrebbero non aver bisogno di alcun intervento tranne che essere monitorati per controllarne i progressi."

"Era così bello" disse mentre indietreggiava leggermente e tendeva le mani. "Sto ancora tremando. Presumo fosse un maschio viste le sue dimensioni."

"Credo che la pensiamo allo stesso modo" risposi. "Era grosso, quindi sì, presumo anch'io fosse un maschio."

Mi liberai con cura dalla copertura e aiutai Macy a uscire dal piccolo capanno.

Iniziò a sfogliare immediatamente le sue foto.

"Sono venute davvero bene" osservai, mentre guardavo da sopra la sua spalla. "Sei una donna dai molti talenti."

Le presi la mano e tornammo al campo.

Per ora avrei lasciato il riparo intatto nel caso volessimo vedere la lince ancora una volta.

"Cosa facciamo adesso?" chiese. "Abbiamo un sacco di foto. Torneremo in California?"

"Dovrò raccogliere tutte le telecamere e le trappole per peli. Avremo bisogno di quanti più video e campioni possiamo ottenere. Li ritirerò domani e potremo partire il giorno dopo. Abbiamo tutto ciò di cui abbiamo bisogno qui" la informai.

Quasi odiavo andarmene.

Avevo sviluppato dei ricordi molto affettuosi di questa zona.

"Sono entusiasta di mettermi al lavoro, Leo. C'è così tanto per me da imparare al centro sulle ultime tecniche di conservazione. Sembrerà davvero un nuovo inizio per me. Una nuova città, un nuovo lavoro stimolante e un ragazzo nuovo e straordinario nella mia vita. Penso di essermi sentita come se fossi stata nel limbo per così tanto tempo mentre ero al rifugio" spiegò.

"Ti pentirai di aver lasciato Newport Beach?" chiesi.

"No" rispose. "Ora che Kylie e Nicole non vivono più lì a tempo pieno, penso di essere felice di trasferirmi. Non mi sentirei più come a casa senza di loro."

Dato che anche la sua famiglia non c'era più, aveva senso.

Feci un respiro profondo e mi sforzai di non chiederle se volesse rinunciare ad una sua casa e trasferirsi invece con me.

Ma sapevo che probabilmente era troppo presto.

Ovviamente avrei insistito con la richiesta di una relazione esclusiva.

Dannazione! Avrei dovuto costringermi a rallentare.

Un giorno, avrebbe capito che possedeva il mio cuore e che avrei preferito morire piuttosto che ferirla, ma ora non era il momento di dirglielo.

Aveva molti cambiamenti in arrivo nella sua vita.

Un nuovo lavoro.

Una nuova città.

Una nuova relazione.

Potevo almeno aspettare che si fosse sistemata prima di iniziare a insistere per molto di più.

CAPITOLO 23

Macy

"**D**EVO AMMETTERE CHE sono ancora gelosa di queste vedute" dissi scherzando a Leo due settimane dopo, mentre ci sedevamo nel suo patio dopo cena. "Non riesco a vedere molto dal balcone del mio appartamento tranne il cemento."

Avevo fatto il mio spostamento fisico una settimana dopo il nostro ritorno da Lania.

Poiché avevo trovato un appartamento che andava bene per me a Palm Springs e l'avevo pagato, non vedevo alcun motivo per non trasferirmi il prima possibile.

Mi ero trovata un bel bilocale dall'altra parte di Palm Springs, ma il più delle volte finivo per cenare con Leo.

Si era assicurato che Hunter avesse tutto ciò di cui aveva bisogno a casa sua, quindi non dovevo preoccuparmi di nulla se volevo portare il gatto con me.

Come promesso, Leo partecipava a ogni colloquio per l'assunzione del personale, e insieme avevamo formato la migliore squadra possibile per l'ospedale e il centro di riabilitazione, che avrebbero aperto tra due settimane.

Aveva professionisti che stavano già lavorando sugli habitat per i programmi di riproduzione in cattività in cui si era impegnato finora, ma avevamo lavorato insieme per assumere anche parte del personale di cui avremmo avuto bisogno una volta arrivati gli animali.

Le nostre giornate erano impegnate al centro in preparazione, coordinamento e scartoffie.

Avremmo dovuto affrontare un diverso tipo di attività una volta aperti l'ospedale e la riabilitazione, e iniziammo a ricevere coppie riproduttive.

"Questo è un motivo in più per passare la maggior parte del tuo tempo con me" rispose Leo in modo suggestivo.

Sbuffai e presi il mio bicchiere di vino dal tavolino laterale del mio lettino. "Come se non mi vedessi già abbastanza tra il centro e le serate che passo qui?"

Eravamo seduti su sedie a sdraio affiancate così vicine che tanto valeva essere seduti sulla stessa sedia.

"Il tuo ufficio è sul lato opposto del centro» rispose. "Non è che stiamo insieme tutto il giorno. È appena giorno anche quando entri in ufficio. Stai lavorando troppe ore."

Bevvi un sorso di vino e riposi il bicchiere sul tavolo.

Aveva ragione. Sinceramente non passavamo molto tempo insieme durante il giorno.

Il compito di Leo era lavorare con le varie organizzazioni sui piani di conservazione.

Il mio era prepararmi a prendermi cura di quegli animali una volta arrivati.

Vedevo più Jaya in videoconferenza che Leo durante il giorno.

"Arrivo presto a causa della differenza di fuso orario" gli ricordai. "Sto imparando molto da Jaya, ma devo assicurarmi che le nostre sessioni insieme siano comode per lei."

Quando parlavo con Jaya la mattina presto, in Inghilterra era già pomeriggio.

Leo prese la mia mano e intrecciò le nostre dita sul bracciolo del mio lettino. "Allora, la porterò negli Stati Uniti" mi disse. "Macy, non ti ho dato questo posto per farti uccidere lavorando dodici ore al giorno ogni giorno. Non logoro il mio personale in quel modo. Non è salutare e non è produttivo."

"È solo momentaneo" promisi. "Voglio assicurarmi di fare tutto bene."

Avevo il lavoro dei miei sogni.

Volevo essere sicura di essere pronta per ogni sfida.

"Lo faremo tutti bene" replicò con fermezza. "È un lavoro di squadra, Macy. Non cercare di fare tutto da sola, bella." Esitò prima di chiedere: "Resti con me stanotte?"

Era venerdì sera, quindi probabilmente sarebbe stato facile per me rimanere la notte o anche l'intero fine settimana, ma esitai un po' prima di dare una risposta a Leo.

Non che non volessi stare con lui tutta la notte, ma il sesso diventava così intenso tra noi due a volte che era quasi spaventoso.

A volte avevo bisogno di scappare prima di dire o fare qualcosa di stupido.

"Potrei aver bisogno di andare in ufficio domani" dissi.

"È sabato" mi ricordò. "Assolutamente no. A meno che il centro non sia in fiamme o in stato di emergenza, non lavori nei fine settimana. Maledetto inferno, Macy. Stai già passando ore difficili durante i giorni feriali. Cosa cazzo è così importante da dover essere lì domani?"

Niente.

Non c'era assolutamente nulla di abbastanza importante da rendere necessaria la mia presenza al centro il giorno successivo.

"Credo che dovrei andare" dissi alzandomi dal lettino e afferrando il mio bicchiere di vino.

Avevamo passato davvero una buona serata.

L'ultima cosa che volevo fare era rovinare tutto a causa di una sorta di disaccordo sull'orario di lavoro.

Leo e io non litigavamo, e volevo che restasse così.

La nostra relazione era calorosa ma rilassata. Facevamo sesso pazzesco e potevamo parlare di quasi tutto.

Mi seguì mentre entravo dalla porta scorrevole e andavo in cucina a mettere il bicchiere in lavastoviglie.

"Se non vuoi restare, puoi semplicemente dirlo" disse mentre si appoggiava al bancone e incrociava le braccia sul petto. "Non devi lavorare come una matta per evitare di passare la notte con me."

Era quello che stavo facendo?

Probabilmente.

Ma non volevo davvero ammettere che lo stavo facendo.

"Perché importa se rimango la notte o quanto lavoro al centro, Leo?" chiesi, cominciando a sentirmi stressata.

Per noi le cose non andavano così.

Ci frequentavamo come una coppia esclusiva, ma non eravamo davvero coinvolti nei reciproci affari.

Facevamo sesso bollente, ma di solito tornavo nel mio appartamento alla fine della serata.

Parlavamo e scambiavamo idee e informazioni a vicenda.

Svolgevamo attività insieme che divertivano entrambi.

Lavoravamo insieme, ma Leo non aveva mai posto restrizioni alla mia posizione al centro... fino ad ora.

"Ti è mai venuto in mente che potrei essere solo preoccupato per te?" chiese con un tono irritabile che non avevo mai sentito da lui.

Mi girai verso di lui e gli chiesi con un tono leggermente in preda al panico: "Perché? Sono un'adulta, Leo, e mi prendo cura di me stessa da molto tempo."

"Fanculo!" imprecò, suonando arrabbiato ora. "Quindi possiamo scopare, ma non dovrei mai preoccuparmi del tuo benessere?"

Il mio cuore iniziò a battere forte, e potevo sentire il sudore che mi gocciolava sulla fronte.

Non volevo litigare con lui.

"Le cose per noi vanno bene così come sono, Leo. Non devi preoccuparti per me. Posso prendermi cura di me stessa" risposi.

Avanzò lentamente mentre diceva: "Le cose sono esattamente come vorresti che fossero in questo momento, Macy? Facciamo sesso strabiliante, ma di solito non rimani a lungo dopo che ciò accade."

Iniziai a respirare un po' più forte e i miei palmi cominciarono a sudare.

Aveva ragione.

Tiravo il culo fuori dalla porta, e più fantastico diventava il sesso, più velocemente correvo verso l'uscita.

"Sono un'imbranata nelle relazioni, Leo. Lo sai, e lo sapevi quando sei entrato in questa relazione" dissi nervosamente. "Non capisco davvero perché non possiamo semplicemente mantenerlo semplice."

Era più facile.

Aveva più senso.

E avrebbe evitato qualsiasi tipo di disaccordo.

Mi spinse contro il bancone. "Pensavo che lo stessi mantenendo semplice" ribatté con voce roca. "Ti ho chiesto qualcosa?"

Scossi lentamente la testa mentre guardavo i suoi bellissimi occhi azzurri. "No" sussurrai. "Ecco perché non capisco perché vuoi discutere del mio orario di lavoro o se passo la notte qui o meno. Non capisco cosa vuoi da me in questo momento."

"Perché forse le cose sono un po' troppo semplici per me, Macy" disse con voce roca. "E sono diventate molto più semplici man mano che andiamo avanti. Ti ho sentita creare quanta più distanza possibile tra noi e non capisco davvero perché. Mi importa perché ti amo, Macy. Mi importa se lavori troppo duramente. Mi importa se non dormi abbastanza. Mi importa ogni cosa che riguarda il tuo benessere e la tua salute. Ecco cosa succede quando ami qualcuno, tesoro."

Sbattei le palpebre forte e i miei occhi si spalancarono. "Tu… mi ami?" dissi con una voce così bassa da essere appena udibile.

Mi mise le mani sulle spalle con delicatezza. "Mi stai davvero dicendo che non lo sapevi già?" chiese. "Vuoi dire che non avevi idea che speravo che un giorno mi avresti sposato e mi avresti tirato fuori dalla mia tristezza?"

Il mio cuore batteva più veloce e così forte che giurai che potevo sentirlo nelle orecchie. "No, Leo" dissi mentre scuotevo la testa. "Tu non puoi amarmi e io non posso amare te. Non possiamo sposarci. Mai. Non posso."

"Cazzate!" replicò rudemente, mentre sosteneva il mio sguardo. "Ti amo già, e il matrimonio non è una pena detentiva, Macy. So che hai paura, e forse te l'ho detto troppo presto, ma penso che anche tu tenga a me. Non credo che saresti qui in una relazione se non lo facessi. Non dirmi che non abbiamo alcuna possibilità."

"Io. Non. Posso. Amarti" dissi con voce più forte. "E non voglio che tu mi ami."

"Non *puoi* amarmi o non *vuoi* amarmi" chiese burbero. "Quale delle due, Macy? Lavoreremo su questo insieme. Sarò paziente Ho solo bisogno di sapere che c'è la possibilità di una sorta di futuro."

Spezzai la sua stretta e presi la mia borsa dal bancone. "Niente" gridai, tutto il mio corpo tremante. "Non c'è possibilità di niente. Non capisci? Non posso amarti e tu non puoi amare me."

Le lacrime mi rigavano il viso, mentre facevo quella proclamazione.

Potevo vedere il dolore nei suoi occhi e mi svuotò completamente, ma dovevo essere assolutamente chiara.

Non potevo sposarlo.

Non c'era futuro per noi.

Non potevo lasciargli credere che fosse una possibilità.

Mi prese la parte superiore del braccio, mentre correvo verso la porta.

"Ti amo, Macy" ringhiò mentre mi girava verso di lui. "Probabilmente sin dall'inizio. Non scappare da questo. So dannatamente bene che ti senti come me. Non sento questo tipo di connessione da solo."

Tirai via il braccio da lui.

"Non è niente che tu non possa superare" gli dissi con voce disperata. "Non ce la faccio più, Leo."

"Va bene" ribatté seccamente. "Non posso costringerti ad amarmi, Macy. Guida con attenzione."

Corsi alla porta. "Consegnerò le mie dimissioni lunedì."

"Non farlo" disse con voce roca. "Possiamo essere professionali. Come hai detto, lo supereremo. Non c'è motivo di rinunciare al tuo lavoro per questo motivo. Vorrei che tu restassi.»

Le lacrime continuavano a rigarmi il viso, mentre annuivo.

Incapace di dire un'altra parola, aprii la porta e fuggii.

CAPITOLO 24

Leo

"SONO LE OTTO di sabato mattina" brontolò Dylan, mentre rispondeva al telefono. "È meglio che sia una cosa positiva."

"Voglio solo sapere cosa succede quando non ottieni il lieto fine" chiesi a mio fratello, mentre mi versavo un altro bicchierino di buon whisky irlandese.

Era stato un regalo di inaugurazione della casa di un collega che sapeva che stavo comprando una casa a Palm Springs.

Pensavo che non l'avrei mai bevuto.

Mi sbagliavo.

"Leo?" chiese Dylan, suonando più sveglio. "Dannazione! Ho bisogno di caffè. Di che diavolo stai parlando?"

Sentii una voce femminile assonnata che pensavo fosse Kylie, e Dylan che le diceva di tornare a dormire mentre lui apparentemente usciva dalla camera da letto.

Trangugiai lo shottino, notando che tutto cominciava a sembrare un po' sfocato. "Voglio sapere cosa cazzo dovrebbe fare un uomo quando non ottiene il lieto fine. Quando la donna che ama non si sente allo stesso modo. Quando gli dice che non c'è assolutamente alcuna speranza di futuro con lui, perché non le frega un cazzo di lui. Kylie ti amava e ti sposerai. Lieto fine. Nicole amava Damian. Lieto fine."

"Aspetta" disse Dylan. "Lasciami indovinare. Macy non ti ama e *non* è un lieto fine? Cosa diavolo stai bevendo, Leo? Sembri completamente sbronzo."

"Whisky irlandese" gli dissi. "Ora dimmi cosa succede quando non c'è il lieto fine.»

Potevo sentire il suono del caffè che fuoriusciva in sottofondo, mentre Dylan rispondeva: "Cos'è successo? Dev'essere stato brutto per averti spinto a bere. Non ricordo che ti fossi mai sbronzato. Ti ho parlato quarantotto ore fa ed eri terribilmente felice per il tuo futuro."

Informai Dylan su quello che era successo.

"Sapevo che non sarebbe stato facile" confessai a Dylan. "Sospettavo che ci fosse ancora una parte di lei che non era mai guarita, ma non sapevo che non provasse nulla per me. Assolutamente niente."

"Sospetto che una volta superata la sbornia, ti renderai conto che non è assolutamente vero" disse Dylan ironicamente.

"Questo è quello che ha detto, quindi ne dubito" dissi cinicamente, le mie parole che iniziavano a biascicare.

"Quindi, la lascerai andare? Proprio così?" domandò Dylan. "Fugge perché è terrorizzata e tu le volti le spalle?"

Guardai torvo lo shottino che stavo trangugiando, pensando alla sua domanda.

"Fanculo!" ringhiai, lanciai quel maledetto bicchierino contro il muro e afferrai la bottiglia. Era più facile. "Non le frega un cazzo di me, Dylan. Non è che si stesse solo trattenendo. Me l'ha detto in faccia."

L'avevo sentita forte e chiara.

"Sei fuori di te in questo momento, Leo, e Dio sa che capisco come ci si sente. Capisco perché vuoi alzare la guardia, ma se lo fai, te ne pentirai. Sai cos'ha passato e sapevi che ti saresti imbattuto in alcune sfide, ma pensavo che sentissi ne valesse la pena" disse.

"È così" dissi in fretta. "Ma non c'è speranza se si sente come dice di sentirsi. Non posso costringerla ad amarmi, Dylan."

"Lascia che ti chieda questo" rispose. "Sono sicuro che dormite insieme. Pensi davvero che sia una donna che può farlo e non provare assolutamente nulla per te?"

Sbattei la mano sul tavolo, frustrato. "Un giorno fa avrei detto assolutamente di no, ma dopo stasera proprio non lo so. Le è successo qualcosa, Dylan. Hai ragione. Probabilmente era spaventata e l'ho spaventata perché le ho detto che l'amavo. Diavolo, non mi è mai venuto in mente che non lo sapesse già. Semplicemente non mi aveva mai sentito dirlo ad alta voce."

"Pensi che dire che l'amavi sia stato un fattore scatenante di qualche tipo?" domandò.

"Penso che potrei averla spaventata. Era stralunata e inorridita. Non l'ho mai vista così. È stato abbastanza per distruggere l'ego di un uomo" brontolai.

Bevvi un sorso dalla bottiglia e cercai di ricordare esattamente quando Macy era andata nel panico, ma i ricordi si stavano offuscando a causa del mio stato di ebbrezza.

"Penso che tu debba smetterla di bere quel whisky e iniziare a pensare, Leo. Tu ami questa donna."

"Cosa mi suggerisci di fare?" domandai irritato. "Dice che non mi ama e che non abbiamo futuro."

"Se fosse qualunque altra donna, ti direi di scappare come un dannato" disse Dylan. "Ma è Macy, e conosciamo la sua storia. E che tu lo voglia ammettere o no, conosci il suo cuore. Non penso per un solo fottuto secondo che lei non ti ami. Non riesce ad affrontare il suo stato d'animo. È un meccanismo di difesa che ha funzionato per lei in passato. Semplicemente non se ne è ancora sbarazzata perché l'ha mantenuta sana di mente. Non ne ha più bisogno, ma inconsciamente non lo capisce."

Posai la bottiglia sul tavolo. "Come fai a saperlo?" chiesi, vedendo effettivamente che poteva esserci una sorta di verità nelle sue parole.

"Un sacco di terapia" rispose seccamente. "Comincio a chiedermi se Macy abbia mai cercato aiuto per superare quello che le è successo. Se non l'ha fatto, non dubito che sia davvero confusa."

Guardando indietro, non ricordavo che Macy avesse mai menzionato di aver visto un terapeuta di alcun tipo. "Non credo che l'abbia fatto. La negazione era il suo meccanismo per affrontarlo. Fanculo! Probabilmente avrei dovuto suggerirle di farlo."

"Penso che sia una decisione che chiunque debba prendere da solo" rispose Dylan. "Non sono sicuro di quanto mi stai ascoltando in questo momento. Posso dire che sei incazzato e scoraggiato, ma di sicuro non credo che dovresti arrenderti. Potrebbe respingerti, ma non credo che dovresti insistere. Dalle un po' di tempo. Assicurati che sappia che sei lì se ha bisogno di te, ma lascia che capisca tutto da sola. Dev'essere una sua scelta tornare."

"E pensi che lo farà?" domandai.

"Onestamente non lo so, Leo" disse Dylan solennemente. "Ma sa esattamente come ti senti, quindi la palla è nel suo campo."

"Come faccio a rimanere disponibile e farle sapere che ci sono, ma non insistere?" chiesi.

Non potevo lasciare che Macy se ne andasse così facilmente. Probabilmente anche prima di chiamare Dylan, lo sapevo. Stavo solo cercando di superare il mio fottuto cuore ferito.

"Dovrai capirlo da solo" consigliò Dylan. "Dipende da cosa pensi possa aiutarla. Una volta che sarai sobrio, pensaci. Nel frattempo, butta via il resto di quella bottiglia. Domani ti pentirai di quella merda."

In questo momento, non ero assolutamente dispiaciuto di aver aperto la bottiglia perché aiutava a lenire il dolore.

"Non voglio vivere il resto della mia vita senza di lei, Dylan. Sapevo fin dall'inizio che lei era quella giusta per me. Non so come lo sapessi o come lo riconoscessi, ma... lo sapevo" gli dissi sinceramente.

"Quanto tempo sei disposto ad aspettare?" chiese.

Scrollai le spalle. "Per sempre. Alla fine potrei perdere la testa, ma non c'è un'altra donna là fuori per me."

Che importanza aveva quanto tempo potevo aspettare se non c'era nessun'altra femmina su questa Terra che volevo?

Se avesse cambiato idea o... no.

Prima cambiava idea, meno tempo avrei passato come un bastardo totalmente miserabile.

"Capisco" rispose Dylan. "E probabilmente sarà un inferno perché non c'è niente che tu possa fare davvero per risolvere questo problema, Leo. Devi lasciarle avere il tempo di sistemare tutto. Non sei esattamente bravo a non fare nulla quando vuoi qualcosa. Ti conosco. Sei determinato. Quindi non sarà facile sedersi e aspettare."

"Non credo di avere molta scelta."

"Pensa a modi creativi per rimanere in disparte" suggerì. "Ora vai a dormire un po' così puoi pensare davvero. Riposati, affronta i postumi della sbornia e cerca di essere paziente."

Mi alzai e la mia testa iniziò a girare. "Merda!" imprecai. "Non ero così ubriaco da oltre un decennio."

"Il pavimento si sta muovendo?" chiese Dylan.

"Sì. E la dannata stanza sta girando."

Inciampai, e poi continuai ad andare avanti per cercare di arrivare nella mia camera prima di svenire.

Mettendo la mano sul muro, la usai per percorrere il lungo corridoio verso la mia camera.

"Sei ancora in piedi, fratellino?" chiese Dylan.

"Sto cercando la mia stanza" gli dissi.

Mi mossi lentamente, desiderando che tutto smettesse di girare, ma non successe.

"Ci sono" dissi a Dylan, quando finalmente trovai la mia camera e mi lasciai cadere sul letto.

"Sei al sicuro adesso?" chiese.

"Sì" risposi. "Dylan?"

"Cosa c'è, Leo?"

"Non stavo pensando. Tutto quello a cui riuscivo a pensare era quanto mi sentissi svuotato perché lei non ricambiava il mio amore" dissi con voce roca.

"Ricorda solo che non ha idea di come si sente in questo momento. Forse questo renderà le cose un po' più facili. Riposati un po'" disse.

"Troverò un modo per renderlo un lieto fine" giurai mentre strisciavo sotto le coperte completamente vestito.

"Sono sicuro che lo farai" rispose Dylan. "È facile voler seppellire la testa sotto la sabbia e arrendersi. Lo so perché l'ho fatto un milione di volte. Non va mai molto bene."

"Notte, Dylan" dissi mentre chiudevo gli occhi.

"Notte, Leo" ribatté lui.

Riuscii a premere a malapena il pulsante di fine chiamata prima di cadere fuori combattimento.

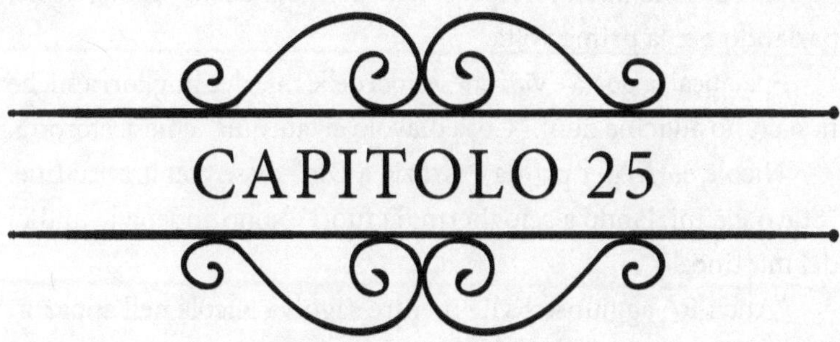

CAPITOLO 25

Macy

S ENTII SUONARE IL campanello domenica mattina, ma
lo ignorai.

Non volevo parlare con nessuno.

Non avevo dormito molto.

Non avevo mangiato.

E non ero in condizione di avere una conversazione cordiale
con uno dei miei nuovi vicini.

Tutto quello che volevo era essere sola e quasi catatonica sul
mio divano come lo ero in questo momento.

In questo modo, non dovevo pensare a come avevo distrutto
la mia vita.

Bloccare il dolore stava diventando sempre più difficile, quindi
dovevo concentrarmi.

"Apri la porta, Macy. Non abbiamo attraversato l'Atlantico per
fissare la porta del tuo nuovo appartamento" sentii la voce di Kylie
rimbombare dalla soglia.

Aprii gli occhi, chiedendomi se stessi iniziando ad avere le allucinazioni.

Mi alzai e andai alla porta, quindi chiesi con attenzione: "Kylie?"

"Sì. Ci sono anch'io. Apri quella dannata porta" disse Nicole, parlando per la prima volta.

Spalancai la porta e vidi che le voci delle mie due migliori amiche non erano allucinazioni. "Cosa diavolo ci fate qui?" chiesi, stordita.

Nicole entrò per prima. "Grazie a Dio" disse con gratitudine. "Stavo già iniziando a sciogliermi là fuori e sono appena le undici del mattino."

"Anch'io" aggiunse Kylie mentre seguiva Nicole nell'appartamento. "Penso che preferirei il clima inglese in questo momento."

Forse non era sorprendente dato che entrambe le mie amiche erano estremamente oneste. Nicole era una splendida bionda e Kylie era una rossa focosa. Il clima torrido e il sole incredibilmente caldo qui a Palm Springs probabilmente non andava bene per nessuna delle due.

"Non posso credere che siate qui" dissi mentre le seguivo in cucina. "Perché siete qui entrambe?"

Nicole cercò il caffè e Kylie riempì d'acqua la caffettiera dicendo: "Perché ho un marito meraviglioso con un jet privato che può portarci qui in qualsiasi momento. Considera questo un intervento di emergenza che avremmo dovuto fare molto tempo fa, ma penso che prima abbiamo tutte bisogno del caffè. Senza offesa, Macy, ma sembri stare di merda. Dylan mi ha detto cos'è successo tra te e Leo. È un disastro, lo sai. Leo ha chiamato Dylan ieri presto ed era completamente sbronzo, il che è strano perché Leo non si ubriaca mai."

"Ubriaco" dissi lentamente, cercando di schiarirmi la testa confusa. "Leo era ubriaco?"

Nicole si voltò verso di me e mi lanciò uno sguardo di valutazione. "Hai davvero bisogno di caffè" decise.

Scossi la testa. "Continuo a non capire perché siate qui. Pensavo stessi iniziando un nuovo lavoro, Nic."

"Tra una settimana da domani" mi disse mentre preparava il caffè. "Ho del tempo da passare con un'amica. Spero solo che rinfreschi qui questa settimana."

Alzai un sopracciglio mentre guardavo Kylie.

Lei scrollò le spalle. "Non è che non farò avanti e indietro dagli Stati Uniti a Londra" mi ricordò. "Anche se non sono qui per lavoro questa volta."

"Dove sono Damian e Dylan?" chiesi, ancora completamente confusa.

"A Londra" rispose Nicole. "Prendiamoci un caffè e parliamo."

Il suo tono era inquietante, ma cercai di concentrarmi su quanto fossi felice di vederle entrambe mentre portavamo tutte il nostro caffè in soggiorno.

Nicole si lasciò cadere dall'altra parte del divano rispetto a me, e Kylie si sistemò sulla poltrona reclinabile non lontano da Nicole.

Guardai i miei pantaloni della tuta e la maglietta, sapendo di sembrare una barbona accanto a loro due.

Non mi prendevo la briga di farmi la doccia da venerdì, ed ero abbastanza certa che i miei capelli probabilmente sembravano un nido di topi. "Non sapevo che sareste venute" borbottai sorseggiando il mio caffè.

"Il viaggio non era esattamente pianificato" mi informò Nicole. "Kylie e io ci siamo rese conto che dovevamo venire qui prima che tu mandassi a puttane tutta la tua vita."

Kylie aggiunse gentilmente: "Se rinunci alla tua relazione con Leo, penso che te ne pentirai, Macy. Lo ami."

Scossi bruscamente la testa. "No."

La voce di Nicole era più ferma mentre ripeteva: "Lo ami. Nessuna di noi aveva bisogno di vederti per riconoscerlo. Avevi una relazione con lui, cosa che non sarebbe mai accaduta a meno che tu non fossi follemente pazza di lui. Credi davvero che io e Kylie non ci siamo accorte che non frequenti nessuno dall'incidente? Non siamo cieche a ciò che hai passato, ma nessuna di noi ha mai voluto dirti come affrontare una tragedia del genere."

"Ma ora ci rendiamo conto che avremmo dovuto spingere, cercare di farti rallentare e smettere di scappare" disse Kylie. "E avremmo dovuto cercare di farti aiutare da un professionista subito dopo che è successo. Sembrava che tu ce la facessi, ma in realtà no. Come tue migliori amiche, vorrei che ce ne fossimo accorte. Forse lo avremmo fatto se non fossimo state tutte lontane. Una volta che abbiamo vissuto di nuovo tutte a Newport Beach, sembravi a posto, ma non lo eri ancora."

"Hai solo imparato a nascondere tutto meglio" osservò Nicole. "Sapevamo che lavoravi troppo e che quando non lavoravi facevi volontariato. Kylie e io lo capiamo ora, Macy. Dovevi rimanere occupata ed esausta o fare i conti con tutte le emozioni che hai seppellito, giusto?"

"Mi piace essere occupata" protestai.

Kylie si accigliò. "Si può essere occupati, o troppo occupati da non avere il tempo durante la giornata per pensare. Avrei dovuto capire cosa stava succedendo prima d'ora."

"Anch'io" aggiunse Nicole.

"Sto bene" dissi loro. "Le cose con Leo sono diventate troppo intense. Mi conoscete. Sono una frana nelle relazioni. Avrebbe voluto di più un giorno. Ha perfino menzionato il matrimonio."

Nicole sorrise. "Non è la fine del mondo, lo sai. In realtà è come un nuovo inizio di una fase diversa della vita. Si spera molto felice. Non vuoi sposare Leo un giorno? Lo ami."

"Smettila di dirlo" risposi irritata. "Merita di meglio. Non sono più capace di amare qualcuno. Non voglio amare nessun altro."

Kylie mi scrutò prima di parlare. "Non è che *non puoi* amare nessuno. *Non vuoi*" dedusse. "Perché potrebbe fare troppo male."

Nicole alzò una mano prima che potessi parlare. "Ha perfettamente senso, Macy, e capisco perché hai bloccato questa possibilità dopo aver perso tutta la tua famiglia. Ma è davvero così che vuoi vivere per il resto della tua vita? Leo ti ama. Farebbe qualsiasi cosa per te. Se c'è mai stato un uomo che vale la pena amare, è lui, e non voglio vederti buttare via tutto questo se ti senti allo stesso modo."

Rimasi in silenzio, mentre le emozioni si precipitavano ad incontrarmi come se si fosse aperto un cancello che non avrei mai potuto richiudere.

Le lacrime mi rigarono il viso, quando risposi: "Non ce la faccio. Non riesco più a sentirmi così. Mi ucciderebbe."

Nicole si mosse attraverso lo spazio che ci separava e mi avvolse sottobraccio finché la mia testa non fu sulla sua spalla, mentre diceva piano: "Non ti ucciderà, Macy. Sei molto più forte di così. So che la vita ci mette davanti un sacco di cose orribili con cui dobbiamo fare i conti a volte, ma avere qualcuno che ti ama come ti ama Leo è una delle cose che compensa tutta la merda che ci viene lanciata addosso."

Kylie si era spostata sul pavimento ed era seduta vicino ai miei piedi mentre aggiungeva: "Sei stata lì per entrambe durante i nostri momenti difficili. Cerchiamo di essere qui per te, ora, come vorrei che fossimo state fin dall'inizio."

"Ci siete state" dissi in lacrime.

"Non nel modo in cui avrei voluto" rispose Nicole. "Avremmo dovuto capirlo. Avremmo dovuto sapere che le cose non stavano migliorando per te e che stavi andando avanti a malapena rifiutando di far entrare qualcuno nella tua vita. Beh, chiunque fosse umano comunque."

"Non potevo" dissi loro mentre soffocavo su un singhiozzo. "Non posso ancora."

Kylie mise la sua mano sulla mia, mentre mi esortava: "Puoi. Forse non è mai stato il momento di farlo prima, ma vuoi davvero rinunciare a Leo?"

Seduta proprio in mezzo a tanto amore dalle due donne che erano state lì per me fin dall'infanzia, alla fine confessai. "Non sono sicura di essere in grado di dargli tutto ciò che merita e non ho idea del perché mi ami."

Nicole mi accarezzò i capelli, mentre rispondeva: "Proprio come io non riuscivo a capire perché Damian mi volesse, e Kylie non riusciva a capire perché Dylan avesse bisogno di lei. L'amore non avrà mai senso, ragazza. È lì, e quando è la persona giusta, riconosci quel clic, quella connessione."

Kylie intervenne: "Sarò la prima ad ammettere che è spaventoso, ma una volta superata quella paura, ti rendi conto che vale la pena rischiare. Hai davvero intenzione di continuare a dirci che non sei innamorata pazza di Leo?"

Scossi la testa. Non potevo più mentire a loro o a me stessa. "Lo amo. Lo amo così tanto che fa già così male che non lo sopporto. Quando mi ha detto come si sentiva, sono andata nel panico. È stata una reazione istintiva durante un attacco di panico, perché ero così terrorizzata all'idea di perdere di nuovo qualcuno. Ma l'ho già perso e mi sta uccidendo."

"Non credo che andrà da nessuna parte" disse Nicole con voce rassicurante.

"L'ho ferito, Nic. Penso di averlo ferito abbastanza gravemente" replicai, con le lacrime che mi intasavano la gola.

"A volte accade quando due persone si amano così tanto" osservò Kylie. "Stiamo parlando di Leo. Lui capisce e se gli spieghi so che ti sosterrà, Macy."

Sollevai la testa dalla spalla di Nicole e iniziai a strofinare le lacrime che mi rigavano il viso. "Se mi perdona, non posso farglielo di nuovo. Merita molto di meglio."

"Ecco perché siamo qui" spiegò Kylie. "Dylan ha parlato con Leo, e ha accettato di concederti la prossima settimana di riposo. Ti abbiamo trovato il miglior terapeuta disponibile in quest'area e inizierai le sedute domani. Martedì abbiamo una giornata alle terme in programma, e staremo insieme per il resto della settimana. Forse potresti darmi qualche suggerimento sulle location per matrimoni. Ma lo scopo di essere qui è solo parlare. Non saremo mai in grado di capire completamente quello che hai passato, Macy, ma parleremo come non abbiamo mai fatto prima. Come avremmo dovuto incoraggiarti a fare fin dall'inizio. Devi guarire in modo da sapere che non accadrà mai più."

Rimasi a bocca aperta davanti a loro due. "Resterete tutta la settimana?"

Annuirono, quando Nicole disse: "Dobbiamo partire sabato, così posso tornare in tempo per iniziare il mio nuovo lavoro, ma fino ad allora, saremo qui per aiutarti a parlare e abbassare il livello di stress. Quand'è stata l'ultima volta che ti sei presa una pausa per te stessa e per la tua salute mentale?"

Scossi la testa. "Mai. Ma ho appena iniziato il mio lavoro al centro. Non posso prendermi una settimana di riposo."

Kylie mi sorrise raggiante. "Certo che puoi. L'abbiamo già chiarito con il capo."

"Leo" sospirai. "Sei sicura che sia d'accordo?"

"Quale parte di 'ti ama' non capisci bene?" chiese Nicole ironicamente. "Ti darebbe un anno di riposo se pensasse che ne hai bisogno. Non discutere, Macy. Hai bisogno di questo. Devi rimetterti in sesto e lavorare su alcune cose che non hai risolto prima."

Sapevo che c'erano cose che non erano mai state sistemate nella mia mente, e problemi che dovevo ancora affrontare se avessi avuto qualche speranza di far funzionare una relazione con Leo.

E Dio, lo volevo. Lo desideravo così tanto che mi stava uccidendo. "Non discuterò" dissi loro. "Amo Leo e affronterò tutti i problemi che dovrò affrontare per lui."

"Siamo qui per aiutarti a iniziare" ribatté Kylie con un enorme sorriso.

Le lacrime mi inondarono di nuovo gli occhi, mentre guardavo da Nicole a Kylie, più grata per queste due donne di quanto avrei mai potuto esprimere a parole. "Cosa farei senza voi due?" chiesi, la mia voce leggermente tremante.

"Per tua fortuna, non dovrai mai scoprirlo" scherzò Kylie, mentre si avvicinava e mi tirava giù per un enorme abbraccio.

Avvolsi le mie braccia attorno a Nicole e noi tre restammo in quell'abbraccio di gruppo fino a quando non fummo tutte in lacrime.

Sentii il mio telefono squillare, mentre rompevamo il nostro abbraccio a tre.

"È un messaggio di Leo" dissi sollevando il telefono.

Leo: Nessuna pressione. Voglio solo che tu sappia che ti amo e che sono qui se hai bisogno di me.

Era breve e dolce. Letteralmente.

"Sarà lì quando sarai pronta, Macy" disse Nicole gentilmente. "Non andrà da nessuna parte. Questa è una cosa che posso dire sugli uomini Lancaster, sono testardi da morire quando vogliono qualcosa."

Feci un respiro profondo e digitai una risposta rapida.

Io: Ti amo anch'io. Puoi darmi un po' di tempo?

La sua risposta arrivò quasi immediatamente.

Leo: Tutto il tempo di cui hai bisogno.

Sorrisi mentre passavo un dito sulle sue parole.

Non ero sicura di cosa avessi mai fatto per meritare un uomo come Leo Lancaster, ma mi sarei assicurata che avesse una donna che lo apprezzasse in futuro.

CAPITOLO 26

Macy

L EO: *COM'È ANDATA la seduta di terapia oggi?*
Io: *Brutale, come al solito. Non sembra mai essere così facile riversare le mie viscere con qualcuno che non è un amico, ma so che sta aiutando, quindi continuo a parlare.*

Sospirai, mentre mi mettevo a mio agio sul divano per poter parlare con Leo.

Ci erano volute diverse settimane prima che noi due iniziassimo ad avere conversazioni complete.

Mi aveva controllata ogni giorno, praticamente solo ricordandomi che mi amava, e io avevo risposto rapidamente, ma le nostre conversazioni erano iniziate appena una settimana prima.

La settimana con le mie amiche era stata un'esperienza che sapevo avrei sempre ricordato.

Oltre a iniziare la mia terapia quella settimana, avevo anche imparato a godermi l'arte di non fare quasi nulla e di amarne ogni momento.

Mi ero sentita meglio dopo quella prima settimana perché Nicole, Kylie e io avevamo parlato tanto, e in seguito ero migliorata ogni settimana grazie alla mia terapia e al cambiamento del mio stile di vita.

Lavoravo sodo al centro di conservazione, ed eravamo impegnati ora che stavamo ottenendo coppie riproduttive per il programma di riproduzione in cattività.

Tuttavia, avevo anche imparato quando smettere di lavorare.

Io e Leo ci vedevamo al centro, ma eravamo estremamente professionali l'uno con l'altra, e non c'erano discussioni personali mentre eravamo al lavoro.

Sì, c'erano volte in cui avrei voluto gettarmi tra le sue braccia e non andarmene più, ma non sarebbe mai successo quando stavamo lavorando.

Leo: *Sei fantastica.*

Feci un respiro profondo e premetti l'icona della chiamata audio.

Sapevo che Leo non l'avrebbe mai avviata, perché stava aspettando che andassi avanti al mio ritmo.

"Penso che anche Lei sia piuttosto incredibile, signor Lancaster" dissi quando mi rispose.

"È bello sentire la tua voce quando non parliamo di lavoro" rispose in un baritono sexy che adoravo. "Quindi le tue sedute sono ancora una sfida?"

Dio, mi era mancato così tanto.

Ero così pronta a riprendere la nostra relazione, ma volevo assicurarmi di essere completamente a mio agio con il modo in cui ci amavamo.

Leo era un dono che non avrei mai più voluto dare per scontato.

"Dubito fortemente che diventeranno mai molto più facili" gli dissi con un sospiro. "Vorrei davvero che fosse qualcosa che avevo iniziato molto tempo fa."

"Lo stai facendo ora" mi ricordò.

"Ti ho ferito, Leo, e non sono sicura di come rimediare" dissi onestamente. "Non te lo meritavi."

"Tesoro, credi davvero che non possa sopportare un po' di dolore se finisco per passare la mia vita con te quando tutto sarà finito?" chiese con tono ottimista.

"Le persone che si amano follemente a volte si fanno del male a vicenda, suppongo" risposi. "E ti amo tanto, Leo."

"Hai idea da quanto tempo aspettavo di sentirlo?" disse con voce roca. "E hai ragione. Ci faremo del male a vicenda. È inevitabile. Ma ti amo anche io, Macy, e penso che entrambi cercheremo di fare in modo che le cose belle superino di gran lunga quelle brutte."

"Non credo che possiamo tornare indietro" replicai. "Penso che sarebbe ridicolo perché eravamo legati prima che riuscissi a rovinare tutto. Penso che possiamo semplicemente farlo in modo diverso. Ti dirò sempre come mi sento quando lo sento, e poi ne parleremo. Spero che tu abbia sempre la sensazione di poter fare la stessa cosa."

"Quindi niente più appuntamenti casuali?" chiese speranzoso.

"No. Ti amo troppo per questo, Leo. Ti amo troppo anche per i partner sessuali esclusivi senza alcun coinvolgimento emotivo. Ti darò tutto l'amore che ho e spero che anche tu voglia ancora un futuro insieme, qualunque esso sia."

Lo sentii esalare un lungo respiro prima che dicesse burbero: "Non mi interessa come sia purché stiamo insieme. Prima di lasciare Lania, volevo chiederti semplicemente di non prendere una casa e venire a vivere con me, ma sapevo che era troppo presto. Esci con me e passa la notte con me a volte, vieni a vivere con me quando sei pronta, sposami quando sei pronta per discuterne. Non importa, Macy. Purché mi ami, basta."

Era davvero abbastanza, però?

Non la pensavo così.

Non avrebbe dovuto accettare tutto ciò che gli davo.

Era giunto il momento per lui di ottenere esattamente quello che *voleva*, e avevo bisogno che lui sapesse che questa sarebbe stata una unione.

Sorrisi, mentre pensavo al fatto che le parole valgono poco.

Avrei dovuto mostrarglielo, e Dio sapeva che ero pronta a portare Leo a nuove condizioni che quasi sicuramente avrebbero reso entrambi felici.

"Mi manchi" dissi con voce affannosa.

"*Miao!*" disse ad alta voce Hunter dal suo posto proprio accanto a me.

Risi quando aggiunsi: "Penso che Hunter mi stia dicendo che manchi anche a lui."

"Gli manco solo per i miei diversi rubinetti dell'acqua e occasionali coperchi del water aperti" scherzò Leo.

Accarezzai la testa setosa di Hunter con la mano. "Ti devo ancora un nuovo albero di Ficus" scherzai.

"Non serve" brontolò. "Penso che gli piaccia quello che ho."

"Se ami me, devi amare il mio gatto nevrotico" dissi con una risata.

"Credimi, tesoro, lo so" rispose Leo.

"A proposito di gatti" replicai. "Come vanno le cose a Lania?"

"Non abbiamo ancora tutti i dati, ma sembra una popolazione piccola ma sana. Molto probabilmente, la mia raccomandazione sarà di monitorarli e assicurarmi che i numeri continuino a crescere" rispose.

"Sono così felice" ribattei. "Hanno l'habitat lì per crescere di numero."

"Sì, il che è raro" convenne. "Avranno ancora uno status di grave pericolo, ma almeno non sono più estinti."

"Rimane l'esperienza più straordinaria che abbia mai avuto" condivisi.

"Allora immagino che dovrò vedere se riuscirò a superarla un giorno" disse. "Ti porterò ovunque tu voglia."

Sorrisi mentre dicevo: "È una buona cosa dato che sto iniziando a imparare a godermi le cose diverse dal lavoro."

"Dimmi" insistette.

"Ho appena trascorso il mio secondo giorno alla spa" confessai. "Pensavo davvero che l'avrei odiata quando sono andata con Kylie e Nicole, ma è stata piuttosto rilassante. Mi sento come uno spaghetto scotto quando me ne vado, e le mie unghie dei piedi sono carine."

"Cos'altro?" esortò.

"Sto iniziando a divertirmi a fare shopping. Non chiedermi perché. Forse perché ho un datore di lavoro molto generoso che mi paga abbastanza bene da rendere ogni giorno un giorno di miglioramento dell'umore. Ora ho coperto tutti i giorni della settimana" condivisi.

Brontolò. "Dovevi condividerlo."

"L'hai chiesto" gli ricordai.

"Non mi dispiacerebbe se fossi davvero in giro per vederlo" rispose. "Altrimenti è solo crudele."

Ridacchiai prima di poter impedire al suono di lasciare le mie labbra. "Lo vedrai prima o poi."

"Promesso?" chiese con voce roca.

"Assolutamente" convenni.

"È bello sentirti ridere, Macy" disse.

"Ho la sensazione che accadrà molto più spesso in futuro" risposi, cercando di rassicurarlo sul fatto che le cose sarebbero state diverse.

Stavo cambiando.

Mi stavo evolvendo.

Stavo gestendo le mie emozioni come avrei dovuto imparare a gestirle molto tempo addietro.

Incolpare me stessa per il modo in cui avevo gestito quell'orribile tragedia nella mia vita era inutile. Avevo bisogno di superare gli anni davvero dolorosi in qualche modo, ma era giunto il momento di lasciarmi alle spalle alcuni di quei meccanismi di difesa.

"Grazie al cielo!" imprecò ferocemente. "Se non ti vedessi mai più piangere, sarei un uomo felice."

"Nessuna promessa in merito" lo avvertii. "Saranno sicuramente lacrime felici a volte. Kylie ha un matrimonio nel prossimo futuro."

"Potrei essere in grado di gestirlo" borbottò. "Dannazione, Macy! Giuro che passerò il resto della mia vita cercando di mettere un sorriso sul tuo splendido viso."

"Tutto quello che devi fare è entrare in una stanza, bello» lo rassicurai. "Mi rendi felice, Leo. Forse è per questo che sono andata nel panico. Tutto sembrava troppo bello tra noi. A volte stavo aspettando che succedesse qualcosa perché sembrava inevitabile che accadesse qualcosa di brutto proprio quando ero davvero felice. Sto lentamente superando questa aspettativa."

"Non essere impaziente, e puoi dirmi di andare all'inferno se vuoi, ma quando ti vedrò, tesoro?" chiese con attenzione.

Riflettei per un minuto. "Sabato?" chiesi. "Ho davvero bisogno di andare a Newport Beach. Ho un armadietto che devo pulire e ho un'altra tappa importante da fare. Se pensi di essere nei paraggi, posso passare a casa tua nel tardo pomeriggio."

"E Hunter?" chiese. "Lo porterai? Puoi lasciarlo con me prima di andare a Newport Beach, se vuoi. Sarò in giro a lavorare su dei documenti."

"Affare fatto" dissi felicemente. "Preferirebbe di gran lunga stare con te che con me sabato."

"Allora c'è qualcosa di gravemente sbagliato in quel gatto" replicò seccamente. "Perché io preferirò sempre stare con te."

"Assicurati solo che i coperchi del gabinetto siano chiusi" gli ricordai.

"Non vedo l'ora di vederti, tesoro, ma sai come sono. Ho l'abitudine di spingere troppo. Se lo faccio, dimmelo e basta" disse in tono sincero.

Sorrisi. "Prometto che ti farò sempre sapere come mi sento d'ora in poi."

Dal prossimo sabato, Leo Lancaster avrebbe capito che avevo finito di trattenere qualcosa.

CAPITOLO 27

Macy

"MI DISPIACE, MAMMA" dissi mentre lasciavo cadere una rosa rossa nel minuscolo vaso di gemme incorporato sulla sua lapide. "Avevano finito tutte le rose blu oggi."

Le rose blu erano le preferite di mia madre, ma poiché erano tinte e coltivate attraverso una modificazione genetica, erano più rare e non sempre facili da trovare.

Oggi, non avevo trovato rose blu, dopo che avevo controllato tre negozi di fiori per vedere se ne avevano disponibili.

Le rose rosse erano le sue seconde preferite, quindi mi ero dovuta accontentare.

Mi sedetti sul prato ben curato e misi la mano sul marmo freddo condiviso dai miei genitori.

La lapide di Brandon era proprio accanto ai miei genitori, il che mi rendeva più facile parlare con tutti loro contemporaneamente.

Non venivo qui da quando mi ero trasferita a Palm Springs, ma oggi avevo alcune cose da dire.

"Volevo dirvi, ragazzi, che ho... incontrato qualcuno" dissi. "Non ero sicura di poter amare di nuovo qualcuno, ma l'ho fatto. Lo faccio. Non volevo, ma è così bello che è irresistibile. Papà, mi dicevi che un giorno sarebbe arrivato un ragazzo che avrebbe visto tutte le mie buone qualità. Non sono sicura di come sia successo davvero, ma è successo. Non importa quanto ho provato a spingerlo via, si è attaccato come colla perché poteva vedere... me."

Allungai una mano e asciugai una lacrima che scendeva lungo la guancia.

Venivo qui spesso quando abitavo a Newport Beach, soprattutto quando avevo bisogno di trovare un po' di pace, ma parlavo raramente e non avevo mai detto niente di Leo mentre ero qui.

Forse avrei dovuto, perché all'improvviso, tutto mi sembrava così dannatamente chiaro.

Essere infelice, sola e guardinga per il resto della mia vita non era ciò che nessuno della mia famiglia avrebbe voluto per me.

In un certo senso, ero qui per vivere per tutti loro perché non potevano, e questo significava essere il più felice possibile perché era così che vivevamo tutti quando erano vivi.

"Penso che tutti voi sappiate di Leo" mormorai. "I sogni. Non ne ho più bisogno. Ho capito. Non sono pronta a morire. Sono qui per una ragione. Sono qui per lui. Sono qui per Leo. E lui è qui per me. Non fingerò di aver capito tutte le piccole sfumature, ma ho il quadro generale."

Per qualche ragione, Leo Lancaster mi voleva, e avevo finito di chiedermi perché.

Potevo renderlo felice, ed ero pronta per iniziare a fare esattamente questo.

"Mi sono trasferita a Palm Springs" dissi loro. "Sono qui solo per una visita. Ho guidato dalla vecchia casa. Sembra... diversa. I nuovi proprietari l'hanno dipinta di un bel colore giallo che penso ti sarebbe piaciuto, mamma. C'è un'altra famiglia lì ora che crea ricordi in quella casa, proprio come abbiamo creato i nostri ricordi quando io e Brandon eravamo più piccoli."

Per anni avevo evitato di andare nella casa della mia infanzia, ma oggi c'ero andata deliberatamente. Avevo avuto bisogno di dimostrare a me stessa che era solo una casa, e che erano i ricordi che albergavano nel mio cuore ad essere davvero importanti.

L'avevo visto.

Alla fine avevo capito che la casa apparteneva a qualcun altro e che l'avevano fatta propria. Ma ciò non significava che non potessi portare con me i ricordi felici di quella casa, quando era nostra, ovunque andassi.

Passai la mia mano sulla pietra mentre dicevo: "Vi adoro, ragazzi, e mi mancherete sempre, ma so che è ora che io viva la mia vita. È stato così difficile per me non sentirmi in colpa per vivere la mia vita quando voi eravate morti. Ed è stato troppo spaventoso fino ad ora amare qualcun altro. Fino a quando non ho incontrato Leo. Vale il rischio, e so che una vita felice con lui è ciò che tutti voi vorreste per me."

Mi fermai e feci alcuni respiri profondi, le mie emozioni crude, mentre asciugavo il fiume di lacrime che mi scorreva lungo il viso.

Ad ogni parola che dicevo, mi sentivo più leggera, quindi continuai a parlare.

"So che avreste tutti amato lui e anche la sua famiglia" dissi malinconicamente.

La mia famiglia e quella di Leo avrebbero avuto ben poco in comune, ma istintivamente sapevo che i miei genitori avrebbero adorato la madre di Leo, e che a Brandon sarebbero piaciuti davvero tutti i fratelli Lancaster.

"Non potrò fermarmi molto perché ora vivo a Palm Springs, ma penso che vi starà bene. Verrò a trovarvi quando posso" promisi loro.

Leo faceva viaggi speciali con me quando ne avevo bisogno, e io sarei tornata a Newport Beach per visitare il rifugio che faceva parte della mia vita da così tanto tempo.

Non era che non sarei venuta a visitare il luogo di riposo della mia famiglia, ma ero pronta a impegnarmi di più nel mio futuro invece di soffermarmi sulle parti brutte del mio passato.

Negli ultimi cinque anni avevo sofferto e cercato di sopravvivere al dolore emotivo della mia perdita in ogni modo possibile.

Era ora di uscire da quel luogo di sofferenza mentale e di entrare nel mio futuro con un uomo che amavo più di quanto avessi mai ritenuto possibile.

Non sapevo cosa mi avrebbe riservato il futuro, ma doveva essere migliore di quanto non fosse stato negli ultimi cinque anni.

"Grazie per tutto quello che mi avete dato" dissi in un sussurro grato. "Se non mi aveste amata, se non mi aveste supportata, se non foste stati lì per me, non avrei mai incontrato Leo."

I miei genitori e Brandon erano stati lì per gran parte del mio lungo e faticoso viaggio di istruzione superiore. Mi avevano fatto frequentare la scuola veterinaria e avevano festeggiato il mio tirocinio e la mia specializzazione.

Brandon era stato lì per spingermi ogni singolo giorno, tramite SMS, telefono o di persona.

Mio padre aveva sempre avuto le parole di saggezza di cui avevo bisogno.

E mamma era stata una torre di forza di cui a volte avevo disperatamente bisogno quando le cose diventavano frustranti o difficili.

"Tutto quello che voglio davvero è rendervi tutti orgogliosi. Ecco perché devo andare avanti" dissi, con la gola intasata dall'emozione.

Improvvisamente sussultai, quando sentii qualcosa sfiorarmi il dorso della mano.

Girai la testa, certa che avrei trovato un brutto insetto che mi strisciava sulle dita.

Mi bloccai quando vidi cosa stava davvero sfregando la mia pelle.

Una rosa blu. Una perfetta sfumatura di blu reale e fresca come la rosa rossa che avevo appena lasciato cadere nel vaso delle gemme.

La presi e mi guardai intorno, cercando di capire da dove provenisse.

Non c'erano altri fiori in giro.

In realtà, non c'era alcuna brezza.

Un segno?

Approvazione?

Una specie di segnale che era davvero giunto il momento per me di andare avanti?

Non per dimenticare, ma per celebrare il fatto che ero, in effetti, ancora viva e avevo diritto alla mia felicità.

Non credevo davvero nei segni o nel soprannaturale.

Feci roteare la rosa tra le dita, ricordando a me stessa che *avevo* recentemente iniziato a contemplare la possibilità delle anime gemelle.

Allora, perché la mia famiglia non poteva mandarmi un segno che mi desse un po' di pace?

Soprattutto quando quella dannata rosa blu aveva improvvisamente fatto sentire il mio cuore più leggero di quanto non fosse stato per molto tempo.

Mi alzai e mi spazzolai i jeans prima di sistemare con cura la rosa blu nel vaso accanto a quella rossa.

"Grazie" dissi con un tono sincero e sommesso.

Mi baciai la punta delle dita e le posai prima contro la pietra dei miei genitori e poi su quella di Brandon.

Per la prima volta in cinque anni, ero in grado di stare qui con gratitudine piuttosto che con senso di colpa e intenso dolore.

"Vi amerò sempre tutti" dissi loro a bassa voce poco prima di voltarmi e andarmene.

Avrei portato i ricordi felici nel mio cuore in modo che un pezzo di ognuno di loro sopravvivesse in me per il resto della mia vita.

Ma ora avevo un uomo che mi stava aspettando, e speravo con tutta la mia anima che fosse ancora disposto ad accettarmi.

Sorrisi, mentre entravo nella mia macchina.

Ero pronta a mostrare a Leo Lancaster che non era l'unico che poteva attaccarsi come la colla.

CAPITOLO 28

Leo

"DANNAZIONE!" BORBOTTAI CON voce irritata a Hunter, mentre si sdraiava accanto a me sul mio divano. "Quanto cazzo ci vuole per ripulire un armadietto? Sarei dovuto andare con lei."

"*Miao!*" rispose Hunter guardandomi come se avesse capito la mia frustrazione.

Diavolo, forse la capiva perché probabilmente anche al felino mancava lei.

Macy era partita presto quella mattina dopo aver lasciato Hunter.

Aveva detto che non sarebbe rimasta a lungo a Newport Beach, ma era già buio.

È un'*adulta.*

Sa prendersi cura di se stessa.

Avevo resistito all'istinto di scriverle o chiamarla, poiché sapevo che era impegnata e non volevo sembrare un coglione possessivo.

Avevo bisogno di imparare a fare marcia indietro e rendermi conto che Macy era perfettamente in grado di prendersi cura di se stessa.

Ma cosa sarebbe successo se fosse successo qualcosa e la sua macchina fosse andata in panne in autostrada...

"Ha ancora cinque minuti prima che le scriva" dissi a Hunter con voce ammonitrice.

Il gatto mi guardava come se non gli importasse, se le scrivevo subito.

"Giusto. Sono d'accordo" dissi a Hunter mentre prendevo il cellulare sul tavolino da caffè. "Ci assicureremo solo che stia bene. Tutto qui."

"*Miao!*" rispose Hunter.

Probabilmente avrei potuto fare più domande, quando aveva lasciato il felino, ad esempio a che ora sarebbe stata a casa. Forse non avevo voluto insistere per un orario di arrivo esatto.

Io: *Sto solo controllando per assicurarmi che sei al sicuro. Non sapevo quanto tempo ti ci sarebbe voluto per finire a Newport Beach. Fammi sapere.*

"Sembrava abbastanza casuale, giusto?" chiesi a Hunter. "Non troppo invadente o prepotente?"

Non rispose questa volta. Il gatto era estremamente concentrato sulla cura della sua zampa.

Il mio corpo si rilassò un po' quando apparve una risposta al mio messaggio.

Macy: *Sono qui. Sto scaricando la mia roba.*

"Sta facendo cosa?" dissi ad alta voce con una smorfia.

Corsi verso la porta, senza preoccuparmi di trovare le mie scarpe prima di uscire.

Osservai dalla soglia, non in grado di dire una sola parola, mentre la guardavo andare avanti e indietro dalla sua macchina alla porta d'ingresso con le braccia cariche di oggetti.

Incrociai le braccia sul petto. "Cosa stai facendo esattamente?" domandai.

Lasciò cadere delle grucce vuote nella pila che cresceva. "Sto scaricando la mia roba."

"Lo vedo" dissi, sbalordito. "Mi chiedo solo... perché."

Tornò in macchina e portò un'altra scatola in veranda. "I ragazzi del trasloco saranno qui mercoledì con tutte le mie cose, ma quelle più importanti sono con me."

"Quindi, conserverai un po' di roba qui?" chiesi, confuso.

Posò la scatola con cura e alla fine venne da me. "Sì e no" disse. "Speravo che l'offerta che volevi fare per venire a vivere con te fosse ancora aperta."

Ancora aperta? "Non si è mai chiusa" dissi con voce roca per l'emozione. "Se mi stai dicendo che ti trasferirai, mi renderai un uomo molto felice. Per favore, dimmi che è il tuo piano."

Cavolo, non volevo crearmi false speranze, ma non riuscivo a capire cos'altro potesse fare.

"Mi sto trasferendo" confermò prontamente. "Ti amo, Leo, e non vedo assolutamente alcun motivo per sprecare un altro momento. Preferirei stare con te per tutto il tempo che ci viene concesso piuttosto che stare attenta per il resto della mia vita. Voglio il nostro futuro se ne abbiamo uno, Leo. Se mi vuoi ancora. Se mi ami come io amo te."

Fanculo! Non sapeva già che era il mio tutto? Perché se ci fosse stato ancora qualche dubbio nella sua mente, lo avrei schiacciato in questo momento.

"Quindi, hai appena deciso di trasferire tutto e vedere come va?" domandai, euforico ma ancora sbalordito.

Lei annuì. "Ho pensato che una volta entrata, sarebbe stato più difficile sbarazzarti di me e avrei avuto più tempo per dimostrarti che sono sicura di quello che voglio ora."

"Davvero?" le chiesi mentre la spingevo contro uno dei grandi pilastri del portico anteriore.

"Sì" disse con fermezza. "Ti voglio, Leo Lancaster. Ti amo. Puoi combattermi se vuoi, ma probabilmente non te la caveresti. Ho intenzione di attaccarmi a te come colla d'ora in poi."

Piantai una mano accanto alla sua testa, mentre le dicevo: "Hai qualche fottuta idea di quanto mi piaccia sentire quelle parole? Penso di essere innamorato di te dal momento in cui ti ho trovata a piangere per la perdita della tua tigre del Bengala paralizzata."

Il suo tenero cuore che si sforzava così tanto di nascondere mi aveva incantato fin dall'inizio.

"Grazie a Dio" sussurrò. "Avevo ancora paura di aver rovinato la cosa migliore che avessi mai trovato in tutta la mia vita."

Scossi la testa. "Non andrò da nessuna parte, Macy. Anch'io sono attaccato come la colla. Saremmo già sposati se tutto fosse andato come volevo io."

Macy mi avvolse le braccia intorno al collo. "In qualche modo, dubito fortemente che sarò così difficile da convincere."

"Fanculo! Mi conosci, Macy. Sai che affretto le cose. Non avresti dovuto dirmelo" dissi, cercando di frenare il mio istinto.

Avrei messo un dannato anello sul suo dito l'indomani, se era così che si sentiva.

"Sono pronta a tutto, bello" disse in tono sensuale. "Ti amo veramente."

Infilai le dita nei suoi capelli, mentre guardavo la sua espressione seria. "Lo spero, perché non potrò mai lasciarti andare adesso."

"Non te lo chiederò mai" sussurrò, mentre abbassava la mia testa.

La baciai come se fosse il primo e l'ultimo bacio che avremmo mai scambiato in tutta la nostra vita.

La sua lingua si aggrovigliò con la mia mentre cercavamo di dire così tante cose con quell'abbraccio che non riuscivamo a esprimere a parole.

Amore.

Rispetto.

Bisogno.

Desiderio.

E una fame empia per essere molto più vicini di quanto non fossimo in questo momento.

"Andiamo" dissi burbero una volta che le avevo lasciato la bocca.

Alzò le gambe e le avvolse intorno alla mia vita come se avesse bisogno di me tanto quanto io avevo bisogno di lei, cosa che dubitavo fosse possibile.

Se non avessi avuto il mio uccello dentro di lei entro un minuto o giù di lì, non ero sicuro che sarei sopravvissuto all'urgenza martellante di reclamarla.

"Non posso più aspettare" ringhiai nel suo orecchio mentre la portavo dentro e chiudevo la porta dietro di me.

"Le mie cose" disse, suonando più bisognosa che preoccupata.

"Dopo" insistetti. "Non è che ho dei vicini."

Sapevo che non sarei arrivato in camera da letto, quindi lasciai cadere il suo splendido culo sul tavolino della cucina mentre le trascinavo baci lungo il collo.

"Leo" gemette mentre piegava la testa all'indietro per darmi tutto ciò che volevo.

Quella capitolazione lacerò il mio fottuto cuore perché sentivo che aveva finalmente deciso di fidarsi di me con il suo corpo e il suo cuore.

I nostri vestiti si sfilarono in una frenesia di gambe in movimento, braccia e indumenti gettati a terra.

"Ti amo, Macy" le dissi con voce roca, mentre avvolgevo le mie braccia attorno al suo corpo morbido, sinuoso e meravigliosamente nudo.

"Ti amo, Leo Lancaster" replicò come se fosse il suo voto.

"Merda! Preservativo!" ringhiai.

Lei scosse la testa. "Ho iniziato il controllo delle nascite non molto tempo dopo che ci siamo incontrati. Sono protetta."

"Sono sano, tesoro" giurai.

"Leo" disse dolcemente. "So che non faresti mai niente per farmi del male."

"Mai" confermai.

Mi strinse le mani tra i capelli mentre mi chiedeva: "Allora fottimi, Leo. Abbiamo entrambi aspettato abbastanza a lungo."

Avvolse le gambe strettamente intorno alla mia vita, e poiché non potevo aspettare un altro fottuto momento, saltai dentro il suo calore umido.

"Fanculo! Mi sento così dannatamente bene" le dissi, mentre il suo nucleo si stringeva attorno al mio uccello nudo.

"Dio, Leo, ti amo" gemette Macy.

"Ti amo anch'io, piccola" gemetti, sapendo che anche se avessi sentito quelle parole per il resto della mia vita, non sarebbero mai state abbastanza.

CAPITOLO 29

Macy

NEL MOMENTO IN cui si seppellì dentro di me, avevo praticamente visto le stelle.

Il nostro bisogno reciproco era primordiale e feroce, ma non avevo paura di quella carnalità.

Era il modo in cui ci amavamo.

Era il modo in cui avevamo bisogno l'uno dell'altra.

Eravamo... noi.

"Sì" sibilai mentre spingeva più forte, più a fondo, e tutto il mio corpo tremava.

Mi sentivo consumata.

Mi sentivo libera.

Mi sentivo come se fossi in fiamme e nessuno potesse spegnere quelle fiamme tranne Leo.

"Fanculo! Mi fai impazzire, Macy" disse con un tono baritono roco e basso che mi attraversò.

Volevo renderlo completamente pazzo, proprio come mi sentivo io in questo momento.

Mi afferrò i fianchi e martellò più forte, più velocemente, come se non potesse avvicinarsi abbastanza o andare abbastanza in profondità.

Comprendevo quel desiderio frenetico, la voglia, la brama e l'insistenza per essere soddisfatto.

Infilai le mie mani nei suoi capelli e lo baciai, infilando la mia lingua nella sua bocca e muovendola allo stesso ritmo delle carezze del suo fallo.

Alla fine, con il mio corpo che vibrava per un disperato bisogno, tornai indietro e appoggiai la parte superiore del corpo sul tavolo.

Leo non ridusse la presa sui miei fianchi, né rallentò il ritmo.

Era come un uomo posseduto e di certo non avevo intenzione di impedirgli di trovare esattamente ciò di cui aveva bisogno.

"Sei così dannatamente bella" ringhiò mentre i suoi occhi mi divoravano. "Sei mia, Macy. Lo sei sempre stata e lo sarai sempre."

Gesù! Non c'era niente di più eccitante di Leo Lancaster che rivendicava la sua affermazione.

"Tua" convenni. "Proprio come tu sei mio. Leo, voglio... ho bisogno..."

Merda! Il mio orgasmo era proprio lì...

"Prendi quello che ti serve, tesoro. Toccati" esortò.

La tentazione era troppo grande per non fare quello che aveva chiesto.

Spostai la mano lungo la pancia fino ad arrivare all'intimo. Non fui gentile mentre mi toccavo il clitoride con la pressione e l'urgenza di cui avevo bisogno per venire.

"Così, piccola" mormorò con incoraggiamento. "Lasciati andare."

"Dio mio! Leo!" urlai, mentre andavo oltre il limite.

Il climax mi travolse e scosse tutto il mio essere.

Fremetti feroce attorno al membro di Leo, ma lui continuò a martellarmi dentro con una forza che mantenne il mio orgasmo molto più a lungo di quanto avrebbe dovuto.

Aprii gli occhi e guardai Leo gemere il mio nome e trovare il rilascio.

Per un momento, l'unico suono intorno a noi fu l'asprezza del nostro respiro mentre ci riprendevamo dalla follia.

Leo mi tirò su e avvolse le sue braccia in modo protettivo attorno al mio corpo.

Io avvolsi le mie braccia intorno a lui, mentre mi teneva semplicemente come se non mi avesse mai lasciata andare.

"Ti amo, piccola" disse ferocemente.

Appoggiai la testa sulla sua spalla. "Anch'io ti amo. Sembrava che ci fossero un milione di cose che volevo dirti. Ora sono senza parole. Tu mi ami. Io ti amo. Siamo insieme. Nessuno degli altri dettagli sembra davvero importare in questo momento."

"Ora che siamo insieme, le altre cose non contano" borbottò.

"C'è il piccolo problema che io sono americana e tu sei britannico" dissi, anche se sapevo che non era un grosso problema.

Avremmo trovato un modo per sistemare le cose.

"Non è un problema" rispose. "A meno che tu non sia totalmente contraria a passare un po' di tempo in Inghilterra. Probabilmente dovremo viaggiare avanti e indietro."

"Non mi dispiacerebbe affatto a meno che non sia un problema per il mio capo" scherzai.

"Il tuo capo" disse con voce roca. "Ti lascerebbe fare assolutamente tutto ciò che ti rende felice."

"Tu mi rendi felice, Leo" gli dissi.

"Allora, troveremo un modo per stare insieme la maggior parte del tempo poiché so già che sarò un vero stronzo se non starò con te" mi informò. "Stare lontano da te per tutte queste settimane tranne che per il lavoro mi ha reso mezzo pazzo. Ti garantisco che non starò bene se dovremo trascorrere lunghi periodi di tempo separati."

"Non voglio nemmeno io" gli dissi. "Preferirei stare insieme, motivo per cui sto lasciando il mio appartamento. Non ha senso essere separati quando viviamo nella stessa zona."

"Sono completamente d'accordo. Ti manca Newport Beach?" chiese. "Potrei comprare—"

"No" risposi. "Non ho più bisogno di un posto lì, Leo. Possiamo andarci, ma il mio futuro è con te, ovunque abbiamo bisogno o vogliamo essere. Che sia in Inghilterra o qui a Palm Springs. Non mi lamenterei se volessi fare una vera vacanza di tanto in tanto senza lavoro. Ci sono così tanti posti che mi piacerebbe vedere e cose che mi piacerebbe fare con te."

"Troveremo il tempo" disse con fermezza.

"Mi ispiri a voler fare di più del lavoro" lo presi in giro. "Credo che stessi solo aspettando te per poter scoprire cose nuove insieme."

"Penso di averti sempre aspettata" disse solennemente. "Una volta che Damian ha trovato Nicole, forse questo ha acceso la possibilità che ci potesse essere qualcuno là fuori per me. Non posso dire di non amare il mio lavoro, ma è stata davvero un'esistenza solitaria. C'era qualcosa che mancava, ma ho subito scoperto che nessuna donna avrebbe riempito quel vuoto. Dovevi essere tu, e ti sei sicuramente presa il tuo tempo prima di presentarti alla fine."

"Cosa ti ha reso così sicuro che quella donna fossi io?" Alzai la testa per guardare i suoi splendidi occhi.

"La folle connessione che abbiamo, l'intensa chimica. Non mi sono mai sentito così per un'altra donna, Macy. Sapevo che non succedeva tutti i giorni. Certo, pensavo che Damian fosse pazzo per tutte le cose folli che ha fatto per cercare di conquistare il cuore di Nicole, ma l'ho capito una volta che ti ho incontrata. Non c'era molto che non fossi disposto a fare se ciò avesse significato che saremmo finiti insieme."

"Mi dispiace aver reso le cose più difficili di quanto avrebbero dovuto essere per noi" mormorai mentre affondavo la faccia nel suo collo. "In realtà, ho pensato che fossi l'uomo più sexy che avessi mai visto dal giorno in cui ho iniziato a guardare i tuoi documentari. Sapevo chi eri molto prima che tu scoprissi me. Pensavo fossi stupendo e assolutamente impavido."

"Vuoi dirmi che hai sentito quella connessione quando hai visto quegli orribili documentari?" chiese scherzando.

"No" dissi, biascicando la parola. "Ma potrei aver avuto una piccola cotta per il culto dell'eroe per un po'. Allora non sapevo che avrei davvero avuto la possibilità di incontrarti di persona un giorno. Non hai mai notato quanto avessi la lingua legata quando ci siamo incontrati al matrimonio?"

"Niente affatto" disse dolcemente. "Ero troppo impegnato a controllare il mio fascino con te."

"Sei matto" mormorai contro la sua pelle nuda. "Ogni singola donna al matrimonio ti stava guardando e hai deciso di concentrarti su di me?"

"Non ho notato il loro sguardo, né mi importava" rispose bonariamente.

Ci riflettei un attimo e mi convinsi subito che fosse vero.

Leo non si accorgeva quando ogni occhio femminile nell'area era puntato su di lui.

Il ragazzo non aveva un osso vanitoso nel suo corpo, il che probabilmente era un bene dato che era fisicamente perfetto.

Mi accarezzò i capelli mentre chiedeva: "Per quanto tempo mi farai aspettare prima di sposarmi?"

Alzai la testa e lo guardai mentre dicevo: "Non ricordo che tu mi abbia nemmeno chiesto se volessi sposarti, ma se lo fai, ecco una notizia: dirò di sì."

Non c'era motivo per me di dire a Leo nient'altro che la verità. Volevo stare con lui per il resto della mia vita.

Mi prese la testa tra le mani e mi guardò negli occhi, mentre mi chiedeva: "Vuoi sposarmi, Macy?"

Il mio cuore balbettava, mentre guardavo la cruda vulnerabilità sul suo viso. "Sai già che è un sì."

"Andremo a prenderti un anello domani" disse con un sorriso.

"Non ho molta fretta per questo" lo informai.

"Io sì" insistette. "Non è ufficiale senza anello e voglio vedere il mio anello al tuo dito."

Sul serio? Come se avesse bisogno di preoccuparsi che qualche altro ragazzo mi portasse via da lui? Sì, non sarebbe successo.

"Devo essere sincera" dissi. "Solo il pensiero di un grande matrimonio come quello di Nicole mi fa scoppiare l'orticaria."

"Allora faremo qualcosa di diverso" replicò con nonchalance. "Las Vegas. Un comune. Una funzione davvero breve. Non mi importa, Macy."

"Penso che alla tua famiglia dispiacerebbe" dissi con voce esasperata. "Sono sicura che tua madre si aspetterà che ci sia qualcosa di simile al matrimonio di Nic."

"Ne dubito" replicò seccamente. "Lei mi conosce. Non do molta importanza alle aspettative della società. Mamma sarebbe felice solo di vedermi sposato. Credimi sulla parola. Non credo che pensasse che sarebbe mai successo."

"Ma cosa succede se lei non—"

"Tesoro" interruppe. "Questo matrimonio non riguarda la mia famiglia o i miei amici. Riguarda noi. Tu sei la sposa, puoi fare quello che vuoi."

"Lascia che ci rifletta" dissi.

L'ultima cosa che volevo era far incazzare qualcuno, ma se avessi fatto a modo mio, ci saremmo sposati senza tante storie.

"Prenditi il tuo tempo e non lasciarti infastidire dalle insistenze di mamma sui nipoti" consigliò.

"Bambini?" gracchiai. "Vuoi avere dei bambini? Ho trentatré anni, Leo."

"E hai tutto il tempo per pensarci" aggiunse dolcemente mentre mi prendeva in braccio, costringendomi ad avvolgere strettamente le gambe intorno alla sua vita.

"Cosa stai facendo?" squittii felice, mentre iniziava a portarmi verso la camera.

"Penso che sia ora di distrarsi" insistette mentre mi adagiava gentilmente sul letto.

Le luci della camera erano accese, il che mi rendeva molto facile osservare il suo corpo stupendo.

Il mio cuore balbettava mentre Leo scendeva su di me.

"Prima o poi dovremo parlare dei bambini" dissi, già distratta.

I nostri occhi si incrociarono, quando disse con calma: "Possiamo avere figli... oppure no. Mi sta bene in ogni caso, Macy. Ho te, ed è davvero tutto ciò che conta. Sinceramente, vorrei concentrarmi solo su di noi per un po'."

Volevo la stessa cosa.

Un passo alla volta.

Gli avvolsi le braccia intorno al collo. "Ed esattamente di cosa vorresti discutere in questo momento?"

Sorrise. "Penso che preferirei mostrarti quanto mi sei mancata nelle ultime settimane. C'è qualcosa che hai portato con te che non può sopravvivere fuori per le prossime ore?»

Ricambiai il sorriso e sospirai.

Non c'era modo che potessi dire di *no* a quel tipo di diversione.

Le cose che avevo lasciato fuori sarebbero state bene per qualche ora.

"Possiamo occuparcene più tardi. Mostramelo, Leo" insistetti.

Era mattina quando finalmente riuscimmo a portare dentro la mia roba, e a quel punto ero così distratta che non ero affatto preoccupata.

EPILOGO

Macy

Due Anni Dopo...

"**È** COSÌ ADORABILE" DISSI a Nicole, mentre con riluttanza le restituivo suo figlio appena nato.

Leo ed io ci eravamo dati da fare per arrivare a Londra nel momento in cui avevamo saputo che Ethan Charles Lancaster era pronto a fare la sua apparizione nel mondo.

Kylie e Dylan erano già a Londra, e tutti noi avevamo aspettato ansiosamente in ospedale finché non avessimo saputo che madre e figlio erano sani e al sicuro. Eravamo con Kylie e Dylan in modo da poter stare insieme a Londra, ma avevamo acquistato una casa più vicina al centro di conservazione in modo da poterci sentire a nostro agio quando eravamo nel Regno Unito.

Era il finale perfetto per due anni assolutamente fantastici in cui facevo parte della famiglia Lancaster.

Con l'assistenza di Bella, io e Leo ci eravamo sposati con una piccola cerimonia nella sua tenuta poche settimane dopo che Leo mi aveva chiesto di essere sua moglie.

Dylan e Kylie si erano sposati poco più di un mese dopo con una funzione più grande, che aveva avuto luogo a Londra.

Vedevamo Kylie e Dylan un po' più spesso di Damian e Nicole perché i primi si recavano negli Stati Uniti per gli affari di Kylie, ma ci riunivamo il più possibile.

Ci voleva un po' di pianificazione, ma non era esattamente difficile salire su un jet privato e andare dall'altra parte dell'Atlantico per vedere le mie migliori amiche.

Avevo scoperto presto che l'enorme ricchezza di Leo rendeva quasi tutto possibile, e non esitava mai a usare quei soldi per portarci in posti che avremmo potuto esplorare insieme.

Per la maggior parte, Leo restava fuori dal lavoro sul campo e si concentrava sull'importante lavoro che doveva svolgere nei suoi centri di conservazione. Tuttavia, avevamo fatto alcune esplorazioni insieme, e ogni scoperta aveva un posto speciale nel mio cuore.

Lavoravamo duramente in entrambi i centri di conservazione, ma non ci dimenticavamo mai di assicurarci di prenderci cura l'uno dell'altra e della nostra relazione.

"Ancora due mesi e vedremo un altro neonato Lancaster" disse Leo a Dylan, mentre rimanevamo tutti seduti in soggiorno con Nicole che andava a dare da mangiare a suo figlio.

Il viso di Dylan divenne pallido, mentre guardava la moglie incinta accanto a lui.

Kylie si aspettava di partorire la loro bambina tra circa altre otto settimane.

"Non sono sicuro di voler vedere Kylie in quel tipo di dolore" disse Dylan, suonando un po' nervoso.

"Non credo che tu abbia un'altra scelta" lo informò Leo.

"Non porterò questa bambina più a lungo del necessario" disse Kylie con enfasi. "È già da un po' che sento la ginnastica che sta cercando di fare nella mia pancia. Non ho affatto paura del dolore del parto. Una volta superato, avrò mia figlia."

Dylan avvicinò la moglie al suo fianco, mentre si sedevano insieme sul divano. "Penso che una bambina sia abbastanza" brontolò. "Avrà suo cugino Ethan con cui giocare."

"Sono d'accordo" disse Damian dalla sedia.

"Nic ha voce in capitolo in quella decisione?" chiese Kylie con una risata.

"Certo" rispose Damian. "Quindi suppongo che dovrò essere persuasivo nella mia argomentazione per un figlio unico."

"I cugini sono come avere un fratello" commentò Dylan.

Kylie sorrise. "Potrei essere incline a concordare con te."

"Io voterei sempre per averne di più" disse Bella allegramente dalla sedia.

Damian sollevò un sopracciglio. "Davvero, mamma? Ne avrai già due nel giro di pochi mesi."

"Non mi sto lamentando" chiarì. "Penso solo che ci sia sempre spazio per averne di più."

Mi avvicinai a Leo mentre ci sedevamo l'uno accanto all'altra sul divanetto, e dissi sottovoce: "Forse ne avrà un altro."

Non l'avevamo detto a nessuno, ma avevo interrotto il controllo delle nascite il mese prima. Leo e io avevamo deciso che volevamo un bambino, e speravamo di realizzare il nostro desiderio.

Se non fosse successo, nessuno di noi sarebbe stato completamente devastato perché eravamo semplicemente felici di stare insieme, ma eravamo entrambi fiduciosi.

Leo mi tirò più vicino e mi diede un delicato bacio sulla fronte, mentre diceva piano: "Sono più che felice di continuare a fare del mio meglio per realizzarlo."

"Sono sicura che lo farai" dissi con una risata.

I nostri sguardi si incrociarono e il mio cuore sussultò, perché sapevo esattamente quanto Leo fosse disposto a provarci.

In realtà, non perdeva mai un'occasione.

Se lo sforzo fosse stato un fattore, non sarei stata sorpresa se fossi già incinta.

Mi appoggiai a Leo ed emisi un sospiro di contentezza.

La mia vita era già piena semplicemente perché facevo parte di questa famiglia unita.

Tutti gli altri continuarono a scherzare l'uno con l'altro mentre Leo chiedeva: "Cos'era quell'enorme sospiro? Stai bene, tesoro?"

Tipico di Leo.

Mi controllava sempre. Si assicurava sempre che stessi bene.

"Sto bene" lo rassicurai.

Di tanto in tanto, avevo ancora momenti surreali come questo quando mi chiedevo come avessi avuto la fortuna di avere un uomo come Leo e una famiglia come quella che mi circondava ora.

La differenza era che non stavo più aspettando che succedesse qualcosa di brutto.

Non stavo aspettando che accadesse il peggio.

Mi stavo godendo ogni singolo momento perché sapevo esattamente quanto fosse bella la mia vita adesso.

"Stai sorridendo. A cosa stai pensando?" disse Leo a bassa voce vicino al mio orecchio.

Mi girai verso di lui, il mio sorriso che si allargava mentre la mia mente si concentrava su un argomento molto più caldo. "Te, la nostra famiglia e la creazione del bambino" scherzai.

Sorrise. "L'ultimo è sicuramente il più interessante."

Gli misi le braccia intorno al collo mentre sussurravo: "Allora, dovremo esplorare l'argomento più in profondità un po' più tardi. Ti amo, Leo."

"Ti amo, Macy" disse con voce calma e roca subito prima di baciarmi.

Il suo abbraccio fu breve, ma l'intensità nei suoi occhi mi disse tutto quello che dovevo sapere.

Mi amava.

Aveva bisogno di me.

E avremmo fatto sicuramente uno o due o tre tentativi per fare un bambino il prima possibile.

Il mio sorriso si allargò un po' e sostenni il suo sguardo ancora un po' in modo che mio marito sapesse che sapevo esattamente cosa stava pensando.

"Più tardi" disse con un tono basso e sexy da baritono.

Quasi senza fiato per l'attesa, dissi: "Non troppo, spero. Ho fatto un po' di shopping a Londra per delle mutandine che migliorano l'umore. Penso che ti piaceranno quelle che indosso."

"Piccola, è solo crudele" disse con un basso gemito. "Ti farò pagare per questo."

"Non vedo l'ora" sussurrai di rimando, sapendo che mi avrebbe fatta pagare nel modo più piacevole e che mi sarei goduta ogni singolo momento non appena avesse gentilmente potuto trascinarmi via in una camera da letto.

Lo fece.

Io lo feci.

E fu assolutamente sublime.

Fine

Leggi il libro sul Principe Nick, il primo libro
della mia serie, I Reali Nascosti, in uscita il (data
del pre-ordine e link per il pre-ordine)

VENITE A TROVARMI SU:

http://www.authorjsscott.com
http://www.facebook.com/authorjsscott
https://www.instagram.com/authorj.s.scott

Potete scrivermi all'indirizzo
jsscott_author@hotmail.com

Potete anche twittarmi
@AuthorJSScott

LIBRI DI J. S. SCOTT
disponibili in italiano

Serie L'Ossessione del Miliardario

L'Ossessione del Miliardario – Simon
Il Cuore del Miliardario – Sam
La Salvezza del Miliardario – Max
Il Gioco del Miliardario – Kade
Il Miliardario Fuori Controllo – Travis
Il Miliardario Smascherato – Jason
Il Miliardario Indomito – Tate
La Miliardaria Libera – Chloe
Il Miliardario Impavido – Zane
Il Miliardario Sconosciuto – Blake
Il Miliardario Svelato – Marcus
Il Miliardario Non Amato – Jett
Il Miliardario Celibe – Zeke
Il Miliardario Indiscusso – Carter
Il Miliardario Inarrivabile – Mason
Il Miliardario Sotto Copertura – Hudson
Il Miliardario Inaspettato – Jax
Il Miliardario Inosservato ~ Cooper

I Sinclair

Un Miliardario Fuori dal Comune (I Sinclair Vol. 1)
Un Miliardario Inavvicinabile (I Sinclair Vol. 2)
Il Tocco del Miliardario (I Sinclair Vol. 3)
La Voce del Miliardario (I Sinclair Vol. 4)

www.ingramcontent.com/pod-product-compliance
Lightning Source LLC
Chambersburg PA
CBHW061337160726
47995CB00001B/62